十九首世界诗歌批评本丛书 "上海高校服务国家重大战略出版工程"资助项目

海岸 著

狄兰·托马斯诗歌批评本

Dylan Thomas: A Critical Reader

华东师范大学出版社

图书在版编目（CIP）数据

狄兰·托马斯诗歌批评本/海岸著. —上海：华东师范大学出版社，2019
（十九首世界诗歌批评本）
ISBN 978-7-5675-9023-6

Ⅰ.①狄… Ⅱ.①海… Ⅲ.①诗歌评论—英国—现代 Ⅳ.①I561.072

中国版本图书馆 CIP 数据核字（2020）第 025276 号

狄兰·托马斯诗歌批评本（十九首世界诗歌批评本）

著　　者　海　岸
策划编辑　王　焰　顾晓清
责任编辑　顾晓清
审读编辑　李玮慧
责任校对　郭　琳　林文君
装帧设计　卢晓红

出版发行　华东师范大学出版社
社　　址　上海市中山北路 3663 号　邮编 200062
客服电话　021-62865537
网　　店　http://hdsdcbs.tmall.com

印刷者　杭州日报报业集团盛元印务有限公司
开　　本　890×1240　32 开
印　　张　14.5
字　　数　289 千字
版　　次　2021 年 1 月第 1 版
印　　次　2021 年 1 月第 1 次
书　　号　978-7-5675-9023-6
定　　价　69.80 元

出版人　王　焰

（如发现本版图书有印订质量问题，请寄回本社客服中心调换或电话 021-62865537 联系）

狄兰·托马斯(1914-1953)肖像
刘卫 绘

目 录

1	导读 海岸
68	狄兰·托马斯年表

十九首狄兰·托马斯诗歌精读

83	心灵气象的进程
93	穿过绿色茎管催动花朵的力
106	假如我被爱的抚摸撩得心醉
117	时光,像一座奔跑的坟墓
130	最初
140	光破晓不见阳光的地方
150	我梦见自身的诞生
164	这块我擘开的饼
169	布谷鸟月旧时光
178	忧伤袭来前
188	而死亡也一统不了天下
198	塔尖鹤立
202	二十四年
208	拒绝哀悼死于伦敦大火中的孩子

2 1 7	我的技艺或沉郁的诗艺
2 2 3	羊齿山
2 3 7	静静地躺下,安然入睡
2 4 4	不要温顺地走进那个良宵
2 5 8	《诗集1934–1952》序诗

四十首狄兰·托马斯诗歌注读

2 7 9	森林美景
2 8 0	橡树
2 8 1	一个宁静的夜晚
2 8 3	永不触及那忘却的黑暗
2 8 5	我看见夏日的男孩
2 8 9	当我敲敲门
2 9 3	我的英雄裸露他的神经
2 9 5	在你脸上的水
2 9 7	我们的阉人梦见
3 0 0	尤其当十月的风
3 0 3	当初恋从狂热渐趋烦恼

306	我,以缤纷的意象
314	魔鬼化身
316	今天,这条虫
318	在此春天
320	此刻
323	太阳侍从多快
326	耳朵在塔楼里听见
329	那只签署文件的手
331	忧伤的时光贼子
333	薄暮下的祭坛(选二)
336	当我乡下人的五官都能看见
338	我们躺在海滩上
340	是罪人的尘埃之舌鸣响丧钟
342	葬礼之后
345	那话语的音色
347	十月献诗
351	疯人院里的爱
353	公园的驼背老人
356	入了她躺下的头颅
361	死亡与入场
364	结婚周年纪念日

365	处女成婚
367	空袭大火后的祭奠
372	从前
376	当我醒来
378	愿景与祈祷(选二)
380	在约翰爵爷的山岗
384	白色巨人的大腿
389	挽歌(未完成)

391	**附录**
391	狄兰·托马斯:诗艺札记　海岸/译
402	"他的族群之清脆合唱":狄兰·托马斯的影响力 　　约翰·古德拜　于金权/译
432	狄兰·托马斯诗歌在中国的译介历程　于金权

445	**参考文献**

导　读

海　岸

　　时间停滞不前。我飞过小镇上的大树和烟囱，贴近桅杆和烟囱飞过船厂；我飞过因克尔曼大街，飞过塞瓦斯托波尔大街，还有那条女人出门爱戴男人帽子的大街；我飞过那条永生难忘的公园大街，那里的管乐摇动树叶，纷纷然撒向孩子和保姆、花匠、瘸子和懒汉，还有一群叽叽喳喳的男孩；我飞过黄色的海岸、追赶石子的小狗、老头以及欢唱的大海。童年的记忆是没啥准头的，但说也说不完[1]。

　　这是诗人狄兰·托马斯于1943年首次在英国广播电台（BBC）录播的一篇散文《童年杂忆》（*Reminiscences of Childhood*）里的片段。那一年他29岁，已正式出版《诗十八首》（1934，诗集）、《诗二十五首》（1936，诗集）、《爱的地图》（1939，诗文集）、《我呼吸的世界》（1939，诗文选，纽约）、《青年狗艺术家的画像》（1940，短篇小说集）和《新诗》（1943，纽约），初步确立起他在威尔士及至英美文坛的地位。令

---

[1] Dylan Thomas. Reminiscences of Childhood. *Quite Early One Morning.* ed. Aneurin Talfan Davis. London: Dent, 1954, pp.9–10.

人诧异的是他早早地开始回忆童年了,更勾起我对他童年时那番初心的探询:"我该说当初写诗是源自我对词语的热爱。我记忆中最早读到的一些诗是童谣,在我自个能阅读童谣前,我偏爱的是童谣里的词,只是词而已,至于那些词代表什么、象征什么或意味着什么都是无关紧要的;重要的是我第一次听到这些词的声音,从遥远的、不甚了解却生活在我的世界里的大人嘴唇上发出的声音。词语,就我而言,就如同钟声传达的音符、乐器奏出的乐声、风声、雨声、海浪声、送奶车发出的嘎吱声、鹅卵石上传来的马蹄声、枝条儿敲打窗棂的声响,也许就像天生的聋子奇迹般找到了听觉。"(详见附录)[1]诗人狄兰·托马斯从词语出发寻找诗的灵感,无意间道出了诗歌的本质。他早在1934年写给初恋情人帕梅拉(Pamela Hansford Johnson)的信中说:"以各种方式把玩词语是我写作的主要乐趣,也是我写诗的基础。诗的结构源自于词语和对词语的表达。"[2]他在1936年发表于《准则》的一篇短篇小说《果园》(The Orchards, 1939年收录于诗文集《爱的地图》)中这样写道:"词语,非我们所能及。他拿起一支铅笔,在纯净的纸笺上落下几笔影子,搭起一座铅与词的塔;他用手指触摸铅塔,指甲般的月牙升起又落在铅塔之后。铅塔坍塌,词语之城、诗歌之墙、对称的字母坍塌。当光芒消退,他记下密码的崩溃,太阳落入异国的早晨,大海的词语翻越了阳光。"[3]

---

[1] Dylan Thomas. Poetic Manifesto. *Texas Quarterly* 4 (Winter 1961), pp.45-53.
[2] Dylan Thomas. *The Collected Letters*. ed. Paul Ferns. London: Dent, 2000, p.151.
[3] Dylan Thomas. The Orchards. *The Collected Stories*. New York: New Direction, 1984, p.43.

狄兰·托马斯一生痴迷于词语的声音节奏、双关语或多重内涵的可能与偏离,哪怕制造词语游戏、语言变异直至荒诞的境地,用词语来营造一种迷醉、一种癫狂、一种生命,更准确地说他是一个生活在词语世界、受词语支配的人,"一个畸形的词语使用者,而非诗人……信奉任何诗人或小说家若不是源自于词语,就是向着词语而写作"。[1]一个个偏离常规词语搭配的英文表达——"A grief ago"(忧伤袭来前)、"Once below a time"(从前)、"Now as I was"(此刻我重回),[2]如今为文体学家们所津津乐道,不厌其烦地例证其打破常规的诗写手法更耐人寻味。近年来,研究者借助计算机分析系统惊叹:"狄兰·托马斯仅用这 3 600 个有限的诗歌语汇表达出如此繁复深邃的诗意。"[3]语词构成狄兰·托马斯诗歌一个独特的小宇宙,正如他的肉身构成他自身的小世界;他用语词搭建一个浓缩的世界,他写下众多的诗作,以诞生或创造开始,以死亡结束;贯穿他一生奉行的"进程诗学"兼收并蓄基督教神学启示、玄学派神秘主义、威尔士语七音诗谐音律以及凯尔特文化的遗风,"以一种混合、杂糅、实验性的边界写作方式,致力弥合灵与肉、词与物、人与自然的鸿沟,创造出一种独特的超现实主义与威尔士现代主义"。[4] 1953 年,他以"童年的记忆是没

---

[1] Dylan Thomas. *The Collected Letters*. ed. Paul Ferns. London:Dent,2000,pp.151 – 156.
[2] "A Grief Ago","Once Below A Time"为两首诗的诗题;"Now as I was"出自《羊齿山》的首句,详见正文。
[3] William Greenway. *The Poetry of Personality——The Poetic Diction of Dylan Thomas*, Introduction, e-book. Lanham:Lexington Books,2015,p.99.
[4] 李彬彬:《论狄兰·托马斯诗歌的现代主义特色及其本土化因素》,见《理论与文本:比较文学与世界文学新论集》,中国社会科学出版社,2015 年,第 220 页。

啥准头的,但说也说不完"收尾,修订了上述这篇十年前的旧文。那一年他39岁,相继又出版了诗集《死亡与入场》(1946)、《狄兰诗文选》(1946,纽约)、《诗二十六首》(1950,伦敦)、《梦中的乡村》(1952,纽约)、《诗集1934-1952》(1952,伦敦;1953,纽约),并推出了他独创的声音剧(A Play for Voices)《乳林下》(Under Milk Wood,1949-1953)。同年11月9日,他在纽约作巡回诗歌朗诵期间不幸英年早逝。

一、狄兰·托马斯无疑是一个传奇

1914年10月27日,狄兰·马尔莱斯·托马斯(Dylan Marlais Thomas,1914-1953)出生于英国威尔士斯旺西(Swansea)海湾地区"一个丑陋而可爱的小镇",父母来自于威尔士西南部的卡马森郡,讲一口流利的威尔士语,他和姐姐南希(Nancy Marlais Thomas)姓名中间的"Marlais"(马尔莱斯)是他俩共有的威尔士语基督教教名,意为"海浪之子",出自威尔士民间圣典《马比诺吉昂》(Mabinogion),[1]以纪念叔公——牧师诗人威廉·托马斯,笔名戈威利姆·马尔勒斯(Gwilym Marles),即狄兰后来为BBC创作的声音剧《乳林下》里的牧师诗人伊莱·詹金斯的原型。狄兰·托马斯的父亲大卫·约翰·托马斯是斯旺西文法学校的校长,与英国那个时代的主流思想一致——

---

[1]《马比诺吉昂》(Mabinogion)堪称至今尚存的威尔士文学早期散文中的经典,主要故事情节围绕古老的凯尔特诸神和英雄展开,这些人物同样出现在爱尔兰文学和亚瑟王文学中。现威尔士语尚存四大古籍:《阿内林之书》(The Book of Aneurin)、《塔利辛之书》(The Book of Taliesin)、《卡马森黑书》(The Black Book of Caemarthen)、《赫格斯特红书》(The Red Book of Hergest)。

威尔士语难登大雅之堂,打小就不教狄兰说威尔士语。这也就解释了为什么这位著名的盎格鲁—威尔士诗人只会用英文写作,也无疑为他今后的文学事业铺平了道路,而对整个英语世界而言,这无疑也是一件幸事,可以让更多的读者非常容易地读到他的作品。

据说狄兰·托马斯 8 岁开始写诗,打小就自诩为"库姆唐金(Cwmdonkin)大道的兰波",小时候他一直住在斯旺西市郊的库姆唐金大道 5 号。那是一处可俯瞰斯旺西湾的山地,另一侧是乡间美丽的草地,正对着一处水库公园。他非常怀念小时候放学或逃学玩耍的库姆唐金公园,哪怕 1937 年离开斯旺西这座海边小镇后写下的自传性诗篇《那话语的音色》(Once It Was the Colour of Saying, 1938)、《公园的驼背老人》(The Hunchback in the Park, 1941)都会提及:

> 我吹着口哨随逃学的男孩穿过一座水库公园
> 一起在夜间朝布谷鸟般的傻情人投掷石子
> 他们冻得搂紧松土和落叶的眠床,
> 树荫的色度就是他们浓淡深浅的言辞,
> 而闪闪的灯火为黑暗中的穷人闪亮
> When I whistled with mitching boys through a reservoir park
> Where at night we stoned the cold and cuckoo
> Lovers in the dirt of their leafy beds,
> The shade of their trees was a word of many shades
> And a lamp of lightning for the poor in the dark.
>
> ——《那话语的音色》

1925年9月,狄兰·托马斯进入他父亲所在的文法学校学习并开始诗歌创作。早年,他身边常带着一本笔记本,16-20岁,他在库姆唐金大道5号的家里写下200多首诗歌习作及感想,该手稿笔记本后为人收购保存了下来。狄兰诗歌的研究者拉尔夫·莫德(Ralph Maud)今已整理出版了《狄兰·托马斯笔记本》(1967,纽约)、[1]《诗人的成长:狄兰·托马斯笔记本》(1968,伦敦)、[2]《笔记本诗钞1930-1934》(1989,伦敦),[3]诗人后来出版发表的作品在他的笔记本里都能找到雏形,有些略作修改或部分修订删节而成。更有研究者在斯旺西文法学校1925-1929年的校刊上找到诗人更早的一些作品,发现他在校时兼任该校刊的编辑,最早在校刊发表《淘气狗之歌》(*The Song of the Mischievous Dog*)时,年仅11岁。1931年8月,狄兰从中学毕业,成为当地《南威尔士晚报》的记者。1933年,伦敦《新英格兰周刊》首次发表他的诗作《而死亡也一统不了天下》(*And Death Shall Have no Dominion*),尽显19岁青春期的他对死亡的蔑视;同年,伦敦报纸《周日推荐》发表了他那首成名作《穿过绿色茎管催动花朵的力》(*The Force that through the Green Fuse Drives the Flower*);1934年,发表诗作《心灵气象的进程》(*A Process in the Weather of the Heart*)——后来被诗学研究者命名为"进程诗学"的范例。同年,伦

---

[1] Dylan Thomas. *The Notebooks of Dylan Thomas*. ed. Ralph Maud. New York: New Direction, 1967.

[2] Dylan Thomas. *Poet in the Making: The Notebooks of Dylan Thomas*. ed. Ralph Maud. London: Dent, 1968.

[3] Dylan Thomas. *The Notebook Poems 1930-1934*. ed. Ralph Maud. London: Dent, 1989.

敦《倾听者》发表他的诗作《光破晓不见阳光的地方》(Light Breaks Where No Sun Shines)更是引起伦敦文学界的注目,这是诗人狄兰·托马斯早期诗歌中一首完美呈现生物形态风格的抒情诗,虽然缺少《穿过绿色茎管催动花朵的力》那首诗蕴涵的爆发力,但生物"进程"主题一脉相承,将微观身体与宏观宇宙融为一体,尤其崇拜自然力的存在,同步表现生长与腐朽、生与死相互交错,形影不离。1934年,他还因前一年发表《穿过绿色茎管催动花朵的力》荣获《周日推荐》"诗人角"图书奖,同年12月,年仅20岁的他得以在伦敦出版第一部诗集《诗十八首》,完整地展现其"进程诗学",引起轰动,英国文坛各路批评家赞誉迭出。从这部诗集可以看出诗人读过英国哲学家怀特海(A. N. Whitehead, 1861-1947)的著作并接受其"过程哲学"(Process Philosophy)的思想。他紧接着推出第二本诗集《诗二十五首》(1936),选入的诗歌大多比第一本写得更早。《爱的地图》是一本诗文集(1939),算是他的中期作品,《死亡与入场》(1946)则是他后期一本重要的短诗集。1952年,他编定《诗集 1934-1952》,留下他意欲留世的90首诗歌,在英美诗歌史上熠熠生辉。

  1937年夏,狄兰·托马斯与一位有着爱尔兰血统的姑娘凯特琳(Caitlin Macnamara)结婚。他俩结识在伦敦的一家烟雾缭绕的酒吧,放荡不羁、如出一辙的波西米亚生活方式让他俩今生今世不分离,整日狂热放纵,不醉不休,无忧无虑。1938年,他带着妻子来到威尔士西南部卡马森海湾拉恩(Laugharne)小镇,悠远的塔夫河(Afon Taf)在一旁静静地流淌,隐约可见中世纪城堡的灰色遗迹高耸在小镇的一片房顶之上。狄兰在俯瞰大海的城堡防御墙一侧眺台上,写下他的短篇小说集《青年狗艺术家的画像》里的一篇《塔夫河流动的地方》。1938－1939年,他在这部如诗如梦的半自传体小说集里,表达出他抵达拉恩镇的感触,时而叠映年少时在斯旺西的回忆和青春期在伦敦的生活经历,其书名显然出自爱尔兰文学大师詹姆斯·乔伊斯(James Joyce,1882－1941)的长篇自传体小说《青年艺术家的画像》(1916),以示诗人对乔伊斯的敬仰。1951年,他在答复一位威尔士大学生的问题时曾写道:"有人撰文评论我的短篇小说集书名《青年狗艺术家的画像》与乔伊斯小说的书名《青年艺术家的画像》非常相近。如你所知,无数艺术家给他们的肖像画起名'青年艺术家的画像'——一个完全直截了当的标题,乔伊斯最先拿绘画标题用作文学作品的标题,我自己只是对这绘画标题开了个狗玩笑而已;当然,我丝毫不曾有参考乔伊斯之意。我认为乔伊斯与我的写作没有任何关系,他的小说《尤利西斯》对我也是如此。另一方面,我不否认我的某些'画像'故事的塑造可能多少归功于乔伊斯的短篇小说集《都柏林人》,那时《都柏林人》是短篇小说界一部开拓性的作品,从那时起罕有成功的短篇小说家不多少会从中受益。"[1]

1939年,随着诗人奥登(W. H. Auden,1907－1973)离开英国,出走美国,一群"新天启派"诗人融新浪漫主义、神性写作和现代主义为一体,出版《新天启诗集》(*The New Apocalypse*,1939)。从此,狄兰·托马斯无疑在新一代英国诗人心目中树立起不可或缺的地位。在随后的12年间,狄兰尽管在文学上不断地取得成功,但经济一直拮据,

---

[1] Dylan Thomas. Poetic Manifesto. *Texas Quarterly* 4(Winter 1961), pp.45－53.

居无定所,常得靠亲朋好友接济度日,不断地从一家迁到另一家,一度还回到英格兰和妻子凯特琳的父母住在一起。"二战"期间,他为了赚钱还曾替电影公司写过脚本。尤其 1939 年初大儿子卢埃林(Llewelyn Edouard Thomas)出生、1943 年女儿艾珑(Aeronwy Bryn Thomas)来到人世后,一家人的生活压力骤然加剧,好在那一年 BBC 因其嗓音浑厚,颇具播音朗诵才能,开始接受他的供稿和录播。

狄兰·托马斯这样的漂泊生活一直持续到 1949 年。他的赞助人玛格丽特·泰勒(Margaret Taylor)夫人帮助他一家重返拉恩镇,为他买下"舟舍"——一座三层的小楼,原是用来修船的船坞,旧是旧了点,却带有一种难以言说的魅力。据狄兰妻子凯特琳后来回忆,她对他们的新家很满意,觉得比他们以前的任何一处房子都漂亮,1949-1950 年初的几个月是他们共同度过的最后一段幸福时光。[1] 在这座峭岩之上海浪摇撼的屋子里,他迎来第三个孩子科尔姆(Colm Hart Thomas)的降生,也在此走完诗人一生最后的旅程,体验到别处不曾有过的宁静而灵感勃发的状态。此地有绵延起伏的群山、人迹罕至的静谧小巷,鹰在一望无际的海湾盘旋……一切都给他的文学创作插上了翅膀:

在约翰爵爷的山岗,

鹰映着夕阳默然盘旋;

云雾升腾,暮色降临,鹰伸开利爪绞杀

---

[1] Caitlin Thomas. *The Life of Caitlin Thomas*. ed. Paul Ferris. London:Pimlico,1993.

锐利的视线靠近海湾上空翔集的小鸟
Over Sir John's hill,
The hawk on fire hangs still;
In a hoisted cloud, at drop of dusk, he pulls to his claws
And gallows, up the rays of his eyes the small birds of the bay
——《在约翰爵爷的山岗》

这首诗是诗人来到拉恩镇后写的,一首貌似写给鸟群的挽歌,实为他以俯瞰拉恩镇海岬的视角替人类的生死作最后的审判。他自称才思泉涌,一个小时接着一个小时独坐在"舟舍",美妙的诗行从心田不竭的源头流淌而出;他用那美妙的嗓音不断地朗读写出的诗稿,寻求一种乐感般的美妙音节,寻求一种狂野词语的激情,寻求一丝心灵的慰藉。在拉恩镇大街,他结识了那儿的老板娘艾薇·威廉姆斯(Ivy Williams),早上喜欢去听老板娘聊聊当地的风流韵事,那些俗不可耐的关于嫉妒和激情的故事,或狂野不羁,或闲言琐语,或蜚短流长,却都成为他独创的声音剧《乳林下》绝好的素材。那些他每天透过布朗酒吧被烟熏黑的窗户观察到的小市民在他的剧中鲜活起来,成为一个个整天追求荒唐事的奇异怪诞人物。就像乔伊斯的小说《尤利西斯》一样,《乳林下》以身边的一个威尔士小镇为背景,按时间顺序虚构海滨小村庄一天24小时发生的"威尔士尤利西斯",却融神话与威尔士乡土为一体,讲述主人公违背当初自我放逐的宣言,回到自己的本源。作为一个威尔士人,托马斯回到了威尔士,作为一个诗人,他回到了诗歌的根源。这是一部先为富含诗意而感性的嗓音所写的广播剧,后被诗人改编成舞台剧在纽约诗歌中心上演——实为一部丰富的"为声音而表演"的听觉作品,结合了对话、歌曲、童谣、圣歌和诗歌。剧中村庄取名为"Llareggub"(拉勒加布),反读就是"bugger all"(全是蠢货),一副恶作剧的幽默。妻子凯特琳曾回忆道,酒精和天赋给了他生命,他不能忍受单靠天赋活着,在拉恩镇他就是靠喝酒来与当地人接触的,酒量在当地堪称一绝,从早晨喝到深夜也不露醉相。狄兰·托马斯习惯把下午的时光留给自己在"舟舍"写诗或创作声音剧,晚上,他在妻子的陪同下,又会去布朗酒吧放浪形骸。凯特琳更是纵情挥洒,时而跳上桌子跳舞,舞姿狂热奔放,汪洋恣肆。此时此刻,酒鬼狄兰以酒精为燃料,点燃转瞬即逝的灵感激情,摇摇欲坠地蹒跚于创作的火山口。随着诗名越来越响,他更加害怕江郎才尽,内心深受煎熬,有时为写好一首诗或一篇小说,绞尽脑汁却一筹莫展,在布朗酒吧愈加抑郁,日益消沉;狄兰·托马斯的一生都笼罩在深刻的自我忧伤中,这也是催动他酗酒而走向死亡的一个重要原因;他有时会预感到自己时日不多,甚至还告诉过妻子,他一定活不过40岁。

1950年2月20日–5月31日,狄兰·托马斯应邀第一次赴美作巡回诗歌朗诵,并将此视作获得成功的标志。他穿行在美国–加拿大大学校园间,奉献出一场又一场的精彩演讲和朗诵;他那色彩斑斓、意象独特、节奏分明的诗歌,配上诗人深沉浑厚、抑扬顿挫的音色,极富魅力,尤其他那迷途小男孩的形象征服了大批美国–加拿大的大学生,令他这次美加巡回诗歌朗诵获得空前的成功。他随之沉溺于一连串的风流韵事中,不断地狂喝暴饮,沉醉于一个诗人可以为王的美国梦。狄兰·托马斯回到拉恩镇后,感到自己的乌托邦崩塌,婚姻的列车也出了轨;他肆无忌惮地纵情声色,沉溺烟酒,背叛爱情。1940—1941年,他曾写下《结婚周年纪念日》(*On a Wedding Anniversary*),竟然一语成谶:

撕破的天空横穿

俩人褴褛的周年纪念日

The sky is torn across

This ragged anniversary of two

此刻爱已丧失

爱神和病人在锁链下哀嚎:

Now their love lies a loss

And Love and his patients roar on a chain;

错误的雨中,为时已晚

他们相聚相会,爱却已分离:

Too late in the wrong rain

They come together whom their love parted;

——《结婚周年纪念日》

他俩开始不时地爆发激烈的争吵,有一次妻子凯特琳还把狄兰为广播剧创作的《白色巨人的大腿》(*In the White Giant's Thigh*, 1950)底稿撕碎扔出窗外,好在退潮时分,懊悔不已的她又跑到海滩将诗稿碎片一片片地捡拾回来。诗人狄兰·托马斯是不会放弃他赴美巡回朗诵之旅的,因为这已成为他生命中不可或缺的一部分。1952 年 1 月 20 日-5 月 16 日,他第二次赴美作巡回朗诵,这一次他带着凯特琳一同前往。1953 年 4 月 21 日-6 月 1 日,他第三次赴美作巡回朗诵;同年 10 月 18 日,他又开始第四次,也是最后一次美国之行。一次次赴美,加在一起 150 天 70 多场巡回诗歌朗诵之旅,加速了他最后的崩溃——"在酒精、性、兴奋剂以及渴望成功调制而成的鸡尾酒中崩溃,透支他作为一个天才诗人所有的能量与癫狂"。1953 年 11 月 5 日,不幸发生,诗人狄兰·托马斯在纽约切尔西旅馆 205 房"患上肺炎,却被误诊误用大量吗啡而导致昏迷"。[1] 11 月 9 日,这位天才诗人在纽约圣文森特(St. Vincent)医院陨落,年仅 39 岁。妻子凯特琳为她那凋零的爱和消逝的诗人悲痛万分,她从纽约接回狄兰·托马斯的遗体,安葬在威尔士拉恩镇圣马丁教堂,不久后逃离了"舟舍",逃离了那疯狂的往昔,唯留空荡荡的船坞和空荡荡的"舟舍"纪念威尔士这位伟大的诗人。

到了 1982 年 3 月 1 日,狄兰·托马斯去世后近三十年,英国伦敦威斯敏斯特教堂名人墓地"诗人角"纪念狄兰·托马斯的诗行地碑揭幕,上面镂刻着他的名诗《羊齿山》(*Fern Hill*, 1945)的尾句:"时光握住我的青翠与死亡/纵然我随大海般的潮汐而歌唱。"1995 年,斯旺西蒂赫兰(Ty Llên)威尔士国家文学中心揭幕成立了狄兰·托马斯中

---

[1] John Goodby. Preface, *The Poetry of Dylan Thomas: Under the Spelling Wall*. Liverpool University Press, 2013, p.xvii.

心。2006年,一项以诗人狄兰·托马斯的名字命名的国际性大奖在诗人家乡设立,每两年颁发一次,奖励30岁以下用英语写作的年轻作家;首届总奖额高达60 000英镑,成为世界知名的文学奖之一。到了2014年,世界各国以各种形式举办狄兰·托马斯百年诞辰庆典,英国皇家造币厂发行狄兰·托马斯诞辰100周年纪念币,硬币设计稿上的狄兰,一头大波浪狂野不羁,羊齿蕨类植物的背景自然让人联想到他那首耳熟能详的名诗《羊齿山》。英国韦-尼(Weidenfeld & Nicolson)出版社推出百年纪念版《狄兰·托马斯诗集》,收录威尔士诗歌研究者约翰·古德拜(John Goodby)教授编选的狄兰·托马斯诗篇170首。事实上,早在1971年,英国登特出版社就已出版了《诗篇》,美国新方向出版社出版了《狄兰·托马斯诗歌》,收录了狄兰生前好友丹尼尔·琼斯(Daniel Jones)编选的诗篇,1982年登特出版社又推出修订版;2003年,美国新方向出版社推出更完备的修订版,收录包括早期《笔记本诗钞》在内的诗篇共201首。毋庸置疑,诗人狄兰·托马斯作品的影响力已波及文学、音乐、绘画、戏剧、电影、电视、卡通等大众媒体,整整影响了几代人,包括英国披头士乐队诗歌音乐唱作人约翰·列侬(John Lenon,1940-1980)、2016年荣获诺贝尔文学奖的美国诗歌音乐唱作人鲍勃·迪伦(Bob Dylan,1941-)和先锋电子音乐唱作人安妮·克拉克(Annie Clark),后两位的艺名借用了"Dylan"和"St. Vincent",旨在向这位伟大的诗人致敬。如今"Dylan"一般译为"迪伦"、"狄伦",但因老一辈翻译大家王佐良、巫宁坤教授最初的译名"狄兰·托马斯"深入人心,根据专名"约定俗成"原则,不便随意修改。狄兰·托马斯像一颗流星划过"冷战"时代晦暗的天空,作为一代人叛逆的文化偶像熠熠生辉,永不磨灭。

二、狄兰·托马斯个性化"进程诗学"

肉体和骨头的气象

湿润又干枯;生与死

像两个幽灵在眼前游荡。

A weather in the flesh and bone

Is damp and dry; the quick and dead

Move like two ghosts before the eye.

世界气象的进程

变幽灵为幽灵;每位投胎的孩子

坐在双重的阴影里。

A process in the weather of the world

Turns ghost to ghost; each mothered child

Sits in their double shade.

——《心灵气象的进程》

这首《心灵气象的进程》出自狄兰·托马斯的首部诗集《诗十八首》(1934),早在他出版诗集的 20 世纪 30 年代乃至 40 年代,伦敦评论界及读者中间一直渴望有一种概括狄兰·托马斯诗歌的标签,直到拉尔夫·莫德在整理出版《狄兰·托马斯笔记本》(1967)前写作《狄兰·托马斯诗歌入门》[1]（1963）时最早关注狄兰·托马斯的"进程诗学"概念，乃至1989年出版《笔记本诗钞1930-1934》（1989），一直誉《心灵气象的进程》一诗为范例。近年，威尔士狄兰·托马斯诗歌研究者约翰·古德拜教授进一步扩展狄兰"进程诗学"的核心概念，"信奉宇宙的一体和绵延不息的演化，以一种力的方式在世界客体与事件中不断同步创造与毁灭，显然带有古代泛神论思想，却辉映着现代生物学、物理学、心理学之光得以重现"。[2] 如前所述，与狄兰·托马斯同时代的英国哲学家怀特海曾提出过"过程哲学"，原文"process"意为"过程，进程"，自然有学者译为"过程哲学"，但因狄兰·托马斯写下此诗 *A Process in the Weather of the Heart*，笔者译为《心灵气象的进程》（1934）。1933-1935年，他在写给初恋情人帕梅拉的信中就曾提及"Process Poetics"，在诗学层面笔者更倾向于译成"进程诗学"。

怀特海（A.N. Whitehead，1861-1947），英国著名哲学家，集一生哲学思想精华，把柏拉图思想、爱因斯坦相对论与普朗克量子力学融为一体，主张世界即过程，自成一家言说，认为世界本质上是一个不断生成的动态过程，事物的存在就是它的生成，故也称活动过程哲学或有机哲学。他在系列著作《自然的概念》（*The Concept of Nature*，1920）[3]和《过程与实在》（*Process and Reality*，1929）[4]等中认为，

---

[1] Ralpn Maud. *Entrance to Dylan Thomas' Poetry*. Pittsburgh：Univeristy of Pittsburgh Press，1963，pp.57-80.
[2] John Goodby. Introduction，*The Collected Poemsof Dylan Thomas*. London：Weidenfeld & Nicolson，2014，pp.15-16.
[3] ［英］怀特海著，张桂权译：《自然的概念》，译林出版社，2014年。
[4] ［英］怀特海著，李步楼译：《过程与实在》，商务印书馆，2011年。

自然和生命是无法分离的,只有两者的融合才构成真正的实在,即构成宇宙;人类是大自然的一部分,应该将人类经验与单细胞的有机体,甚至更原始的生命体看作同等的构成元素。他把宇宙的事物分为"事件"的世界和"永恒客体"的世界,事件世界中的一切都处于变化的过程之中;各种事件的统一体构成机体,从原子到星云、从社会到人都是处于不同等级的机体;机体的根本特征是活动,活动表现为过程,整个世界就此表现为一种活动的过程。所谓"永恒客体",只是作为抽象的可能性而存在,并非人们意识之外的客观实在,能否转变为现实,要受到实际存在客体的限制,并最终受到上帝的限制。上帝是现实世界的源泉,是具体实在的基础。虽然早在20世纪20年代,"过程哲学"就已提出,但到了70年代其影响力波及自然科学、社会科学、美学、诗学、伦理学和宗教学等多个领域,因而它又被称为宇宙形而上学或哲学的宇宙论,尤其为生态哲学家所推崇,后现代主义者更将之看作是自己的理论源泉。

诗人狄兰·托马斯在这首将"process"写入诗篇的《心灵气象的进程》(1934)中将生、欲、死看成一体的循环进程,生孕育着死,欲创造生命,死又重归新生,动植物一体的大自然演变的进程、人体新陈代谢及生死转化的进程与人的心灵气象的进程,宏伟壮丽又息息相关,身体内在的"心灵气象"、"血脉的气象"、"眼目中的进程"、"肉体和骨头的气象"与外在的"世界气象"在各诗节中相互交替,"变湿润为干枯","变黑夜为白昼","变幽灵为幽灵"。"weather"(气象,气候,天气)实为诗人狄兰"进程或过程"中的一个关键词。首节中"金色的射击/怒吼在冰封的墓穴",暗喻射精受孕,即开启通往死亡进程;狄兰·托马斯最喜欢的一对谐音词为"tomb"(墓穴)及第二节的

"womb"（子宫），相差仅一个字母，却可生死转换；首节的"living worm"（活生生的蠕虫）暗喻"阴茎"，实指墓穴里的蛆虫，更是一种生死呼应；第三节的"seed"蕴含"种子"与"精子"的语义双关，"打造耻骨区的一片森林"；末节"mothered child"（投胎的孩子）更是深受生与死的双重影响，似乎瞬间即可完成生与死的交替。尾句"而心灵交出了亡灵"（And the heart gives up its dead）预设的象征颇为晦涩，然而一旦知晓其典出《圣经·新约·启示录》20：13，诗句即可被赋予"天启文学"的象征意义——接受最终的审判。二元的生与死，像幽灵一样缠结在一起，既对立又互相转化，生命的肉体面临生死的选择，死去的灵魂又触发新生命的诞生，不断变幻的心灵，时刻"交出了亡灵"，接受最终的审判而走向新生。

狄兰·托马斯首部诗集《诗十八首》（1934）完整地展现其"进程诗学"，十八首中涉及生、欲、死——成长进程主题的诗歌有《我看见夏日的男孩》、《心灵气象的进程》、《当我敲敲门》、《穿过绿色茎管催动花朵的力》、《我的英雄裸露他的神经》、《在你脸上的水》、《假如我被爱的抚摸撩得心醉》、《我们的阉人梦见》、《当初恋从狂热渐趋烦恼》、《时光，像一座奔跑的坟墓》、《光破晓不见阳光的地方》、《我梦见自身的诞生》等。第二部诗集《诗二十五首》（1936）表现相关主题的诗歌也有《我，以缤纷的意象》、《在此春天》、《忧伤袭来前》、《忧伤的时光贼子》、《而死亡也一统不了天下》等。后期诗集《死亡与入场》（1946）、《梦中的乡村》（1952，纽约）也出现涉及生死进程主题的《拒绝哀悼死于伦敦大火中的孩子》、《不要温顺地走进那个良宵》、《白色巨人的大腿》、《挽歌（未完成）》等诗篇。在此，笔者分析诗人这首成名作《穿过绿色茎管催动花朵的力》(1933),看其如何呈现他的"进程诗学"——人的生死演变与自然的四季交替,融为一体。

穿过绿色茎管催动花朵的力

穿过绿色茎管催动花朵的力
催动我绿色的年华;摧毁树根的力
摧毁我的一切。
我无言相告佝偻的玫瑰
一样的寒热压弯我的青春。

驱动流水穿透岩石的力
驱动我鲜红的血液;驱使溪口干涸的力
驱使我的血流枯荣。
我无言相告我的血脉
同是这张嘴怎样吮吸山涧的清泉。

搅动一泓池水旋转的手
搅动沙的流动;牵动风前行的手
扯动我尸布的风帆。
我无言相告那绞死的人
我的泥土怎样制成刽子手的石灰。

时光之唇水蛭般吸附泉眼；
爱滴落又聚集，但是洒落的血
定会抚慰她的伤痛。
我无言相告一个季候的风
时光怎样环绕星星滴答出一个天堂。

我无言相告情人的墓穴
我的床单上怎样扭动一样的蠕虫。

  诗人在首节迷恋的是宇宙万物的兴盛与衰败，生与死对立，相互撞击又相辅相成，自然的力，兼具宇宙间"创造"与"毁灭"的能量，控制着万物的生长与凋零，也控制着人类的生老病死。诗人在第二节微观审视人体的血液流动与地球的水气流动相契合，人体的脉管也是大地的溪流与矿脉；"mouthing streams"与其理解为三角洲的溪流，还不如理解为吮吸山涧清泉的"溪口"，或吮吸江河大川入海的"河口"，更与第四节的"时光之唇水蛭般吸附泉眼"相呼应，拟人化的"时光"从子宫中吮吸新的生命，或通过脐带吮吸子宫里的羊水，滋养胚胎的生长；生死"洒落的血"抚慰爱的伤痛，自然的"力"被"时光"所主宰，无限的"时光"主导着大自然的交替，引领人类在生老病死过程中创造永恒的天堂。
  全诗最值得注意的是诗人采用的双关语技巧，第一节第一行中的"fuse"，为植物梗茎的古体字，兼具"茎管；保险丝；雷管，信管，导火索"的多层语义；笔者沿袭巫宁坤教授的译法"茎管"，若"fuse"取"导火索"之义，在英汉两种语言存在"音步"上的落差，虽然从诗行的小语境推导含义,"导火索"与花朵"茎管"在符号象似性上均有所关联,笔者最后还是舍弃"导火索"这一字面意义,而从作者意图层面去追寻内在本质上的"信度";在句首采用"穿过"与句尾短促的"力",来弥补"导火索"所蕴涵的爆破力。译者可对作者意图进行相关因素的取舍,在翻译语境下顺应译语读者的期待,进行理想化的语境假设和语码选择。

  第二节第三行中的"wax"(兴盛),又暗指蜡样的死尸,兼具生与死的"兴衰枯荣"的语义双关。第四行"vein",兼具"静脉;矿脉,岩脉;叶脉"的多层语义,典出英国诗人多恩(John Donne,1572-1631)的《哀歌》11"手镯":"As streams, like veins, run through th'earth's every part"(宛如溪流,仿佛脉管,流过大地的每个角落)。而第二行中出现的"mouthing streams"与其理解为三角洲的溪流,还不如理解为吮吸山涧清泉的"溪口",或吮吸江河大川入海的"河口",更让笔者联想到"polypus mouth"(入海口;水螅口),也与第四节首行中的"时光之唇水蛭般吸附泉眼"形成呼应,诗人在此用了"leech to"(用水蛭吸血)这样的医学用语:

时光之唇水蛭般吸附泉眼;
爱滴落又聚集
The lips of time leech to the fountain head;
Love drips and gathers

  美国的研究者斯图尔德·克里恩提出至少5种分析的可能性:

(1) 婴儿的嘴唇水蛭般吮吸母亲的乳汁;(2) 诗人的嘴唇——既是创造性的,同时也是易于腐朽的肉体——需要从灵感的源泉中不断汲取灵感;(3) 时间本身——自然循环,像吸吮的嘴唇,也要周期性地返回"泉眼"——生命的源头进行有机的更迭;(4) 象征男性欲望;(5) 象征女性欲望。[1] "时光之唇"从子宫中吮吸新的生命,或通过脐带吮吸水样的子宫来喂养胎盘的生长;生死"洒落的血"抚慰爱的伤痛,自然的"力"被拟人化转喻的"时光之唇"所主宰,无限的"时光"主导着大自然的交替,引领人类在生老病死过程中创造永恒的天堂。

> 我无言相告情人的墓穴
> 我的床单上怎样扭动一样的蠕虫。
> And I am dumb to tell the lover's tomb
> How at my sheet goes the same crooked worm.

最后一对叠句中出现的"sheet"与"crooked worm"也均为双关语,前者一语双关为"床单"和书写的"纸页",后者为墓穴里"扭动的蠕虫"和书写时"佝偻的手指",当然也可联想为床笫之上"扭动的阴茎";床单上扭动的无论是"蠕虫",还是"阴茎",均与首节中"佝偻的玫瑰"与"压弯的青春"一样透泄青春期强烈的肉欲以及一种肉欲难以满足的人性关怀。一再出现在前四节及末节叠句中的"矛盾修辞

---

[1] Steward Crehan. *The Lips of Time*. eds. John Goodby and Chris Wigginton. New York: Palgrave, 2001, pp.52 - 53.

法"句式"and I am dumb to tell/mouth unto"（我无言相告）颇有自嘲蠢笨的笔调，语言是人类掌控大自然的钥匙，而此刻哑然无语，值得我们自我警醒；荒谬的叙述者似乎在拒绝，却又承认无法表述自我对大自然的领悟，人类在自然的困境中依然持续。诗人要跳出自然类型诗的俗套，绝非要借助大自然的意象假模假样地寻求解决人生的困境。

此外，熟悉英汉诗歌的读者可能都会领略到两种语言结构之间的差异，例如，一、二节英语句式将焦点"force"放在句首，汉语句式却将"力"的重心放在句尾，笔者无法也不必译出原有对等的句式，只能顺应译语语境下的句式。事实上，英诗中的音韵节律及一些特殊的修辞手法等均无法完全传译，在翻译中不得不"丢失"这些东西，但是绝不能丢失内在的节奏。笔者推崇诗人译诗，译诗为诗原则，就在于诗人译者往往可以重建一种汉译的节奏；例如，英诗格律中的音步在汉译中无法绝对重现，前辈诗人翻译家，如闻一多、卞之琳、查良铮、屠岸、飞白先生等，通过长期不懈的努力，在英诗汉译实践中找到一种"以顿代步"的权宜之计，并选择和原文音似的韵脚复制原诗格律；但是，此类诗歌翻译却容易滋生一种"易词凑韵"、"因韵害义"、"以形损意"的不良倾向，一般的译者常为凑足每一行的"音步"或行行达到同等数目的"音步"，让所谓的"格律"束缚诗歌翻译或创作的自由。

最新的语言学研究表明："汉语和英语的一个音步都有两个音节，汉语多音节复合词可分成两步或三步，采用自左向右划分双拍步（两音节一步）的右向音步，或采用考虑语法层次结构的循环音步。英语的音步有重音，都为左重，落在每步的第一音节；单音节的词一般为左重双拍步，第二拍为空拍……汉语的音步重音感觉不明显，但有声调可依;汉语双音节词(双字组)的音步节奏最好。"[1]虽然汉语无法像英语那样以音节的轻重音构建抑扬格或扬抑格等四种音步节奏,但元音丰富的汉语以"平、上、去、入"的四个声调,展现平仄起伏的诗句节奏。汉字有音、有形、有义,更能体现构词成韵灵活多变、构建诗行伸缩自如的先天优势。诗人译者不能机械地按字数凑合"音步",却应构建理想合理的汉译节奏,且要与任何不同的口语朗读节奏相契合;有时可能整整一个句子只能读作一组意群,并与另一组意群构成一种奇妙的关系。[2]

穿过 | 绿色 | 茎管 | 催动 | 花朵的 | 力 -
催动 | 我 - | 绿色的 | 年华; | 摧毁 | 树根的 | 力 -
摧毁 | 我的 | 一切。

The force that through the green fuse drives the flower

Drives my green age; that blasts the roots of trees

Is my destroyer.

针对上述三行原文带"f/d"头韵面具的诗行,笔者采用"穿/催/摧;绿/力"营造头韵应对,阅读第一行时,我们只将它读作一组意群不停顿,符合"循环音步"原则;第二行分两组意群,第三行一组意群,其中第二行的"我-"后面需加空拍,稍作停顿才能和谐相应,句尾

---

[1] 端木三:《汉语的节奏》,见《当代语言学》2004年第4期,第203-209页。
[2] 海岸:《诗人译诗 译诗为诗》,见海岸选编《中西诗歌翻译百年论集》,外语教育出版社,2007年,第697-706页。

单音节的"力"也为左重双拍步,其中第二拍是空拍。我们正因为将诗行看作是一组组意群,因此在阅读时感到内心是那么的轻松而紧凑。这就是汉译的节奏效果顺应了天然的内心节奏,一股自由之气在诗句中跃动。我们有理由相信新一代诗人译者在汉译中不断创造出与英诗音韵节律等效、作用相仿的语言表达形式,做到译诗的节奏抑扬顿挫、起伏有致,意境相随。

当代汉语神经语言学的研究表明:"在中文大脑词库的语义联系中,词与词的并列关系是各种联系中最为密切的一种,上下位关系的词语间联系也较为密切,但搭配关系的词语间的联系则不如英语词在大脑词库中显得强烈;在中文大脑词库的语音结构中,声母、韵母或声调相同的词语间的联系比较密切;而声调在中文大脑词库的联系中起着比较重要的作用,具有相关音位的词语在大脑词库的联系同样密切,而形体相近的词语间的联系也比较密切,在大脑词库中的存储相对接近。"[1]像狄兰·托马斯这类天才诗人的血液之中常常融入一种与生俱来的敏感力、构建力,他们在长期的诗歌创作中获得的一种文本节奏往往与此论述天然契合,诗艺高超的诗人翻译家绝不刻意,而是自为地运用声母、韵母、声调或形体相近的词语来营造汉语的节奏,其音韵节律应该"内化"到创作的无意识中,作为一项本能或素质支持他的写作与翻译,其笔下的文字才能涌动出一种不可言喻的音韵之美。

---

[1] 杨亦鸣:《基于神经语言学的中文大脑词库初探》,见杨亦鸣著《语言的神经机制与语言理论研究》,学林出版社,2003年,第20-21页。

三、狄兰·托马斯与生俱来的宗教观

狄兰·托马斯出生于英国威尔士基督教新教家庭,小时候母亲常带着他去教堂做礼拜,虽然他并未成长为一位基督教徒,却从小就熟读《圣经》,深受英王詹姆斯"钦定版圣经"(KJV, 1611)[1]风格的影响,也成为他从意象出发构思谋篇、构建音韵节律永不枯竭的源泉。他酷爱在教堂聆听牧师布道的声韵,喜欢把古老《圣经》里的意象写进他的诗篇,尤其喜欢琢磨词语的声音,沉浸于词语的联想,却又不关注词的确切含义,这使得他的诗集既为读者所着迷,又很难为他们所理解;但他写的诗大都可以大声朗读,所以凡是进入耳朵里的每一个词都能激发听众的想象力,这和读者阅读文字去思索诗的确切含义的思维过程截然不同。这些词语是狄兰小时候在教堂里耳濡目染、大一点后从威尔士的歌手和说书人那里听来的。1951年他曾写道:"有关挪亚、约拿、罗得、摩西、雅各、大卫、所罗门等一千多个伟人故事,我从小就已知晓;从威尔士布道讲坛滚落的伟大音韵节律早已打动了我的心,我从《约伯记》读到《传道书》,而《新约》故事早已成为我生命的一部分。"[2]所以他的诗篇会不时地出现"亚当"、"夏娃"、"摩西"、"亚伦"等《圣经》人物,经文典故信手拈来,这早已渗入他的血液;例如,他的巅峰之作《羊齿山》(1945)开篇出现的"苹果树"是童真的象

---

[1] KJV,即 King James Version(of the Bible)的缩写,英王詹姆斯"钦定版圣经"(1611)。

[2] Dylan Thomas. Poetic Manifesto. *Texas Quarterly* 4(Winter 1961), pp.45-53.

征,指向伊甸园里的禁果,"苹果树下"典出《圣经·旧约·雅歌》8:5"苹果树下,我把你唤醒",一种表达男女情爱的委婉语。首句"now as I was"(此刻我重回)更是一种句法的悖论,糅合此刻与往昔的开场白,衔接起纯真年代逍遥、童真的美好,"幸福如青翠的青草":

此刻我重回青春,悠然回到苹果树下
身旁是欢快的小屋,幸福如青翠的青草
Now as I was young and easy under the apple boughs
About the lilting house and happy as the grass was green

在《假如我被爱的抚摸撩得心醉》(1934)一诗中,"苹果"更是"青春与情欲"的象征,既是性欲觉醒后带来的无畏欢愉,也是伊甸园"原罪"引发"洪水"惩罚之源以及耶稣基督被钉死在十字架上的救赎:

我就不畏苹果,不惧洪水,
更不怕春天里的恩仇。
I would not fear the apple nor the flood
Nor the bad blood of spring.

在《耳朵在塔楼里听见》(*Ears in the Turrets Hear*,1933)一诗中,"葡萄"与"苹果"几乎是平行互换的,典出《圣经·旧约·雅歌》2:5里的女子相思成病:"求你们给我葡萄增补我力,给我苹果畅快我心。"到了狄兰·托马斯笔下,"是葡萄还是毒药"已引申为"是生还是死"的重大命题。

> 陌生人的手,船只的货舱,
> 你握住的是葡萄还是毒药?
> Hands of the stranger and holds of the ships,
> Hold you poison or grapes?

在《我看见夏日的男孩》(*I See the Boys of Summer*,1934)中我们看到的是"满舱的苹果"(the cargoed apples),在《魔鬼化身》(*Incarnate Devil*,1935)中我们读到的是"蓄胡的苹果"(the bearded apple),更添几重性的诱惑,却在视为不洁的目光下归之"罪恶的形状"。[1] 在基督教文化传统中,苹果树常与禁止采摘的智慧树联想在一起,更在某种程度上因拉丁文武加大译本《圣经》中的"malum"(苹果)与"malus"(邪恶)之间存在语源上的联系。"栎树象征死亡,象征基督受难,也象征生命和希望;梨树象征情欲之爱,樱桃树则象征基督的道成肉身这一神迹,甚至连现代诗人狄兰·托马斯也都如此使用。"[2] 狄兰长大后尽管并未成为一位虔诚的基督徒,但他与生俱来的宗教思想贯穿他一生的创作,尤其基督教神学启示成为他深入思考

---

[1] 词条"Apple",见戴维·莱尔·杰弗里主编《英语文学与圣经传统大词典》(上),上海三联书店,2014年,第85页。
[2] 词条"Tree",见戴维·莱尔·杰弗里主编《英语文学与圣经传统大词典》(下),上海三联书店,2014年,第1326-1327页。

宇宙万物的开始。

1934年，他在首部诗集《诗十八首》中收录的《最初》(*In the Beginning*)典出《圣经》的首句，那是诗人呼应《圣经·旧约·创世记》写下的几节回声：生与死、黑暗与光明、混沌与有序、堕落与拯救，俨然成为一位造物主；而每一诗节里空气、大水、火苗、语言、大脑的起源却似乎阐述上帝"一言生光"的创世；尤其第四节首句"最初是词语，那词语"(In the beginning was the word, and the word)完整出自KJV英译本《圣经·新约·约翰福音》首句，和合本译为"太初有道"，实为"太初有言"："太初有言，那言与上帝同在，上帝就是那言"(In the beginning was the Word, and the Word was with God, and the Word was God)。

最初是词语，那词语

出自光坚实的基座，

抽象所有虚空的字母；

出自呼吸朦胧的基座，

词语涌现，向内心传译

生与死最初的字符。

In the beginning was the word, the word

That from the solid bases of the light

Abstracted all the letters of the void;

And from the cloudy bases of the breath

The word flowed up, translating to the heart

First characters of birth and death.

"最初是词语,那词语"也是《最初》这首诗的高潮,上帝"那言"要有光,就有了光,那言与上帝同在,那言就是上帝,"抽象所有虚空的字母","呼吸"之间吐出"词语",语言就此诞生;"词语"涌现最初的字符,就像狄兰的诗篇,一唇一音,一呼一吸,"向内心传译/生与死"。

他的诗让读者感知到无所不能的上帝和爱的力量所在,1952年,狄兰·托马斯编定最后意欲留世的《诗集》时,在扉页的注解上标明"这些诗歌,以其全部的粗鲁、怀疑和困惑,热爱人类,赞美上帝",[1]尤其晚期诗篇有回归上帝的倾向,但也无法逃脱那更可怕的死亡力量,且往往夹杂着非纯粹的基督教观点。例如,在《假如我被爱的抚摸撩得心醉》一诗的前四个诗节里,诗人以讽刺的笔调重复"假如我被……撩得心醉,我就不畏/惧……"的句式,主导了生命的四个阶段——胚胎期、婴儿期、青春期、衰老期;然而"假如"的从句采用的是"虚拟语气",与主句间也不存在严密的逻辑联系,故"我"不畏妊娠期先天的原罪、出生后婴儿的口欲,更不怕青春期的性欲挣扎以及随衰老疾病而至的死亡,就显得滑稽乃至悲凉。

何谓抚摸?是死亡的羽毛撩动神经?
是你的嘴、我的爱亲吻出的蓟花?
是我的耶稣基督戴上荆棘的树冠?
死亡的话语比他的尸体更干枯,

---

[1] Dylan Thomas. Note before *The Collected Poems 1934 – 1952*. London: J. M. Dent & Sons Ltd, 1953.

我喋喋不休的伤口印着你的毛发。
And what's the rub? Death's feather on the nerve?
Your mouth, my love, the thistle in the kiss?
My Jack of Christ born thorny on the tree?
The words of death are dryer than his stiff,
My wordy wounds are printed with your hair.

此诗的末节先是借用古埃及《亡灵书》(*Book of the Dead*, 公元前 1375) 里"死亡的羽毛"的典故, 描述引导亡灵之神 (Anubis) 把死者之心同一支鸵鸟的羽毛放到天平两端称重量; 心可理解成良心, 羽毛是真理与和谐之羽, 代表正义和秩序。如果良心重量小于等于羽毛, 死者即可进入一个往生乐土, 否则就成为旁边蹲着的鳄头狮身怪的口中餐。诗人继而融合圣诞节与复活节的生死及复活典故, "是我的耶稣基督戴上荆棘的树冠?/死亡的话语比他的死尸更干枯"; 诗人更希望现实中他在伦敦的初恋情人帕梅拉更能撩动他的诗篇, "是你的嘴、我的爱亲吻出的蓟花?/我喋喋不休的伤口印着你的毛发"; 至此, 这一切——死亡、宗教和浪漫的爱情都不能。诗人最终克服了原罪与恐惧, 劝诫自己要为人类现实的"隐喻"而写作, 期盼写出撩人心醉的"死亡话语":

我愿被抚摸撩得心醉, 即:
男人是我的隐喻。
I would be tickled by the rub that is:
Man be my metaphor.

相比首部诗集《诗十八首》而言,第二部诗集《诗二十五首》(1936)采用更多《圣经》里的基督教典故或隐喻,追问自身的宗教信仰及疑惑。例如,在《这块我擘开的饼》(*The Bread I Break*)里,宗教和自然相互缠结的诗意跃然纸上,虔诚的基督徒自然会联想到圣餐上的"饼与杯"及其文化隐喻。自然生长的"燕麦"和"葡萄",变成圣餐里的"饼"和"酒",成了基督的身体与血,也成了诗人的身体与血,创造与毁灭蕴含悖论式的快乐与忧伤。"人击毁了太阳,摧垮了风","风"既是创造者,也是毁灭者,更是毁灭的受害者;其次,圣餐更具有象征意义,耶稣基督在"最后的晚餐"献上自己的肉身,却颇富悖论地为众生带来一种永生;为了制作"无酵饼",酿出"葡萄酒","燕麦"的果实被"收割","葡萄的欢乐"被"捣毁",基督徒从中看到的是基督教信仰中原罪的苦难和忧伤,期待"一起喝新酒的那一天",最终迎来上帝的救赎与恩典:

你擘开的肉质,你放流的血
在脉管里忧伤,
燕麦和葡萄
曾是天生肉感的根茎和液汁;
你畅饮我的酒,你擘开我的饼。
This flesh you break, this blood you let
Make desolation in the vein,
Were oat and grape
Born of the sensual root and sap;

My wine you drink, my bread you snap.

诗集《诗二十五首》(1936)中,《今天,这条虫》(To-day, This Insect)的主题是介于宗教信仰与虚拟故事之间的诗性思索。《魔鬼化身》(Incarnate Devil)的主角既指向毁灭性的撒旦,也指向救赎的耶稣,表达出诗人双重的宗教观。这可能与诗人的"托马斯"家族中一位德高望重的叔公——牧师诗人威廉·托马斯(笔名戈威利姆·马尔勒斯)有关。狄兰的叔公是一位信仰基督教神格一位论派(Unitarianism)的诗人,该派的教义与基督教三位一体教义存在明显的差异,他们只信仰上帝是宇宙间存在的基本力量,不信仰三位一体、原罪、神迹、童贞生子、永坠地狱、预定和《圣经》的绝对真理等教义,也排斥赎罪的教义,那就意味着耶稣不是上帝的儿子,也非神圣的,除非是带有隐喻性的意味;而狄兰·托马斯在诗歌中表现出的反传统习俗观念走得更远,基督教在他眼里就是一种宗教的想象,耶稣象征着潜在的人类,最后的审判代表着人的死亡及再进入大自然的进程。写于1934-1935年圣诞节前后的《薄暮下的祭坛》(Altarwise by owl-light)里的耶稣缠结狄兰·托马斯自身的传奇,那是狄兰笔下一组十节最晦涩的叙事诗:

薄暮下的祭坛,中途歇脚的客栈,
绅士憋着怒火朝向墓穴躺下:

Altarwise by owl-light in the halfway-house
The gentleman lay graveward with his furies;

——(1)

死亡隐喻一切，打造一段历史；

早晚吃奶的孩子迅速成长，

Death is all metaphors, shape in one history;

The child that sucketh long is shooting up,

——(2)

耶稣基督面向祭坛十字架降生，创立一种基督教体系；天堂与地狱之间是尘世，也是"子宫"趋向"墓穴"的生死"客栈"。狄兰的十节十四行诗是反向的准彼特拉克式的，每节诗前一部分由两段三行诗组成，后一部分由两段四行诗组成，原文押韵格式为 abc bac abab cdcd，选译的前(1-2)节叙述耶稣基督的诞生与婴儿期的生死主题；随后回溯与追溯(3)耶稣的前身(4)圣殿里的追问(5)斋戒(6)讲道(7)主祷文(8)耶稣受难(9)埋葬(10)福音书；当然也是夹杂诗人自传色彩的大力神赫拉克勒斯(Hercules)的传奇故事。1934年10月，狄兰·托马斯曾就《新诗》杂志的"问卷"答道："叙事是必不可少的，当今许多平庸、抽象的诗没有叙事的变化，几乎毫无点滴叙事变化，结果了无生机。每一首诗都必须有一条渐渐发展的走向或主题，一首诗越发主观，叙事线就越发清晰。从广义上讲，叙事必须满足艾略特谈到'意义'时所强调的'读者的一个习惯'，让叙事依照读者的一种逻辑习惯渐渐发展开来，诗的本质就自会对读者起作用。"[1]

收录于诗文集《爱的地图》(1939)中的一首《是罪人的尘埃之舌

---

[1] Dylan Thomas. Replies to an Enquiry. *New Verse*, 11 (Oct. 1934), pp.8-9.

鸣响丧钟》(*It is the Sinner's Dust-tongued Bell*)是一场宗教的黑色弥撒,交织着水、火、性的创造与毁灭的主题,也可以看出狄兰·托马斯的宗教观显然融入他所推崇的"过程哲学",时而体现"创造与毁灭的力"已赋予了神性,诗句中那些"时光"、溪流、霜雪显然带有某种不可抗拒的宗教色彩。他迷恋信仰,更迷恋对信仰的修辞表达。收录于诗集《死亡与入场》(1946) 中的《拒绝哀悼死于伦敦大火中的孩子》(*A Refusal to Mourn the Death, by Fire, of a Child in London*, 1944) 更是一首伟大的葬礼弥撒曲,沿袭双关语、矛盾修辞法、跳韵的诗写风格,起首"never until"引导的长达13行的回旋句法错综复杂,拒绝哀悼一个女孩死于1944年一次空袭所致的伦敦大火,哀悼"这个孩子庄严而壮烈的死亡",似乎要净化二战期间在人们心灵中弥漫的绝望情绪。创世或末世的"黑暗"宣告最后一缕光的"破晓"或"破灭",既是开始,又是结束,苦涩的绝望中蕴含希望的尊严。"[锡安]天国"、"犹太会堂"和"披麻"等出自犹太教的字眼更带给自然元素的"水珠"、"玉蜀黍穗"和"种子"神性的圣洁。尽管诗人一再"拒绝哀悼",笔下写出的却是一出神圣的挽歌:

泰晤士河无人哀悼的河水
悄悄地奔流。
第一次死亡之后,死亡从此不再。
Secret by the unmourning water
Of the riding Thames.
After the first death, there is no other.

《处女成婚》(*On the Marriage of a Virgin*)更是一首融基督教精神与异教徒爱欲为一体的玄学诗,诗人笔下的"sun"(太阳)谐音"Son"(圣子),蕴含"耶稣基督降生"的圣经故事;"饼和鱼"蕴含"五饼二鱼"的圣经故事;加利利——以色列最大的淡水湖,素有耶稣第二故乡之称,留有"五饼二鱼"、"耶稣在湖面行走"的圣迹;"鸽子"指的是"圣灵",象征天使报喜、爱心与和平:

今日的太阳从她大腿间跃上天空
童贞古老又神奇,像饼和鱼,
尽管瞬间的圣迹只是一道不灭的闪电
留有足迹的加利利船坞掩藏一大群鸽子。
And this day's sun leapt up the sky out of her thighs
Was miraculous virginity old as loaves and fishes,
Though the moment of a miracle is unending lightning
And the shipyards of Galilee's footprints hide a navy of doves.

《愿景与祈祷》(*Vision and Prayer*)是由十二节组成的两组各六节的玄学派具象诗或透过文字本身的字形或排列组合图案的视觉诗。这种带有特殊视觉效果的诗篇,呈现出一幅幅栩栩如生的直观画面,让读者去揣摩、去玩味其中的匠心独运。本书选译的首节祭坛型和末节圣杯型,指向《圣经·新约·启示录》最后审判日的祈祷与天国的愿景,祭坛型借基督的"胚胎诗"暗喻诗人的诞生,此处引用末节圣杯型则是一篇祈祷文,诗中出现的太阳与圣子音义双关,指向基督:

我翻到了祈祷文一角在太阳突然

降临的祝福声中燃尽了自己

以你那被诅咒者的名义

我想转身跑入隐地

但轰鸣的太阳

施洗命名

天空

我

终于

为人发现

哟让他烫伤我

溺我于世界的伤口

闪电回应我的哭喊之声

此刻我的声音在他手心燃烧

我迷失炫目咆哮的太阳结束祈祷

I turn the corner of prayer and burn

In a blessing of the sudden

Sun. In the name of the damned

I would turn back and run

To the hidden land

But the loud sun

Christens down

  The sky.

   I

  Am found.

  O let him

Scald me and drown

Me in his world's wound.

His lightning answers my

Cry. My voice burns in his hand.

Now I am lost in the blinding

One. The sun roars at the prayer's end.

四、狄兰·托马斯的超现实主义诗风

  20世纪30年代,英美诗坛及知识界陶醉于艾略特和奥登的理性世界,狄兰·托马斯却一反英国现代诗那种苛刻的理性色彩,撒泼一种哥特式野蛮怪诞的力量去表现普通人潜在的人性感受,其非凡的诗艺掀开了英美诗歌史上新的一页。他的诗歌围绕生、欲、死三大主题,夹杂宗教文化的典故,超现实主义诗风粗犷而热烈,音韵充满活力而不失严谨。他笔下的诗带有强烈的节奏和密集的意象,以超常规的排列方式繁殖,冲击惯于分析思维的英国诗歌传统,其肆意设置的密集意象,像细胞一样有丝分裂或核裂变,既相互依存又相互毁灭,表现自然的生长力和人性的律动。他在1938年3月23日写给诗友亨利·特里斯(Henry Treece)的一封信中写道:"一首诗的中心往往由一串意象自身激发。我制造一个意象——虽然'制造'不是一个恰当的词,我却让一个意象在我内心情感上'被制造',随后用之于我所拥有的才智力与判断力——任其繁殖另一个意象,由此与第一个意象产生矛盾,从而制造第三个、第四个意象,并让它们在预设的范围内相互冲突;一个意象内存毁灭的种子,就我的理解而言,我论证的方法就是逐步地创造并破坏源自种子意象的意象。"[1]例如,写于1935年的描写情人幽会及离别时引发忧伤心境的《忧伤袭来前》(*A Grief Ago*)完整地呈现诗人"进程诗学"的"生死爱欲":

铅灰花苞,在我眼线拽动下,
射穿枝叶绽放,
她是缠绕在亚伦魔杖上的
玫瑰,掷向瘟疫,
青蛙一身的水珠和触角
在一旁垒了窝。

Wrenched by my fingerman, the leaden bud

Shot through the leaf,

Was who was folded on the rod the aaron

Rose cast to plague,

The horn and ball of water on the frog

---

[1] Dylan Thomas. *The Collected Letters*. ed. Paul Ferns. London: Dent, 2000, p.328.

Housed in the side.

"花苞,在我眼线拽动下",射穿枝叶般的处女膜绽放,那是《当初恋从狂热渐趋烦恼》(1933)中的"万千意念吮吸一朵花蕾/仿佛分叉我的眼神",也是《假如我被爱的抚摸撩得心醉》(1934)中的"烟雾缠绕花蕾,击中她的眼神",变幻出万千"诱惑";"魔杖"般的阴茎像蛇一样变为一朵玫瑰,掷下蛙胎成灾,诗节典出《圣经·旧约·创世记》——摩西之兄亚伦,执掌权杖替摩西话语,其权杖能发芽开花,更能行奇事,在埃及法老面前变作蛇或伸杖于埃及江河之上引发蛙灾、蝗灾、瘟疫等,其蕴含基督教内涵的一连串意象与前面情人交媾的意象格格不入,相辅相成的冲突,制造出超现实主义的"魔力"。

狄兰·托马斯的前期作品大多晦涩难懂,后期的作品更清晰明快,尽管某些细节仍然令人疑惑不解;然而,其作品的晦涩与不解并非由于结构的松散与模糊,而是其超现实主义诗风所致。分析狄兰·托马斯诗风的成因,一定绕不过弗洛伊德(Sigmund Freud, 1856-1939)思想和20世纪20年代风靡欧洲的超现实主义运动;当时这一思潮席卷西方文学、艺术、文化领域,对颇具浪漫主义情怀的狄兰产生颠覆性的影响,尤其关于潜意识、性欲及梦的解析渐渐成为他诗歌的背景或题材。1943年,他回答伦敦《新诗》杂志"是否受到过弗洛伊德的影响"时给出肯定的回答:"是的,任何隐藏的一切总会暴露,一旦被剥离黑暗就会干净,剥开黑暗即为净化。诗歌记录个人剥离黑暗的过程,必然将光投向隐藏太久的东西,就此净化赤裸裸暴露的东西。弗洛伊德将光投向一些他所暴露的黑暗,有利于看清了光,了解隐藏起来的本相,诗歌必定比弗洛伊德所能认识到的更深入地进入光所净化的本相并了解到更多隐藏的缘由。"[1]

狄兰·托马斯认为超现实主义艺术家既不满足于现实主义笔下描述的世界,也不满意印象主义画笔下想象的世界。他们要跳入潜意识的大海,不借助逻辑或理性来挖掘意识表面下的意象,而借助非逻辑或非理性化为笔下的色彩与文字;他们确信四分之三的意识为潜意识,艺术家的职责在于从潜意识中收集创作的材料,而非局限于潜意识海洋露出的冰山一角。超现实主义诗人常用的一大手法就是并置那些不存在理性关联的词语或意象,希望从中获得一种潜意识的梦境或诗意,远比意识中的现实或想象的理性世界更为真实。发表于1934年的《光破晓不见阳光的地方》末节"当逻辑消亡"就已显示他写作的倾向,或许也是读者解读他诗歌的关键:

当逻辑消亡,
泥土的秘密透过目光生长,
血在阳光下暴涨;
黎明停摆在荒地之上。

When logics die,
The secret of the soil grows through the eye,
And blood jumps in the sun;
Above the waste allotments the dawn halts.

---

[1] Dylan Thomas. Replies to an Enquiry. *New Verse*, 11 (Oct. 1934), pp.8-9.

狄兰·托马斯尽管从主体上接纳了超现实主义的诗歌理念,但并非全然接受。1951年,他曾写道:"我不在乎一首诗的意象从何处打捞而来:如果你喜欢,就可从隐藏自我的大海最深处打捞它们;但是在抵达稿子之前,它们必须经过才智所有理性的加工;另一方面,超现实主义者却将从混沌中浮现出来的词句原封不动地记录到稿子上;它们并不修整这些词语或按一定的秩序加以整理,在他们看来,混沌即形式和秩序。这对我而言似乎太过自以为是,超现实主义者想象无论从潜意识自我中捞出什么,就以颜料或文字记录下来,本质上就存在一定的趣味或一定的价值。我否定这一点。诗人的一大技艺在于让人理解潜意识中可能浮现的东西并加以清晰地表达;才智的一大重要作用就在于从潜意识杂乱无章的意象中选取那些最符合他想象目标的东西,并写出他最好的诗篇。"[1]

在狄兰·托马斯"进程诗学"的另一首名篇《时光,像一座奔跑的坟墓》(When, Like a Running Grave, 1934)里,死亡不是时间的终结,而是一种生命的奔跑,一种逃离追捕的奔跑;此刻,死亡只是时光的一部分,绝非时光的所有。诗人在这首诗歌中阐述了他特有的时间观念,生命是时光的受害者,青春与衰老、快乐与哀伤相依相随,生死循环;爱的拥抱竟然是一把死神的"镰刀",一把缝制生命的"命运之剪";然而,要想逃避死亡的追捕,永享时光的美好,唯有逃避时间,回到人类堕落前的生存,藏匿于伊甸园——一种"永生"的叙述。首句"时光,像一座奔跑的坟墓,一路追捕你",导入一种实验性的分层复

---

[1] Dylan Thomas. Poetic Manifesto. *Texas Quarterly* 4(1961), pp.45-53.

句结构,不少于 30 个开放式从句,有些只是一个单词,延伸达 25 行之久,整整 5 个诗节,每节 5 行,持续地发出"传递"时光主题的请求,而这种连续从属的独立分句延迟"传递"动作的实施,破坏了正常的句法,尽显现代主义诗歌的碎片化而显晦涩难解,一种现代主义空间错位手法更使这首诗因诗义的流动而趋于不稳定。此诗也常被认作是狄兰·托马斯超现实主义诗风最佳的例子:

时光,像一座奔跑的坟墓,一路追捕你,
你安然的拥抱是一把毛发的镰刀,
爱换好装缓缓地穿过屋子,
上了裸露的楼梯,灵车里的斑鸠,
被拽向穹顶,

When, like a running grave, time tracks you down,
Your calm and cuddled is a scythe of hairs,
Love in her gear is slowly through the house,
Up naked stairs, a turtle in a hearse,
Hauled to the dome,

像一把剪刀,偷偷靠近裁缝的岁月,
向羞怯部落中的我
传递比死尸陷阱更赤裸的爱,
剥夺狡诈的口舌,他的卷尺
剥夺寸寸肉骨,

Comes, like a scissors stalking, tailor age,
Deliver me who, timid in my tribe,
Of love am barer than Cadaver's trap
Robbed of the foxy tongue, his footed tape
Of the bone inch,

我的主人,传递我的大脑和心脏,
蜡烛样的死尸之心消瘦,
手铲搏动的血,随严密的时光
驱动孩子们成长,仿佛青肿袭上拇指,
从处女膜到龟头,
Deliver me, my masters, head and heart,
Heart of Cadaver's candle waxes thin,
When blood, spade-handed, and the logic time
Drive children up like bruises to the thumb,
From maid and head,

因着周日,面对阴囊的护套,
童贞和女猎手,男子的眼神昏暗,
我,那时光的茄克或冰外套,
也许无法扎紧
紧身墓穴里的处女O,
For, sunday faced, with dusters in my glove,

Chaste and the chaser, man with the cockshut eye,
I, that time's jacket or the coat of ice
May fail to fasten with a virgin o
In the straight grave,

我用力跨过死尸的国度，
讨教的主人在墓石上敲打
血之绝望密码，信任处女的黏液，
我在阉人间逗留，裤裆和脸上
留下硝石的污迹。
Stride through Cadaver's country in my force,
My pickbrain masters morsing on the stone
Despair of blood, faith in the maiden's slime,
Halt among eunuchs, and the nitric stain
On fork and face.

拉丁词源解剖词汇的"Cadaver"（死尸），作为全诗主导性意象，在前五节出现三次——"死尸陷阱"、"死尸之心"、"死尸的国度"，在后五节又出现三次——"飞机棚里的死尸"、"死尸/抽发亚当的芽胚"及"快乐死尸的饥饿"，开启一场死尸暴君"大脑"和皇后"心"之间的辩论，长句也从"你"转向"我"，既略显谨慎又伤感闪烁，分享人类的困境直至命运的走向；复杂的长句之后，短句带来一种戏剧性释放，羞怯的男孩"我"与"死尸"渐渐成长，在爱和性的怀抱、疾病和死亡的国度里相生相随。时光绝非愚蠢的傻瓜,"时光的追捕/终成死亡的灰烬"。

值得注意的是此诗第四节倒数第二句的"a virgin o"(处女O),指的是处女膜,一种极端的词语游戏,隐含处女的荣耀无关紧要,与第三节末句的谐音双关语"maidenhead"(处女膜,原文为"from maid and head")构成呼应的文字游戏。第二节首句中的"tailor"(裁缝),恰如希腊神话中的命运之神,蕴含"创造"与"毁灭"的能力,拥有一把"命运之剪",量体裁衣,缝制生命之衣,隐喻掌控生死的能力,也让笔者想起《二十四年》(*Twenty-four Years*,1938)一诗中的裁缝胎儿蹲伏在自然之门,既要刺破胎衣踏上人生之程,又要"缝制一件上路的裹尸布"走向死亡:

我像一位裁缝蹲伏在自然之门的腹股沟
借着食肉的太阳光
缝制一件上路的裹尸布。
In the groin of the natural doorway I crouched like a tailor
Sewing a shroud for a journey
By the light of the meat-eating sun.

更让笔者想起《从前》(*Once Below a Time*,1939)一诗中的"裁缝",一种超现实主义方式的表达:

我惊扰就坐的裁缝,

我回拨钟表面对裁缝,
I astounded the sitting tailors,
I set back the clock faced tailors,

沿袭《时光,像一座奔跑的坟墓》这种碎片化句法结构的一首《布谷鸟月旧时光》(Hold Hard, These Ancient Minutes, 1935),不时出现跳韵、谐韵、半谐韵来突破五音步的节律,串起"时光"这一主题,在布谷鸟鸣叫的四月狩猎在威尔士及英格兰的风景——巨石起伏的山丘、绿林遮掩的原野、礁岩嶙峋的海岬。诗人借助"旧时光"追忆往昔的岁月,想象自己与"时光"一道骑上马背,化作乡间的"骑手"或"猎手",与伙伴们一起从"下悬的南方",越过"格拉摩根山",一路紧随"乡间孩子",从布谷鸟的春天,进入乡村绿林的童话世界,一起"嬉戏在夏天";威尔士"弹起四弦的山丘"与英格兰的"号角"相得益彰,回荡在空旷的海岬上空;然而,四月是最残忍的季节,起伏的巨石开裂,摔下"猎手和攥紧的希望",猩红的大地拖着一尾血迹,一只猎鹰掠过,鸟群随之落下:

布谷鸟月旧时光,攥紧时光的驱动,
在格拉摩根山第四座瘦长的塔楼下,
翠绿的花朵一路争相开放;
时光,化作塔楼里的骑手,像位乡下人,
身后跟着猎犬,跨过追猎道上的栏杆,
驱动我的伙伴,我的孩子,打自下悬的南方。

Hold hard, these ancient minutes in the cuckoo's month,
Under the lank, fourth folly on Glamorgan's hill,
As the green blooms ride upward, to the drive of time;
Time, in a folly's rider, like a county man
Over the vault of ridings with his hound at heel,
Drives forth my men, my children, from the hanging south.

诗人狄兰·托马斯早在1933年就已发表,却收录在第二部诗集《诗二十五首》(1936)里的《而死亡也一统不了天下》是一首融合泛神论与天启派视野、音韵节律的诗歌。诗题揭开生死的主题,在三段式诗节的首尾以叠句的方式一再出现,似乎在不断提醒《圣经·新约·罗马书》6:9里上帝的允诺:

而死亡也一统不了天下。
海鸥也许不再在耳畔啼叫,
波涛也不再汹涌地拍打海岸;
花开花落处也许不再有花朵
迎着风雨昂首挺立;
尽管他们发了疯,僵死如钉,
那些人的头颅却会穿越雏菊崭露;
闯入太阳,直到太阳陨落,
而死亡也一统不了天下。
And death shall have no dominion.

No more may gulls cry at their ears

Or waves break loud on the seashores;

Where blew a flower may a flower no more

Lift its head to the blows of the rain;

Though they be mad and dead as nails,

Heads of the characters hammer through daisies;

Break in the sun till the sun breaks down,

And death shall have no dominion.

天启圣言传递死里复活的永生淹没了泛神论死后自然永恒轮回的安慰,无论是体现基督信仰,还是体现泛神论的观念,肉体虽死,但灵魂不灭。诗句在表现狄兰·托马斯信仰的雄辩时,也传递另一种难以相容的矛盾,"信仰会在他们手中折断,/独角兽之恶也会刺穿他们",颇为预示性地开启了现代主义诗歌似是而非地言说永生主题的超现实主义方式。

此节最后,笔者还想谈谈狄兰·托马斯的超现实主义喻体,以诗中第三节后半段源自习语的一个明喻"dead as nails"(僵死如钉)和一个隐喻"hammer through daisies"(穿越雏菊崭露)为例,消除读者的误读。前者"dead as nails"显然仿自习语"dead as a doornail"(彻底死了;直挺挺地死了),后者死去的头颅"hammer through daisies",仿自习语"pushing up the daisies"(推上雏菊入土;长眠地下)。它们都是诗人狄兰·托马斯化陈腐为神奇的诗性创造,绝非反常用词,或对语词的有意误用,而是语义不断更新的结果。比喻实则包含两级指称,即字面上的指称和隐含的指称。当诗人说"(as)dead as nails",自然不是说"彻底死去",而是道出一种"僵死如钉"的心态;当诗人说出"hammer through daisies",表示死去的头颅不会随撒落的雏菊"入土长眠",而是要像锤打一般用力"穿越雏菊崭露"或者说复活开放,继而拥有了一种神奇的力量,"闯入太阳,直到太阳陨落"。诗人狄兰·托马斯在他的诗歌中创造大量的超现实隐喻,在那些词语之间、字面与隐喻的解读间产生某种张力,陈述的新义就是通过这种张力不断激发出来的;有些隐喻显然不是通过创造新词来创造新意义,而是通过违反语词的习惯用法来创造新义;这些隐喻对新义的创造是在瞬间完成的,活的隐喻也只有在不断的运用中才有可能。西方批评家早就注意到狄兰·托马斯这种"翻新陈词滥调"(refurbished cliché)手法,美国研究者克拉克·埃默里(Clark Emery)曾列表说明诗人狄兰·托马斯这类的表达:

shall fall awake(行将醒来)

skull of state(国家首脑)

jaw for news(扯谈消息)

tooth and tail(齿尾)

five and country senses(天生的五官)

dressed to die(盛装而死)

stations of the breath(生灵呼吸的驿站)

sins and days(有罪的日子)

the pyre yet to be lighted(有待点燃的柴堆)

up to his tears(忙得流泪)

the quick of the night(夜里的生者)

near and fire(就近之火)

garden of wilderness(荒野花园)

once below a time(从前)

the nick of love(爱的豁口)

happy as the grass was green(幸福如青翠的青草)

the sparrows hail(麻雀致意)[1]

美国的研究者威廉·格林韦(William Greenway)认为狄兰·托马斯的《穿过绿色茎管催动花朵的力》第三节的前三行诗翻新自谚语:"那只推动摇篮的手掌控世界"(The hand that rocks the cradle rules the world)[2]:

搅动一泓池水旋转的手

搅动沙的流动;牵动风前行的手

扯动我的尸布风帆。

The hand that whirls the water in the pool

Stirs the quicksand; that ropes the blowing wind

---

[1] Clark Emery. *The World of Dylan Thomas*. Coral Gables: University of Miami Press, 1962, p.25.

[2] William Greenway. *The Poetry of Personality — The Poetic Diction of Dylan Thomas*, Introduction, e-book. Lanham: Lexington Books, 2015, p.931.

Hauls my shroud sail.

另一首《那只签署文件的手》(The Hand that Signed the Paper)有两节诗行,也是采用同样的手法:

那只签署文件的手毁灭一座城市;
The hand that signed the paper felled a city;

那只签署条约的手孕育一场热病
The hand that signed the treaty bred a fever

法国思想家保罗·利科(Paul Ricoeur, 1913 – 2005)在《活的隐喻》(La Métaphore Vive, 1975)一书中曾说过:"重新激活死的隐喻就是对去词化的积极实施,它相当于重新创造隐喻,因而也相当于重新创造隐喻的意义,作家们通过各种十分协调的高超技巧——对形式形象比喻的同义词进行替换,补充更新隐喻,等等——来实现这一目标。"[1]就某种意义而言,词典上的隐喻都是死的隐喻而不是活的隐喻,恰当地使用隐喻是人的天才能力的表征,它反映了人发现相似性的能力。诗人的一个重要素质就是懂得恰当地使用隐喻,世界上读诗、写诗的人很多,一般人能懂得恰当地使用隐喻就已经很不错了;但

---

[1][法]保罗·利科著,汪堂家译:《活的隐喻》,上海译文出版社,2004年,第406页。

天才的诗人很少,因为只有少数人才具有创造超现实隐喻的能力,而狄兰·托马斯就是其中少数的天才诗人。对于诗歌译者而言,隐喻是语言之谜的核心;隐喻既是理解和解释的桥梁,也是理解和解释的障碍。隐喻可以解释但无法确切解释,因为隐喻不但体现并维持语词的张力,而且不断创造新意义;隐喻扩大了语词的意义空间,也扩大了诗人的想象空间。[1]

五、狄兰·托马斯诗歌的音韵节律

我梦见自身的诞生

睡出一身汗,我梦见自身的诞生,突破
转动的卵壳,壮如
钻头一般的运动肌,穿越
幻象和腿股的神经。

从蠕虫屈身丈量的肢体,曳步
离开皱巴巴的肉身,列队
穿过草丛里所有的铁,锉亮
夜色撩人的光金属。

---

[1] 海岸:《诗人译诗 译诗为诗》,见海岸选编《中西诗歌翻译百年论集》,外语教育出版社,2007年,第697-706页。

承接流淌爱液的滚烫脉管,昂贵
是我骨骼的生灵,我
环绕代代相传的地球,低速
驶过夜间打扮入时的人。

我梦见自身的诞生再次死去,弹片
击中行进的心,洞穿
缝合的伤和凝结的风,死亡
封住吞入毒气的嘴。

恰逢第二次死亡,我标识山岗,收获
毒芹和叶片,锈了
我尸身上回火的血,迫使
我从草丛再次奋发。

我的诞生赋予感染的力,骨骼
再次生长,赤裸的
亡灵再次穿上新衣。再次
受难的痛吐出男儿的气概。

死去一身汗,我梦见自身的诞生,两次
坠入滋养的大海,直至
亚当一身汗渍发了臭,梦见

新人活力,我去追寻太阳。

诗人狄兰·托马斯一生创造性地使用音韵节律,像一位凯尔特吟游诗人在诗行间的词语上煞费苦心,乐此不疲,倾其所能运用各种语词手段——双关语、混成语、俚语、隐喻、转喻、提喻、悖论、矛盾修辞法以及辅音韵脚、叠韵、跳韵、谐音造词法和词语的扭曲、回旋、捏造与创新——以超现实主义的方式掀开英美诗歌史上新的篇章。这首《我梦见自身的诞生》(*I Dreamed my Genesis*, 1934)沿袭狄兰"进程诗学"的生死爱欲主题,基于威尔士诗歌的节律,实验性地以音节数分布音韵节律,诗节原文韵脚押 a a a b,除最后一节押 a a a a,其余打破常规地押辅音,七个诗节依次大致押"n l y(i) l s d(t) n"。

两年前开始写作《狄兰·托马斯翻译与批评》书稿时,笔者曾写邮件向冯象先生请教希伯来诗律问题,探讨是否对狄兰·托马斯诗歌有过影响,他认为:"英语和闪语语系不同,几乎无法还原音律和节奏,狄兰·托马斯大概还是受英译钦定本《圣经》的影响,而非希伯来诗歌的启示,他的诗歌节律更多留有中古威尔士歌手的文化印记。"故而,笔者在研读《圣经》同时,关注凯尔特文化,尤其是威尔士诗律。

威尔士诗歌自古带有一种神秘宗教感,虽然欧洲凯尔特文化中的吟游诗人早在中世纪末就衰落了,但是在威尔士地区留存的艾斯特福德诗歌音乐节(Eisteddfod),至今还流行一种结构严谨、韵式精巧的音乐,伴有便于记忆的叠句朗诵,保存威尔士语一种复杂的头韵与韵脚体系"和韵"(Cynghanedd),例如,威尔士诗律之灵魂的七音诗(cywydd)谐音律。"Cynghanedd(和韵)在威尔士语中原义'和谐',

在诗歌中即为诗行间元音辅音谐同配置模式,主要分为三类:押多头韵和韵、押头韵和行内韵响亮和韵和只押行内韵和韵。"[1]后经爱尔兰都柏林高等研究院邱方哲博士后证实,目前学界普遍关注的威尔士语"和韵"分为四种:

"交叉和韵"(cynghanedd groes):前半行内每一重读音节周围辅音在后半行内必须重复,不押元音韵。

"跨越和韵"(cynghanedd draws):与前一种不同之处在于后半行有一个或数个音节不参与和韵。

"元音和韵"(cynghanedd sain):一行分三部分,前两部分押尾韵,后两部分押"交叉和韵"。

"拖拽和韵"(cynghanedd lusg):前半行最后一音节与后半行倒数第二音节押尾韵。

追溯14世纪南威尔士诗歌的黄金时期,那时曾出现过一位对威尔士诗歌持续影响两百年之久的伟大诗人戴维兹·阿普·戈威利姆(Dafydd ap Gwilym,约1320-1370),展示出威尔士诗歌从未有过的简约风格、人性化表述以及对大自然的真切感受,并将爱情诗的地位提升到超越各种颂扬体诗文的新台阶,也为后来者狄兰·托马斯开启诸如《羊齿山》之类的自然与爱情抒情诗模式。诗人戈威利姆最大的

---

[1] John Ackerman. *Dylan Thomas: His Life and Work.* London:Oxford University Press, 1964, p.123.

贡献就是将威尔士语"cywydd"格律——一种苛求辅音和谐配置的复杂和韵格律,丝毫不留转译余地的七音节押韵对句,诗行押头韵和行内韵,句末分别以阴阳性结尾——发展到一个前所未有的高度,在15世纪的威尔士达到巅峰,后来随着威尔士语及威尔士文化阶层的衰落,渐渐淹没在16世纪流行的自然流露情感的英诗大潮下,却在狄兰·托马斯的诗歌中依然留下清晰可寻的印迹,实际上《我梦见自身的诞生》及他的《我的技艺或沉郁的诗艺》等都是源自威尔士语诗律中的七音(节)诗谐音律的典范:

我在吟唱的灯光下辛劳

不为抱负或面包

或为在象牙台上

招摇并兜售魅力

却为内心最深处

极其普通的回报。

I labour by singing light

Not for ambition or bread

Or the strut and trade of charms

On the ivory stages

But for the common wages

Of their most secret heart.

——《我的技艺或沉郁的诗艺》

当然,狄兰·托马斯也写过极其严苛的固定韵式,例如,以法国16世纪严谨的维拉内拉(Villanelle)诗体——一种结构优美的19行双韵韵体诗,写出《不要温顺地走进那个良宵》(详见正文)和《挽歌》(残片)永留史册:

不要温顺地走进那个良宵,
老年在日暮之时应当燃烧与咆哮;
怒斥,怒斥光明的消亡。
Do not go gentle into that good night,
Old age should burn and rave at close of day;
Rage, rage against the dying of the light.

——《不要温顺地走进那个良宵》

傲然不屑死去,失明而心碎地死去
以最黑暗的方式,不再转身,
一位冷峻勇敢的善良人,极度孤傲
Too proud to die, broken and blind he died
The darkest way, and did not turn away,
A cold, kind man brave in his burning pride

——《挽歌(未完成)》

狄兰·托马斯,这位只会说英文的盎格鲁-威尔士诗人自有其独特的直觉感悟力,设计出等值的英文诗句,复制出与威尔士语相似的音韵效果,上述这首《我梦见自身的诞生》大体上由 12 音节、7 音节、10 音节、8 音节诗行构成的 7 个诗节 28 行,遵循依稀可辨识的威尔士诗律模式,每行诗句强行转行,尤其最后一个单词或短语跨行连续,模仿出威尔士音韵节律的乐感效果。在某种意义上威尔士对狄兰·托马斯而言只是一个家乡的概念,但他诗句的乐感、元音辅音相互缠结的效果、奔放华丽的词汇以及奇特智慧的修辞均无可置疑地体现威尔士游吟诗人的风格。

这首诗前后呈现两大生死爱欲的梦境:前三个诗节叙述受孕和诞生的梦境,后三个诗节叙述死亡与重生的梦境;最后一个诗节是充满希望的复活;然而,生死的周期总交织着分娩的阵痛、性幻想和灭绝,正如美国研究者发现,"狄兰·托马斯许多诗描述梦境,或根据弗洛伊德的《梦的解析》来构思,通过浓缩、转移、象征等手法来创作"。[1] 而此诗刻意跨行的句式及生死的主题显然借自于艾略特(T.S. Eliot, 1888 – 1965)《荒原》(1922)的开篇:

> 四月是最残忍的月份,哺育着
> 丁香,在死去的土地里,混合着
> 记忆和欲望,拨动着
> 沉闷的春芽,在一阵阵春雨里。
> April is the cruellest month, breeding

---

[1] William York Tindall. *A Reader's Guide to Dylan Thomas*, Introduction. New York: Syracuse University Press, 1996, p.9.

Lilacs out of the dead land, mixing

Memory and desire, stirring

Dull roots with spring rain.

(裘小龙 译)

睡出一身汗,我梦见自身的诞生,突破

转动的卵壳,壮如

钻头一般的运动肌,穿越

幻象和腿股的神经。

I dreamed my genesis in sweat of sleep, breaking

Through the rotating shell, strong

As motor muscle on the drill, driving

Through vision and the girdered nerve.

前三节是典型的狄兰式神经传导与机械装置相互交融的超现实主义诗节,首节想必是一场艳梦,叙述者大汗淋漓,"我梦见自身的诞生",回到子宫受孕的那一刻,也回到《创世记》,回到原罪的"蠕虫"丈量一番亚当的肢体,回到宇宙、生命、文明的起源,即这首诗的灵魂所在。首节可见到头韵/行内韵交叉出现,第一/二行发出"丝丝作响"(sweat of sleep/shell, strong)的头韵,第三行依稀从梦境(dream)中听到"d"头韵(drill, driving)的回响。第二/四行,甚至在下节第三行重复出现"through",一再让读者感受到"壮如钻头"的力量,足以"突破/转动的卵壳","穿越/幻象和腿股的神经",无论是要突入一个女性世界，抑或突破一种心理的障碍。

从蠕虫屈身丈量的肢体，曳步
离开皱巴巴的肉身，列队
穿过草丛里所有的铁，锉亮
夜色撩人的光金属。

From limbs that had the measure of the worm, shuffled
Off from the creasing flesh, filed
Through all the irons in the grass, metal
Of suns in the man-melting night.

  第二节首行由"from"发动的"f/m"头韵继而在诗行内回旋（shuffled / Off from ... flesh, filed / ... metal / ... man-melting），带头韵的双关语"file"，既能"列队/穿过"草丛，也能"锉亮"草丛里的铁；跳韵的"man-melting night"仿佛就是一座熔炉，一个夜色撩人的造人子宫，抑或葬人的墓穴，实为一次穿越"金属"的艰难诞生。而此节的"flesh"（肉身）与"grass"（草），典出《圣经·旧约·以赛亚书》40：6"那肉身皆草，美颜似野花"（All flesh is grass, and all the goodiness thereof is as the flower of the field）；在狄兰笔下，动植物、矿脉和血脉都是有机一体的，有时令读者难解，唯有透过他的"进程诗学"才能解析其中的奥秘。随后的"我"，一个高贵的诗人诞生，脉管承接爱情的热血，环绕代代相传的地球，低速驶过夜间堕落的人类，一代代历经生死的交替。

第四至六节是"第二次死亡"与重生的梦境,似乎与一战、二战相关,生于1914年的狄兰·托马斯,恰逢弥漫死亡的第一次世界大战;1933年希特勒上台,第二次世界大战终将无法避免,那就是狄兰心目中的"第二次死亡",具象可感的战争体验何等残忍,"我梦见自身的诞生再次死去,弹片／击中行进的心,洞穿":

缝合的伤和凝结的风,死亡
封住吞入毒气的嘴。
In the stitched **wound** and clotted **wind**, **muzzled**
Death on the **mouth** that ate the gas.

典型的一种古英语诗律,押头韵"w/m"、谐行内韵"wound ... wind, muzzled/... mouth"。第二次死亡,另一层意义指向性衰竭与灭绝,因打从伊丽莎白时代起,"死亡"在英文里就蕴含"性"的双关语义,当然也有神学的意味,典出《圣经·新约·启示录》20:14里的"第二遍死",参见《拒绝哀悼死于伦敦大火中的孩子》一诗末句的解读。下一节出现的"毒芹和叶片",让诗行回到"肉身皆草",迫使"我"在草丛中奋发,"我尸身上回火的血",勃起触发生机,骨骼再次生长,穿上新衣的亡灵再次"吐出男儿气概"。

死去一身汗,我梦见自身的诞生,两次
坠入滋养的大海,直至
亚当一身汗渍发了臭,梦见

新人活力，我去追寻太阳。

I dreamed my genesis in sweat of death, fallen
Twice in the feeding sea, grown
Stale of Adam's brine until, vision
Of new man strength, I seek the sun.

末节描写死后重生，叙述者大汗淋漓，"我梦见自身的诞生"，第二次"坠入滋养的大海"复活，无论那是子宫滋养的羊水，还是《圣经·旧约·创世记》里的亚当子孙，"一身汗渍发了臭"，旧的不去，新的不来，"我"要与第一次世界大战后成长起来的"新人"，一起"去追寻太阳"，无论透出凯尔特文化的破晓之光，还是圣子基督带来的神学之光。

狄兰·托马斯的最后一首诗，即编完《诗集 1934－1952》后写了两个月写成的《序诗》，模仿艾略特《荒原》的碎片化、非延续性、混合型错位，探索性地设立了一种繁复的"英雄双韵体"变体韵式。1952年11月10日他在写给朋友博兹曼（E.E. Bozman）信中说，这首序诗的诗体形式源自中古威尔士诗歌及法国普罗旺斯诗体的实验，"我似乎好傻，竟然为自己设立了一个很富挑战的技术活：序诗分上下两阕，各为51行诗句，韵式正好相反，上阕首句与下阕末句押韵，第二句与到数第二句押韵，以此类推"，[1]直到全诗102行中间两行第51

---

[1] Dylan Thomas. *The Collected Letters*. ed. Paul Ferns. London：Dent, 2000, p.351.

句与第 52 句押韵,成为最后的对句:

此刻白昼随风而落

上帝加速了夏日的消亡

在喷涌的肉色阳光下,

……

白羊遍野的空旷牧草地

This day winding down now

At God speeded summer's end

In the torrent salmon sun,

…

Sheep white hollow farms

抵达我怀抱里的威尔士。

……

我的方舟唱响在阳光下,

上帝加速了夏日的消亡

此刻洪水盛开如花。

To Wales in my arms.

…

My ark sings in the sun

At God speeded summer's end

And the flood flowers now.

大洪水、方舟、特殊的平行体句式……自然地让人联想到《圣经·旧约·创世记》(6：10-9：19)里的大洪水图式(详见正文)，颇具《圣经》希伯来语诗律的平行体特色：上一句与下一句对应，但不讲究押韵和音步，前后形式和意义却关联呼应，像我们的对联，上联跟下联讲的是一件事情，往往上一句为启，下一句为应，表达一个整体的思想，但后一句似乎更为重要；只有完全了解与掌握平行体的性质，才能更好地了解整节诗的内容，更明白地理解整首诗的意义。准确地说，狄兰·托马斯是受英译钦定本《圣经》的影响，而非希伯来诗歌的启示，早期希伯来诗歌并不强调押韵，狄兰·托马斯的诗歌韵律更多留有中古威尔士游吟诗人的文化印记。

纵观狄兰·托马斯一生创作的 200 多首诗歌，从某种意义上讲，他"既不是一位读来令人发晕的浪漫主义诗人，也不是一位玄学派意象诗人，而是一位善用隐喻等复杂诗歌技巧，创造一种赞美仪式的诗人"。[1] 他所涉猎的诗歌音韵节律大多归为三类：一类是早期传统的英诗诗律——从斯温伯恩(Algernon Swinburne)或梅瑞迪斯(George Meredith)，诗行渐进至严苛的维拉内拉(Villanelle)诗体；然而，早在"笔记本诗钞"时期，他就已开始写自由体诗歌，也并非随意写下诗行，而是写作一类合乎呼吸起伏的"韵律诗"；第三类当然是综合运用包括全韵、半韵、半谐韵和头韵在内的混合型"交叉韵"，尤其喜欢霍普金斯式"仿自正常说话节奏"的"跳韵"。狄兰·托马斯的好

---

[1] David Daiches. The Poetry of Dylan Thomas. *The English Journal*, Vol. 43, No.7(1954), pp.349-356.

友丹尼尔·琼斯在 1993 年去世前修订完《狄兰·托马斯诗歌》(2003,美国新方向版)后,于书末一篇《诗歌韵式札记》作出过一个概括性的总结:"尽管狄兰·托马斯从未彻底放弃基于轻重音的英诗格律韵式传统,但在后期明显用得少了,除非用来写讽刺诗或应景诗;最后他只在写严肃题材的诗歌时,才运用基于音节数而非有规律的轻重音格律韵式;有一段时间他实验性创作自由诗,即从英诗韵式格律中,至少从某种韵式中解放出来。"[1]

记得 20 世纪 80 年代初,笔者最初读到的五首狄兰·托马斯诗歌(巫宁坤译)出自杭州大学书店里买到的《外国现代派作品集》(第二册),后来诗人傅浩从浙江衢州寄来狄兰·托马斯英文诗集,即诗人生前选定意欲留世的 90 首诗的集子《诗集 1934-1952》,那时笔者已到了上海,在完成研究生学业之余选译第一稿,再由傅浩兄译出第二稿,后由诗人鲁萌译出第三稿,在《国际诗坛》(第 4 辑,1988)发表了一辑"狄兰·托马斯诗选"后,译稿又回到我的手里,一搁就是十余年。其间适逢我大病一场,我也就断断续续修订了十余年,我曾两度面临死亡,也正是从狄兰·托马斯生死主题的诗篇中吸取了战胜疾病、战胜死亡的无穷力量。2002 年,河北教育出版社推出《20 世纪世界诗歌译丛》,第一辑收入我们翻译的《狄兰·托马斯诗选》,就是基于诗人狄兰·托马斯生前选定的《诗集 1934-1952》,但其中《薄暮下的祭坛》、《愿景与祈祷》、《长腿诱饵谣曲》(*Ballad of the Long-legged*

---

[1] Daniel Jones. A Note on Verse-Patterns. *The Poems of Dylan Thomas*. New York: New Directions, 2003, p.279.

Bait)等过于晦涩未能全部译出。近年来,狄兰·托马斯的诗歌愈加受到读者,尤其是青年读者的喜欢。2014年初,北京外语教学与研究出版社以英汉对照形式推出了笔者精选的《狄兰·托马斯诗选》,2015年末,人民文学出版社推出笔者修订的《不要温顺地走进那个良宵——狄兰·托马斯诗选》,在此一并感谢;同时感谢上海基督教"好果园"家庭教会的朋友邀我在2015年春节佳期一起踏上赴以色列的朝圣之旅,得以修订不少与《圣经》相关的诗句及译注,也感谢英国威尔士班戈大学在2016年春节假期遣派一位博士生于金权同学来沪采访,了解狄兰·托马斯诗歌在汉语世界中的传播与接受(详见附录),并带来世界各地狄兰诗歌研究出版的资讯,尤其感谢威尔士的狄兰·托马斯研究专家约翰·古德拜教授授权我们收录他的论文《"他的族群之清脆合唱":狄兰·托马斯的影响力》,激励笔者推出这本《时光,像一座奔跑的坟墓——狄兰·托马斯诗歌批评本》,同时也调整部分译句,以飨读者。

2018年11月30日

狄兰·托马斯年表

一、威尔士斯旺西时期(1914–1934)

1914 年
10月27日,狄兰·托马斯(Dylan Marlais Thomas)出生于威尔士斯旺西(Swansea)市郊的库姆唐金(Cwmdonkin)大道5号。

1925 年
9月,进入父亲所在的斯旺西文法学校学习。同班同学丹尼尔·琼斯(Daniel Jones,1912–1993),后成为音乐家/诗人;他编辑出版的《狄兰·托马斯诗歌》,堪称全集(1971, 1982, 2003)。

12月,在中学校刊发表首篇诗作《淘气狗之歌》(The Song of the Mischievous Dog),时年11岁。

1927 年
1月14日,在卡迪夫的《西部邮报》(Western Mail)发表《安魂曲》(His Requiem),1971年发现狄兰·托马斯曾在一篇故事里自曝此诗原是莉莲·嘎达(Lillian Gard)的作品。

1929 年
成为校戏剧社、校辩论社成员(1931年止)。

在校刊发表《现代诗歌》一文,非常熟悉英国现当代诗歌现状,时任校刊编辑。

1930 年

4月27日,时年15岁,笔记本记录下第一首诗:《欧西里斯,说到伊希斯》(*Osiris, Come to Isis*)。现保存有五本笔记本诗抄(1935年8月止,约有232首)。

1931 年

7月,中学毕业,成为当地《南威尔士晚报》(*South Wales Evening Post*)记者;次年12月离职。

夏,与姐姐南希(Nancy Marlais Thomas)一起参与斯旺西基督教青年会(Y.M.C.A)小剧场演出,长达三年。

1932 年

常与艺术家在卡都玛咖啡店(Kardomah Café)聚会,作为一名记者,关心政治,结交英国工党议员、社会活动家贝莎·特里克(Bertha Trick),参加反法西斯抗议活动。

1933 年

2月,因羊齿山农庄的姨妈安·琼斯(Anne Jones)去世,写下《葬礼之后》(*After the Funeral*)一诗的初稿。

5月18日,首次在全国性诗刊《新英格兰周刊》发表诗作《而死亡也一统不了天下》(*And Death Shall Have No Dominion*)。

6月7日,在英国广播电台(BBC)举行的一次诗歌比赛中获奖,28日,BBC播出他的获奖诗作。

8月,首次访问伦敦,步入文学圈。

9月,在伦敦报纸《周日推荐》栏目"诗人角"发表诗作,得以与帕梅拉(Pamela Hansford Johnson)通信,开始一段初恋,次年在伦敦见面。

10月,伦敦诗刊《新诗》(*New Verse*)发表他就诗歌"问卷"所作的一次重要问答,1954年收录于散文集《有天清晨》(*Quite Early One Morning*)。

10月29日,《周日推荐》发表他的成名作《穿过绿色茎管催动花朵的力》

(*The force that through the green fuse drives the flower*)。

1934 年

3月,《周日推荐》发表诗作《心灵气象的进程》(*A process in the weather of the heart*)——一首后来被诗学研究者誉为"进程诗学"范例的诗篇。《倾听者》杂志发表诗作《光破晓不见阳光的地方》(*Light Breaks Where No Sun Shines*)更是引起伦敦文学界的注目。

4月22日,获《周日推荐》栏目"诗人角"设立的年度图书奖,20岁得以受资助出版首部诗集《诗十八首》。

11月10日,从威尔士斯旺西移居伦敦,三年后返回。

12月21日,首部诗集《诗十八首》(*18 Poems*)出版,伦敦报纸《周日推荐》与帕顿书店出品。

二、英伦战火时期(1935–1944)

1935 年

结识诗人朋友弗农·沃特金斯(Vernon Watkins)及赞助人玛格丽特·泰勒(Margaret Taylor)夫人。

开始创作十节最晦涩的叙事性十四行诗《薄暮下的祭坛》(*Altarwise by owl-light*)。

1936 年

4月,在伦敦一酒吧认识凯特琳·麦克纳马拉(Caitlin Macnamara),次年7月11日成婚。

9月10日,诗集《诗二十五首》(*Twenty-five Poems*)出版,开始了与伦敦登特(Dent)出版社的长期合作。《周日时报》(*Sunday Times*)评论他是英国继奥登之后最杰出的诗人。

1937 年

经诗人奥登(W.H. Auden)推荐,首次在美国芝加哥《诗刊》发表诗作《我们躺在海滩上》(*We Lying by Seasand*)。

4月27日,首次在BBC录播《生活与现代诗人》一文。

1938 年

5月,狄兰·托马斯夫妇移居威尔士拉恩镇,1942年回到伦敦,四处漂泊。

10月18日,应BBC"现代诗神"栏目之邀,赴曼切斯特录播一场诗歌朗诵会,同台朗诵的有著名诗人奥登、刘易斯(C. Day Lewis)和路易·麦克尼斯(Luis MacNeice)等。

11月,获芝加哥《诗刊》奥斯卡·布卢门撒尔(Oscar Blumenthal)奖。

1939 年

1月30日,大儿子卢埃林(Llewelyn Edouard Thomas)出生。

8月24日,诗文集《爱的地图》(*The Map of Love*)出版,伦敦:登特出版社。

9月3日,第二次世界大战爆发,也影响了他的诗文集发行。

12月20日,诗文选《我呼吸的世界》(*The World I Breathe*,实为前三本出版物的合集)出版,纽约:新方向出版社。

1940 年

4月4日,短篇小说集《青年狗艺术家的画像》(*Portrait of the Artist as a Young Dog*)出版,伦敦:登特出版社;9月在美出版,纽约:新方向出版社。

开始与达文波特(Davenport)合写讽刺小说《国王的金丝雀之死》(*The Death of the King's Canary*)。

报名注册服兵役,因肺部胸透不合格遭拒。

1941 年

4月,应伦敦书商之约出售四本笔记本诗歌手稿(1930-1934春),现保存在美国水牛城(Buffalo)纽约州立大学洛克伍德(Lockwood)图书馆;如今德州奥斯汀德克萨斯大学哈利·兰塞姆(Harry Ransom)人文研究中心和哈佛大学霍顿(Houghton)图书馆各保存有狄兰的诗歌手稿。2014年,斯旺西大学从索斯比拍卖行购得第五本狄兰笔记本手稿(1934年夏-1935年8月)。

开始创作小说《皮色交易历险记》(Adventures in the Skin Trade),仅发表第一章,写完四章后放弃。

9月,暂停写诗,出于生计开始为电影公司写电影脚本,1948年止。

11月,参加牛津大学英语俱乐部的朗读会。

1943 年

1月7日,为BBC录播散文《童年杂忆》,正式开启BBC播音员生涯,1943-1953年以平均每月一篇的频率供稿录播,一生共播出147篇诗文,声名远扬,后应邀在美国-加拿大各大学间作巡回诗歌朗诵。

1月25日,诗集《新诗》(New Poems)出版,纽约:新方向出版社。

3月3日,女儿艾珑(Aeronwy Bryn Thomas)在伦敦切尔西出生。

1944 年

2月,为躲避德国1-5月的闪电战,全家漂泊到了苏塞克斯(Sussex)。

4月,重启诗歌写作。

12月14日,为BBC录播散文集《有天清晨》,次年8月31日得以播出。

三、英国广播电台时期(1945-1949)

1945 年

夏,在父母家乡卡马森郡布兰库姆(Blaencwm)短住,写下名作《羊齿山》

(*Fern Hill*)。

12月6日,为BBC录播散文《圣诞节回忆》。

获莱文森(Levinson)诗歌奖。诗名渐盛。

1946年

2月7日,诗集《死亡与入场》(*Death and Entrances*)出版,伦敦:登特出版社。曝得声名。

4月,居住在牛津附近,直到1949年5月。

8月,与妻子一起访问爱尔兰。

11月8日,《狄兰诗文选》(*Selected Writings*)出版,纽约:新方向出版社。

1947年

2月,开始策划录播广播剧《归途》(*Return Journey*)。

4月,荣获1947年度作家协会奖(Society Authors Award),举家访问意大利。

1948年

创作电影剧本《丽贝卡的女儿》(*Rebecca's Daughter*)等。

1949年

3月,应捷克斯洛伐克驻英国伦敦大使馆文化参赞的邀请,赴布拉格参加作家会议。

5月,赞助人玛格丽特·泰勒(Margaret Taylor)女士替他买下"舟舍",全家得以重返拉恩镇。

5月28日,收到纽约诗歌中心发出的巡回演讲邀请,但因经济拮据,未果。

7月24日,小儿子科尔姆(Colm Hart Thomas)出生。

准备写作声音剧《乳林下》(*Under Milk Wood*)。

四、拉恩镇"舟舍"时期(1950－1953)

1950 年

2月20日,抵达纽约诗歌中心朗诵诗歌,开启美国-加拿大巡回诗歌朗诵。5月31日乘船返英。

9月,在伦敦的风流韵事致婚姻出现嫌隙。

诗集《诗二十六首》(Twenty-Six Poems)出版,伦敦:登特出版社。

1951 年

1月8日-2月14日,应盎格鲁-伊朗石油公司之邀赴伊朗创作记录片电影脚本。

夏,应拉恩镇一位大学生之约写下另一篇重要问答。1961年经人整理成一篇诗艺札记,以"诗歌宣言"为题刊发于美国《德克萨斯季刊》(第4期),后收录于《早期散文选》(1971);2003年以"序言:诗艺札记"为题收录于美国新方向出版社出版的修订版《狄兰·托马斯诗歌》(The Poems of Dylan Thomas)。

1952 年

1月15日,携妻子凯特琳抵达纽约,开启第二次美国巡回诗歌朗诵。5月16日乘船返英。

2月22日,首次在纽约为凯德蒙(Caedmon)录音公司录播诗歌集。2002年11辑诗人原声朗读LP版转CD集出版。

2月,诗集《梦中的乡村》(In Country Sleep)出版,纽约:新方向出版社。

5月回国后完成声音剧《乳林下》的创作,并开始编辑诗合集(1934－1952)。

11月10日,《诗集1934－1952》(Collected Poems, 1934－1952)出版,伦

敦：登特出版社。

12月16日，父亲去世，享年76岁。

1953年

1月20日，荣获1952年度威廉·福伊尔(William Foyle)诗歌奖。

3月31日，《狄兰·托马斯诗集》(*The Collected Poems of Dylan Thomas*)出版，纽约：新方向出版社。

4月16日，抵达纽约，开启第三次美国巡回诗歌朗诵。6月3日乘船返英。

5月，电影剧本《博士与魔鬼》(*The Doctor and the Devil*)出版，伦敦：登特出版社；《博士与魔鬼及电影剧本集》(*The Doctor and the Devil, and Other Scripts*) 1966年出版，纽约：新方向出版社。

5月14日，声音剧《乳林下》首次在纽约诗歌中心上演，狄兰执导参演，传出与伊丽莎白·瑞特(Elizabeth Reitell)的恋情，直至临终陪伴他走完最后一程。

5月23日，在波士顿与俄国音乐家斯特拉文斯基(Igor Stravinsky)见面，计划共同创作一部歌剧。

10月19日，最后一次赴美巡回诗歌朗诵。

10月24-25日，排练声音剧《乳林下》。

10月28日，出席"诗歌与电影"研讨会。

10月29日，出席个人诗歌朗诵会。

11月4日，医生给他注射吗啡，只因其长期酗酒出现胃炎、痛风、震颤性谵妄等症状。

11月5日，肺炎被误诊，因注射过量吗啡昏迷，入住纽约圣文森特医院，急催妻子凯特琳赴美。

11月9日12点40分，在纽约去世。

11月24日，葬于英国威尔士拉恩镇圣马丁教堂。

五、英年早逝至百年诞辰期(1954–2017)

1954 年

散文集《有天清晨》出版,安奈林·塔尔万·戴维斯(Aneurin Talfan Davies)编,伦敦:登特出版社。

剧本《乳林下》出版,沃尔福德·戴维斯(Walford Davies)和拉尔夫·莫德(Ralph Maud)编,伦敦:登特出版社。1995 年再版。

1955 年

《皮色交易历险记故事集》(*Adventures in the Skin Trade and Other Stories*)出版,纽约:新方向出版社。1965 年《皮色交易历险记》出版豪华版,伦敦:登特出版社。

《海上风光故事散文集》(*A Prospect of the Sea and Other Stories and Prose Writings*)出版,丹尼尔·琼斯编,伦敦:登特出版社。

剧本《一个威尔士孩子的圣诞节》(*A Child's Christmas in Wales*)出版,纽约:新方向出版社。广播剧后被改编成电影剧本。

1957 年

《狄兰写给弗农·沃特金斯书信集》(*Letters to Vernon Watkins*)出版,弗农·沃特金斯编,伦敦:登特-费伯(Dent & Faber)出版社。

妻子凯特琳(Caitlin)移居意大利,出版回忆录《最后打发的时光》(*Leftover Life to Kill*);1963 年,出版《写给女儿生前出版的信》(*Not Quite Posthumous Letter to My Daughter*),伦敦:帕特南(Putnam)出版社;1993 年,出版回忆录《凯特琳·托马斯的一生》(*The Life of Caitlin Thomas*),保罗·费里斯(Paul Ferris)编,伦敦:皮姆利科(Pimlico)出版社。1994 年去世,享年 81 岁。

1964 年

散文集《二十年不断成长》(*Twenty Years A-Growing*)出版,伦敦:登特出版社。

1966 年

《狄兰·托马斯书信选集》(*Selected Letters of Dylan Thomas*)出版,康斯坦丁·菲茨杰邦(Constantine Fitzgibbon)编,纽约:新方向出版社。

1967 年

《狄兰·托马斯笔记本》(*The Notebooks of Dylan Thomas*)出版,拉尔夫·莫德编,纽约:新方向出版社。

1968 年

《诗人的成长:狄兰·托马斯笔记本》(*Poet in the Making: The Notebooks of Dylan Thomas*)出版,拉尔夫·莫德编,伦敦:登特出版社。

1971 年

《诗篇》(*The Poems*)出版,丹尼尔·琼斯编注,伦敦:登特出版社,1982年修订版。

《狄兰·托马斯诗歌》(*The Poems of Dylan Thomas*)出版,丹尼尔·琼斯编注,纽约:新方向出版社。

《早期散文选》(*Early Prose Writings*)出版,沃尔福德·戴维斯编,伦敦:登特出版社。

1974 年

《狄兰·托马斯诗选》(*Selected Poems*)出版,沃尔福德·戴维斯编,伦敦:登特出版社,1993年修订版。

1976 年

小说《国王的金丝雀之死》(*The Death of the King's Canary*)出版,伦敦:登特出版社。

1982 年

3月1日,英国伦敦威斯敏斯特教堂名人墓地"诗人角"纪念狄兰·托马斯诗行地碑揭幕,镂刻着两行《羊齿山》收尾名句:"时光握住我的青翠与死亡/纵然我随大海般的潮汐而歌唱。"

1983 年

《狄兰·托马斯故事集》(*The Collected Stories*)出版,沃尔福德·戴维斯编,伦敦:登特-人人出版社。1995年修订。

1985 年

《狄兰·托马斯书信集》(*The Collected Letters*)出版,保罗·弗恩斯编,麦克米兰(Macmillan)出版公司,伦敦:登特出版社。2000年再版。

1988 年

《诗集 1934-1953》(*Collected Poems, 1934-1953*)出版,沃尔福德·戴维斯和拉尔夫·莫德编,伦敦:登特出版社。2000年再版。

1989 年

《笔记本诗钞 1930-1934》(*The Notebook Poems, 1930-1934*)出版,拉尔夫·莫德编,伦敦:登特出版社。

1990 年

《狄兰的技艺或沉郁的诗艺》(*Dylan Thomas: Craft or Sullen Art*)出版,艾伦·博尔德(Allan Bold)编,伦敦/纽约:美景(Vision)出版社。

1991 年

《广播剧本集》(*Broadcasts*)出版,拉尔夫·莫德编,伦敦:登特出版社。

1995 年

美国卡特总统在斯旺西成立狄兰·托马斯中心,即在蒂赫兰(Ty Llên)威尔士国家文学中心揭幕,离狄兰·托马斯故居库姆唐金大道 5 号不远。

《电影剧本集》(*The Filmscripts*)出版,约翰·阿克曼(John Ackerman)编,伦敦:登特出版社。

2003 年

《狄兰·托马斯诗歌》(*The Poems of Dylan Thomas*)修订版出版,丹尼尔·琼斯编,收录包括《笔记本诗钞》及早期作品在内的诗歌 201 首,纽约:新方向出版社。

2006 年

第一届 EDS 狄兰·托马斯奖设立,这项国际性大奖总奖额为 60 000 英镑,成为世界知名的文学奖之一,每两年颁发一次,用来奖励 30 岁以下用英语写作的年轻作家。

2008 年

苏格兰爱丁堡国际电影节首映发行狄兰·托马斯与情人的传记电影《爱的边缘》(*The Edge of Love*)。

2010 年

美国新方向出版社再版 1953 年初版《狄兰·托马斯诗集》(*The Collected Poems of Dylan Thomas*),保罗·马尔登(Paul Muldoon)作序。

2014 年

世界各地举行各种纪念诗人狄兰·托马斯诞辰100周年活动。

英国世纪版《狄兰·托马斯诗集》(*The Collected Poemsof Dylan Thomas*)出版,约翰·古德拜(John Goodby)编,收录诗歌170首,伦敦:韦-尼(Weidenfeld & Nicolson)出版社。

英国世纪版《狄兰·托马斯散文集》(*Dylan Thomas: A Centenary Celebration*)出版,埃利斯·汉纳(Ellis Hannah)编,伦敦:布鲁姆伯利(Bloomsbury)出版社。

BBC拍摄发行狄兰·托马斯传记片《诗人在纽约》。

英国皇家造币厂发行狄兰·托马斯诞辰100周年纪念币,硬币设计稿上的狄兰·托马斯留着大波浪,放浪不羁,羊齿蕨类植物背景让人联想到他那首耳熟能详的名诗《羊齿山》。

2017 年

《狄兰·托马斯诗歌》(*The Poems of Dylan Thomas*)出版,约翰·古德拜编,纽约:新方向出版社。

十九首狄兰·托马斯诗歌精读

心灵气象的进程[1]

心灵气象[2]的进程
变湿润为干枯;金色的射击[3]
怒吼在冰封的墓穴[4]。
四分之一血脉的气象
变黑夜为白昼;阳光下的血
点燃活生生的蠕虫[5]。

眼目中的进程
预警失明的骨头;子宫
随生命泄出而驶入死亡。

眼目气象的黑暗
一半是光;探测过的[6]海洋
拍打尚未英化的[7]大地。
种子[8]打造耻骨区的一片森林
叉起一半的果实;另一半脱落,
随沉睡的风缓缓而落。

肉体和骨头的气象
湿润又干枯;生与死

像两个幽灵在眼前游荡。

世界气象的进程
变幽灵为幽灵;每位投胎的孩子[9]
坐在双重的阴影里。
将月光吹入阳光的进程,
扯下皮肤那褴褛的帘幕;
而心灵交出了亡灵[10]。

A Process in the Weather of the Heart

A process in the weather of the heart
Turns damp to dry; the golden shot
Storms in the freezing tomb.
A weather in the quarter of the veins
Turns night to day; blood in their suns
Lights up the living worm.

A process in the eye forewarns
The bones of blindness; and the womb
Drives in a death as life leaks out.

A darkness in the weather of the eye
Is half its light; the fathomed sea
Breaks on unangled land.
The seed that makes a forest of the loin
Forks half its fruit; and half drops down,
Slow in a sleeping wind.

A weather in the flesh and bone
Is damp and dry; the quick and dead

Move like two ghosts before the eye.

A process in the weather of the world
Turns ghost to ghost; each mothered child
Sits in their double shade.
A process blows the moon into the sun,
Pulls down the shabby curtains of the skin;
And the heart gives up its dead.

注释

[1] 写于1934年2月2日,同年2月11日首发于《周日推荐》。这是狄兰·托马斯"进程诗学"的首篇范例,大自然的进程与生灵的生死转化、人类心灵气象的进程息息相关。

[2] 原文"weather"(气象,气候,天气)实为"进程,过程"的一种范例。

[3] 原文"golden shot"(金色的射击),暗喻"射精"。

[4] 原文"tomb"(墓穴)与"womb"(子宫)间只差一个字母,投胎的生灵似乎瞬间完成生死的交替。

[5] 原文"living worm"(活生生的蠕虫),暗喻"阴茎",实指墓穴里的蛆虫。

[6] 此句"fathomed"(探测过的)海洋与下句"unangled"(尚未英化的)大地形成对比。

[7] 原文词根"angle"(成角;垂钓),基于威尔士研究者约翰·古德拜教授观点,与威尔士被英化(*angl*icized)形成语义双关。

[8] 原文"seed"蕴含"种子"与"精子"的语义双关。

[9] 原文"mothered child"(投胎的孩子)深受生与死的双重影响。

[10] 原文"and the heart gives up its dead"(而心灵交出了亡灵),典出《圣经·新约·启示录》20:13 使徒约翰的话语"the sea gave up the dead which were in it"(于是大海交出海底的死人),接受最终的审判,蕴含天启文学的象征意义。

解读

《心灵气象的进程》(1934)是狄兰·托马斯"进程诗学"(Process Poetics)的首篇范例,与他同时代的英国哲学家怀特海曾提出过"过程哲学"(Process Philosophy),原文"process"意为"过程,进程",自然有学者译为"过程哲学",但因狄兰·托马斯写下此诗"A Process in the Weather of the Heart",笔者译为《心灵气象的进程》。1934–1935年间他写给初恋情人帕梅拉的信中就曾提及"Process Poetics",故在诗学层面笔者更倾向于译成"进程诗学"。近年,威尔士狄兰·托马斯诗歌研究者约翰·古德拜(John Goodby)教授阐述他的"进程诗学"的核心概念:"信奉宇宙的一体和绵延不息的演化,以一种力的方式在世界客体与事件中不断同步创造与毁灭,显然带有古代泛神论思想,却辉映着现代生物学、物理学、心理学之光得以重现。"[1]

怀特海(Alfred North Whitehead, 1861–1947),英国著名哲学家,集一生哲学思想精华,把上自柏拉图思想,下达爱因斯坦相对论与普朗克量子力学融为一体,主张世界即过程,自成一家言说,认为世界本质上是一个不断生成的动态过程,事物的存在就是它的生成,故也称活动过程哲学或有机哲学。他在系列著作《自然的概念》(The Concept of Nature, 1920)、《过程与实在》(Process and Reality, 1929)

---

[1] John Goodby. Introduction, *The Collected Poems of Dylan Thomas*. London: Weidenfeld & Nicolson, 2014, pp.15–16.

中认为,自然和生命是无法分离的,只有两者的融合才构成真正的实在,即构成宇宙;人类是大自然的一部分,人类经验就应该与单细胞的有机体,甚至更原始的生命体视为同等的构成元素。他把宇宙的事物分为"事件"的世界和"永恒客体"的世界,事件世界中的一切都处于变化的过程之中;各种事件的统一体构成机体,从原子到星云,从社会到人都是处于不同等级的机体;机体的根本特征是活动,活动表现为过程,整个世界就此表现为一种活动的过程。所谓"永恒客体",只是作为抽象的可能性而存在,并非人们意识之外的客观实在,能否转变为现实,要受到实际存在客体的限制,并最终受到上帝的限制。上帝是现实世界的源泉,是具体实在的基础。虽然早在20世纪20年代,"过程哲学"就已提出,但到了70年代,其影响力波及自然科学、社会科学、美学、诗学、伦理学和宗教学等多个领域,因而它又被称为宇宙形而上学或哲学的宇宙论,尤其为生态哲学家所推崇,后现代主义者更将之看作是自己的理论源泉。

  诗人狄兰·托马斯在此诗中写到"process"(过程,进程),并将生、欲、死看成一体的循环进程,生孕育着死,欲创造生命,死又重归新生;动植物一体的大自然演变的进程、人体的新陈代谢、生死转化的进程与人的心灵气象的进程,宏伟壮丽,又息息相关;身体内在的"心灵气象"、"血脉的气象"、"眼目中的进程"、"肉体和骨头的气象"与外在的"世界气象"在各诗节中相互交替,"变湿润为干枯","变黑夜为白昼","变幽灵为幽灵"。关键词"weather"(气象,气候)实为诗人狄兰·托马斯"进程"中的一大实例。首节"金色的射击/怒吼在冰封的墓穴",暗喻射精受孕,即开启通往死亡的进程;狄兰最喜欢的一对谐音词为"tomb"（墓穴）及第二节的"womb"（子宫），相差仅一个字母，却可生死转换；此节的"living worm"（活生生的蠕虫）暗指"阴茎"，实指墓穴里的蛆虫，更是一种生死呼应。第三节的"seed"蕴含"种子"与"精子"的语义双关，"打造耻骨区的一片森林"。末节"mothered child"（投胎的孩子）更是深受生与死的双重影响，似乎瞬间即可完成生与死的交替。尾句"而心灵交出了亡灵"（And the heart gives up its dead）预设的象征颇为晦涩，然而一旦知晓典出《圣经·新约·启示录》20：13，诗句即可被赋予"天启文学"的象征意义——接受最后的审判：

于是大海交出海底的死人，死亡与冥府交出地下的死人，一律按他生前的行事受审判。（冯象　译）

And the sea gave up the dead which were in it; and death and hell delivered up the dead which were in them: and they were judged every man according to their works.(KJV)[1]

……生与死

像两个幽灵在眼前游荡。

... the quick and dead

---

[1] KJV,King James Version (of the Bible)的缩写,英王詹姆斯的"钦定版圣经"(1611)。今日印刷的版本是基于1769年牛津大学出版的修订版，常被认为是现代英语的基石，对英国文学影响巨大，包括狄兰·托马斯在内的许多英国作家从中得到启发。

Move like two ghosts before the eye.

世界气象的进程
变幽灵为幽灵；每位投胎的孩子
坐在双重的阴影里。

A process in the weather of the world
Turns ghost to ghost; each mothered child
Sits in their double shade.

二元的生与死，像幽灵一样缠结在一起，既对立又互相转化，生命的肉体面临生死的选择，死去的灵魂又触发新生命的诞生，不断变幻的心灵，时刻"交出了亡灵"接受最终的审判而走向新生。

"天启文学"（Apocalyptic Literature）是一种流行于犹太教与基督教内部的文学体裁，兴起于公元前 200 年-公元 100 年间，以《圣经》中"但以理书"、"启示录"为代表，常使用充满象征的诗歌语言，传达神对人类描述历史进程的旨意。阅读《圣经》，读者常以为"创世记"揭示世界的开端，"启示录"揭示世界的终结，然而这并非一个真正的终结，而是一个真正的开端。历史是一条直线，而非循环。历史有了开端，自然有进程，终结的审判是一个终极的盼望。1938 年，狄兰·托马斯参与英格兰诗人亨利·特里斯（Henry Treece, 1911–1966）和苏格兰诗人詹姆士·亨德利（James Findlay Hendry, 1912–1986）一起发起的"新天启运动"，出版过《新天启诗集》（The New Apocalypse, 1939）。"新天启派是英国三四十年代兴起的诗歌流派，新天启派诗人一方面不满足于超现实主义诗人对人类意识能力的摒弃,另一方面也反对艾略特晦涩的智性诗,试图将意识与无意识结合成一个整体。新天启派诗人往往借助《圣经》及神话故事,以象征的手法,来达到一种启示的效果。他们的诗作既具有严谨的形式,又具有强烈的原始生命力,正是在一种辩证的过程中获得平衡,可以说他们所发展的是一种新浪漫主义,他们的语言瑰丽,想象丰富,感情奔放。"[1]

---

[1] 王恩衷、樊心民译,巫宁坤校:《当代英美流派诗选》,安徽文艺出版社,1991年,第37页。

穿过绿色茎管催动花朵的力[1]

穿过绿色茎管[2]催动花朵的力[3]

催动我绿色的年华;摧毁树根的力

摧毁我的一切。

我无言相告佝偻的玫瑰[4]

一样的寒热压弯我的青春。

驱动流水穿透岩石的力

驱动[5]我鲜红的血液;驱使溪口干涸的力

驱使我的血流枯荣[6]。

我无言相告我的血脉[7]

同是这张嘴怎样吮吸山涧的清泉。

搅动一泓池水旋转的手

搅动沙的流动;牵动风前行的手

扯动我尸布的风帆。

我无言相告那绞死的人[8]

我的泥土怎样制成刽子手的石灰[9]。

时光之唇水蛭般吸附泉眼;

爱滴落又聚集,但是洒落的血[10]

定会抚慰她的伤痛。
我无言相告一个季候的风
时光怎样环绕星星滴答出一个天堂。

我无言[11]相告情人的墓穴[12]
我的床单上怎样扭动一样的蠕虫[13]。

The Force that through the Green Fuse Drives the Flower

The force that through the green fuse drives the flower

Drives my green age; that blasts the roots of trees

Is my destroyer.

And I am dumb to tell the crooked rose

My youth is bent by the same wintry fever.

The force that drives the water through the rocks

Drives my red blood; that dries the mouthing streams

Turns mine to wax.

And I am dumb to mouth unto my veins

How at the mountain spring the same mouth sucks.

The hand that whirls the water in the pool

Stirs the quicksand; that ropes the blowing wind

Hauls my shroud sail.

And I am dumb to tell the hanging man

How of my clay is made the hangman's lime.

The lips of time leech to the fountain head;

Love drips and gathers, but the fallen blood

Shall calm her sores.

And I am dumb to tell a weather's wind

How time has ticked a heaven round the stars.

And I am dumb to tell the lover's tomb

How at my sheet goes the same crooked worm.

注释

[1] 写于1933年10月12日,同年10月29日首发于《周日推荐》,是狄兰·托马斯"进程诗学"中的一首成名作。诗中,人的生老病死与自然的四季交替,融为一体,生死相继。

[2] 原文"fuse",植物梗茎的古体字,现兼具"茎管;保险丝;雷管,信管,导火索"等多重语义。

[3] 诗篇一再出现的"力"(force),兼具宇宙间"创造"与"毁灭"的能量。

[4] 原文"the crooked rose"(佝偻的玫瑰),可联想到英国诗人威廉·布莱克(William Blake,1757 – 1827)的小诗《病玫瑰》(*The Sick Rose*,1794)。

[5] 原文"drives"(驱动)与后半句中"dries"(干涸)仅差"v"一个字母。

[6] 原文"mine"语义双关,兼"我的血流"与"矿脉";"wax"既指"兴盛",又暗指蜡样的死尸,兼具生与死"兴衰枯荣"的语义双关。

[7] 原文"vein",兼具"静脉;矿脉,岩脉;叶脉"的多层语义,典出英国诗人多恩(John Donne,1572 – 1631)的《哀歌》11"手镯":"As streams, like veins, run through th'earth's every part"(宛如溪流,仿佛脉管,流过大地的每个角落)。

[8] 原文"hanging man"(绞死的人),典出 T.S.艾略特《荒原》中

"绞死的上帝",基督的献祭救赎大地的茂盛。

[9] 原文"hangman's lime"(刽子手的石灰),此节的第二行"quicksand"(流沙)可联想到"quicklime"(生石灰),熔化被处决的尸体。"quick"兼具生与死的双重涵义,进而联想到布莱克的名句"eternity in a grain of sand"(一沙一世界)的永恒。

[10] 原文"fallen blood"(洒落的血),暗喻孩子的诞生。

[11] 原文"dumb"兼具"无言,不能"与俚语"蠢笨"的语义双关;"I am dumb to tell"(我无言相告)为一种矛盾修辞法。

[12] 原文"lover's tomb"(情人的墓穴),典出莎士比亚的《罗密欧与朱丽叶》。

[13] 原文"sheet"与"crooked worm"均为双关语,前者一语双关为"床单"和书写的"纸页",后者为墓穴里"扭动的蠕虫"和书写时"佝偻的手指",当然也可联想为床笫之上"扭动的阴茎";另外,"蠕虫"在传统意义上往往是撒旦的意象,也是死亡的象征,同样典出《罗密欧与朱丽叶》。

解读

狄兰·托马斯写于1933年的《穿过绿色茎管催动花朵的力》，次年荣获伦敦报纸《周日推荐》设立的"诗人角"图书奖。年仅20岁的他得以出版第一部诗集《诗十八首》，完整地呈现其"进程诗学"，引起轰动，英国文坛各路批评家赞誉叠出。这首成名作融自然的四季交替与人类的生老病死为一体。诗人在首节迷恋的是宇宙万物的兴盛与衰败，"穿过绿色茎管催动花朵的力／催动我绿色的年华；摧毁树根的力／摧毁我的一切"；生与死，相互对立撞击又相辅相成，自然的力，兼具宇宙间"创造"与"毁灭"的能量，控制着万物的生长与凋零，也控制着人的生死。第四行出现一枝"佝偻的玫瑰"（the crooked rose），具体可感的实物与词语交融一体的"玫瑰"、"茎管／导火索"显然要比抽象的"力"隐含的意义更丰富。此处让笔者联想到英国诗人威廉·布莱克（William Blake，1757－1827）的一首小诗《病玫瑰》（*The Sick Rose*，1794），一朵玫瑰遭虫害侵袭而夭折，一种"天真"遭"经验"摧残的思想，一个"兴盛"与"毁灭"共存的象征符号。

诗篇第二节"驱动流水穿透岩石的力／驱动我鲜红的血液；驱使溪口干涸的力／驱使我的血流枯荣"，诗人微观审视人的血液流动与大地的水气流动相契合，人体的脉管也是大地的溪流与矿脉。第三节重复前两节的诗行结构，但前两节中的"力"被转喻为此节的"手"和第四节的"唇"，层层推进：

搅动一泓池水旋转的手
搅动沙的流动；牵动风前行的手
扯动我尸布的风帆。

The hand that whirls the water in the pool
Stirs the quicksand; that ropes the blowing wind
Hauls my shroud sail.

美国研究者威廉·格林韦（William Greenway）认为上述三行翻新自英文谚语："The hand that rocks the cradle rules the world"（那只推动摇篮的手掌控世界）。[1]

  全诗最值得注意的是诗人狄兰所采用的双关语技巧，第一节第一行中的"fuse"，植物梗茎的古体字，兼具"茎管；保险丝；雷管，信管，导火索"的多层语义；笔者沿袭巫宁坤教授的译法"茎管"，若"fuse"取"导火索"，则在英汉两种语言中存在"音步"上的落差，虽然从诗行的小语境推导含义，"导火索"与花朵"茎管"在符号象似性上均有关联，笔者最后还是舍弃"导火索"这一字面意义，而从作者意图层面去追寻内在本质上的"信度"，在句首采用"穿过"，在句尾辅以短促的"力"，来弥补"导火索"所蕴涵的爆破力。译者可对作者意图进行相关因素的取舍，在翻译语境下顺应译语读者的期待，进行理想化的语境假设和语码选择。

  第二节第三行中的"wax"（兴盛），又暗指蜡样的死尸，兼具生与死

---

[1] William Greenway. *The Poetry of Personality — The Poetic Diction of Dylan Thomas*. Introduction, e-book. Lanham: Lexington Books, 2015, p.931.

"兴衰枯荣"的语义双关。第四行"vein",兼具"静脉;矿脉,岩脉;叶脉"的多层语义,典出英国诗人多恩(John Donne,1572-1631)的《哀歌》11"手镯":"As streams, like veins, run through th'earth's every part"(宛如溪流,仿佛脉管,流过大地的每个角落)。而第二行中出现的"mouthing streams"与其理解为三角洲的溪流,还不如理解为吮吸山涧清泉的"溪口",或吮吸江河大川入海的"河口",更让笔者联想到"polypus mouth"(入海口;水螅口),也与第四节首行中的"时光之唇水蛭般吸附泉眼"形成呼应;诗人狄兰在此使用"leech to"(用水蛭吸血)这样的医学用语:

时光之唇水蛭般吸附泉眼;
爱滴落又聚集
The lips of time leech to the fountain head;
Love drips and gathers

美国研究者斯图尔德·克里恩(Steward Crehan)曾提出至少5种分析的可能性:(1)婴儿的嘴唇水蛭般吮吸母亲的乳汁;(2)诗人的嘴唇——既是创造性的,同时也是易于腐朽的肉体——需要从灵感的源泉中不断汲取灵感;(3)时间本身——自然循环,像吸吮的嘴唇,也要周期性地返回"泉眼"——生命的源头进行有机的更迭;(4)象征男性欲望;(5)象征女性欲望。[1] "时光之唇"从子宫中吮吸新的生

---

[1] Steward Crehan. *The Lips of Time*. eds. John Goodbye and Chris Wigginton. New York: Palgrave, 2001, pp.52-53.

命,或通过脐带吮吸水样的子宫来喂养胎盘的生长;生死"洒落的血"抚慰爱的伤痛,自然的"力"被拟人化转喻的"时光之唇"所主宰,无限的"时光"主导着大自然的交替,引领人类在生老病死过程中创造永恒的天堂。

我无言相告情人的墓穴
我的床单上怎样扭动一样的蠕虫。
And I am dumb to tell the lover's tomb
How at my sheet goes the same crooked worm.

最后一对叠句中出现的"sheet"与"crooked worm"也均为双关语,前者一语双关为"床单"和书写的"纸页",后者为墓穴里"扭动的蠕虫"和书写时"佝偻的手指",当然也可联想为床笫之上"扭动的阴茎";床单上无论扭动的是"蠕虫",还是"阴茎",均与首节中出现的"佝偻的玫瑰"与"压弯的青春"一样透泄出青春期强烈的欲望,以及一种欲望难以满足的人性关怀。一再出现在前四节及末节叠句中的"矛盾修辞法"句式"and I am dumb to tell/mouth onto"(我无言相告)颇有自嘲蠢笨的笔调。语言是人类掌控大自然的钥匙,而此刻哑然无语,值得自我警醒;荒谬的说话人似乎在拒绝,却又承认无法表述自我对大自然的领悟,人类在自然中的困境继续前行。诗人要跳出自然类型诗的俗套,绝非要借助大自然的意象假模假样地寻求解决人生的困境。

此外,熟悉英汉诗歌的读者可能都会领略到两种语言结构之间的差异,例如,第一/二节英语句式将焦点"force"放在句首,汉语句式却将"力"的重心放在句尾,我们无法也不必译出原有对等的句式,只能顺应译语语境下的句式。事实上,英诗中的音韵节律及一些特殊的修辞手法等均无法完全传译,正如辜正坤先生在《中西诗比较鉴赏与翻译理论》一书中所言,"凡属语言本身的固有属性(区别于他种语言)的东西往往都不可译",[1]我们在翻译中不得不"丢失"这些东西,但是不能丢失内在的节奏。笔者推崇诗人译诗,译诗为诗,就在于诗人译者往往可以重建一种汉译的节奏,例如,英诗格律中的音步在汉译中无法重现,前辈诗人翻译家,如闻一多、卞之琳、查良铮、屠岸、飞白等,通过长期不懈的努力,在英诗汉译实践中找到一种"以顿代步"的权宜之计,并选择和原文音似的韵脚复制原诗格律;然而,此类诗歌翻译却容易滋生一种"易词凑韵"、"因韵害义"、"以形损意"的不良倾向,一般的译者常为凑足每一行的"音步"或行行达到同等数目的"音步",让所谓的"格律"束缚诗歌翻译或创作的自由。

最新的语言学研究表明:"汉语和英语的一个音步都有两个音节,汉语多音节复合词可分成两步或三步,采用自左向右划分双拍步(两音节一步)的右向音步,或采用考虑语法层次结构的循环音步。英语的音步有重音,都为左重,落在每步的第一音节;单音节的词一般为左重双拍步,第二拍为空拍。""汉语的音步重音感觉不明显,但有声调可依;汉语双音节词(双字组)的音步节奏最好。"[2]虽然汉语无

---

[1] 辜正坤:《诗歌可译与不可译问题》,见辜正坤著《中西诗比较鉴赏与翻译理论》,清华大学出版社,2003年,第374页。
[2] 端木三:《汉语的节奏》,见《当代语言学》,2000年第4期,第203-209页。

法像英语那样以音节的轻重音构建抑扬格或扬抑格等四种音步节奏，但元音丰富的汉语以"平、上、去、入"四个声调，展现平仄起伏的诗句节奏。汉字有音、有形、有义，更能体现构词成韵灵活多变、构建诗行伸缩自如的先天优势。诗人译者不能机械地按字数凑合"音步"，构建理想的汉译节奏，却应与任何不同的口语朗读节奏相契合；有时可能整整一个句子只能读作一组意群，并与另一组意群构成一种奇妙的关系。

穿过｜绿色｜茎管｜催动｜花朵的｜力 -
催动｜我 -｜绿色的｜年华；｜摧毁｜树根的｜力 -
摧毁｜我的｜一切。

The force that through the green fuse drives the flower
Drives my green age; that blasts the roots of trees
Is my destroyer.

针对上述原文诗句带"f/d"头韵面具的诗行，笔者采用"穿／催／摧；／绿／力"营造头韵应对，阅读第一行时，我们只将它读作一组意群不停顿，符合"循环音步"原则；第二行分两组意群，第三行一组意群，其中第二行的"我 -"后需加空拍，稍作停顿才能和谐相应，句尾单音节的"力"也为左重双拍步，其中第二拍是空拍。我们正因为将诗行看作是一组组意群，因此，在阅读时感到内心是那么的轻松而紧凑，这就是汉译的节奏效果顺应了天然的内心节奏，一股自由之气在诗句中跃动。我们有理由相信新一代诗人译者将在汉译中不断创造出与英诗音韵节律等效、作用相仿的语言表达形式,做到译诗的节奏抑扬顿挫、起伏有致,意境相随。

当代汉语神经语言学的研究表明:"在中文大脑词库的语义联系中,词与词的并列关系是各种联系中最为密切的一种,上下位关系的词语间联系也较为密切,但搭配关系的词语间的联系则不如英语词在大脑词库中显得强烈;在中文大脑词库的语音结构中,声母、韵母或声调相同的词语间的联系比较密切;而声调在中文大脑词库的联系中起着比较重要的作用,具有相关音位的词语在大脑词库的联系同样密切,而形体相近的词语间的联系也比较密切,在大脑词库中的存储相对接近。"[1]狄兰这类天才诗人的血液之中常常融入一种与生俱来的敏感力、构建力,他们在长期的诗歌创作中获得的一种文本节奏往往与此论述天然契合,诗艺高超的诗人翻译家也绝不应刻意,而是该自为地运用声母、韵母、声调或形体相近的词语来营造汉语的节奏,其音韵节律应该"内化"到创作的无意识中,作为一项本能或素质支持他的写作与翻译,其笔下的文字才能涌动出一种不可言喻的音韵之美[2]。

---

[1] 杨亦鸣:《基于神经语言学的中文大脑词库初探》,见杨亦鸣著《语言的神经机制与语言理论研究》,学林出版社,2003年,第20-21页。
[2] 海岸:《诗人译　诗译诗为诗》,见海岸选编《中西诗歌翻译百年论集》,上海外语教育出版社,2007年,第697-706页。

假如我被爱的抚摸撩得心醉[1]

假如我被爱的抚摸撩得心醉,
一位偷我到她身旁的骗子女郎,
穿过她的草窟,扯下我绑扎的绷带[2],
假如红色的挠痒[3],像母牛产仔[4]一般
从我的肺中还能挠出一丝欢笑,
我就不畏苹果[5],不惧洪水,
更不怕春天的恩仇[6]。

是男孩还是女孩?细胞问,
肉身扔下一团火一样的梅子。
假如我被孵化的毛发挠得心痒,
翼骨[7]在脚后跟一阵阵发芽,
婴儿的大腿窝挠得人发痒,
我就不畏绞架,不惧刀斧,
更不怕战火的十字架[8]。

是男孩还是女孩?手指问,
在墙头涂着绿衣少女和她的男人。
我就不畏爱的强行侵入,
假如我被顽皮的饥渴撩得心醉,

预演的热流窜过毛边的神经。
我就不惧耻骨区的魔头,
更不怕直白的坟墓。

假如我被情人的抚摸撩得心醉,
却抹不平额上乌鸦的足迹[9],
也抹不去患病老人颔下的垂锁[10],
时光、性病[11]和求欢的床塌
留给我寒冷,如同黄油留给飞蝇,
沉渣泛起的大海就会将我淹没,
海浪拍打情人的脚趾。

这个世界半属魔鬼,半属我身,
一位愚蠢的女孩疯狂地吸毒,
烟雾缠绕花蕾,击中[12]她的眼神。
老人的胫骨流着我一样的骨髓,
所有觅食的鲱鱼弥漫大海[13],
我坐看指甲下的蠕虫
耗尽活着的生命[14]。

这就是抚摸,撩人心醉的抚摸。
一脸疙瘩的莽汉摇曳一身的情欲
从湿润的爱的私处到护士的扭动

都无法挠起子夜咯咯的笑声,
即便他发现了美,从恋人、母亲
和情人们的胸乳,或从他
撩动风尘的六尺身躯。

何谓抚摸？是死亡的羽毛[15]撩动神经？
是你的嘴、我的爱亲吻出的蓟花？
是我的耶稣基督[16]戴上荆棘的树冠？
死亡的话语比他的尸体更干枯,
我喋喋不休的伤口印着你的毛发。
我愿被抚摸撩得心醉,即:
男人是我的隐喻。

If I Were Tickled by the Rub of Love

If I were tickled by the rub of love,

A rooking girl who stole me for her side,

Broke through her straws, breaking my bandaged string,

If the red tickle as the cattle calve

Still set to scratch a laughter from my lung,

I would not fear the apple nor the flood

Nor the bad blood of spring.

Shall it be male or female? say the cells,

And drop the plum like fire from the flesh.

If I were tickled by the hatching hair,

The winging bone that sprouted in the heels,

The itch of man upon the baby's thigh,

I would not fear the gallows nor the axe

Nor the crossed sticks of war.

Shall it be male or female? say the fingers

That chalk the walls with green girls and their men.

I would not fear the muscling-in of love

If I were tickled by the urchin hungers

Rehearsing heat upon a raw-edged nerve.

I would not fear the devil in the loin

Nor the outspoken grave.

If I were tickled by the lovers' rub

That wipes away not crow's-foot nor the lock

Of sick old manhood on the fallen jaws,

Time and the crabs and the sweethearting crib

Would leave me cold as butter for the flies,

The sea of scums could drown me as it broke

Dead on the sweethearts' toes.

This world is half the devil's and my own,

Daft with the drug that's smoking in a girl

And curling round the bud that forks her eye.

An old man's shank one-marrowed with my bone,

And all the herrings smelling in the sea,

I sit and watch the worm beneath my nail

Wearing the quick away.

And that's the rub, the only rub that tickles.

The knobbly ape that swings along his sex

From damp love-darkness and the nurse's twist

Can never raise the midnight of a chuckle,

Nor when he finds a beauty in the breast

Of lover, mother, lovers, or his six

Feet in the rubbing dust.

And what's the rub? Death's feather on the nerve?

Your mouth, my love, the thistle in the kiss?

My Jack of Christ born thorny on the tree?

The words of death are dryer than his stiff,

My wordy wounds are printed with your hair.

I would be tickled by the rub that is:

Man be my metaphor.

注释

[1] 写于1934年4月30日,同年8月发表于《新诗》。全诗前四个诗节主导生命的四个阶段——胚胎期、婴儿期、青春期、衰老期,下阕三个诗节夹紧"性与死亡"向前推进。

[2] "绑扎的绷带"(my bandaged string),指脐带或围裙的系带。

[3] "红色的挠痒"(the red tickle),隐喻春天激发的性冲动。

[4] 原文"calve"为动词,意谓"产仔,生小牛"。

[5] "苹果"(apple),既是"青春、情欲"的象征,又暗喻伊甸园原罪之形。

[6] "春天的恩仇"(the bad blood of spring),指《圣经·创世记》里"苹果"隐含的原罪、"洪水"的惩罚,以及耶稣基督后来被钉死于十字架的救赎。

[7] "翼骨"(the winging bone),据称希腊神话中的信使赫耳墨斯(Hermes)脚生双翼。

[8] 原文"the crossed sticks"(交叉的枝条;十字架)语义双关。

[9] "乌鸦的足迹"(crow's-foot),指眼角的皱纹,岁月的象征。

[10] 原文"the lock…on the fallen jaws"(颌下的垂锁),隐含"lockjaw"(牙关紧闭;破伤风)之意,暗喻老人的无言。

[11] 原文"crabs"语义双关,一指性病,"阴虱寄生病";二指老年人"蟹爬"的步态。

[12] 狄兰笔下的"fork"语义双关,既是园艺的"杈子"(pitchfork),

又是音乐的"音叉"(tuningfork);此处为动词"刺穿;击中",也是蕴含的性意象,因"fork"与"fuck"(性交)谐音。

[13]　原文"herrings smelling in the sea"语义双关,指的是鲱鱼凭着气味搜寻食物,也指死鲱鱼弥漫大海。

[14]　原文"quick",指的是"活着的生命"。

[15]　"死亡的羽毛"(Death's feather),典出古埃及《亡灵书》(*Book of the Dead*,公元前1375),描述亡灵受审的仪式。

[16]　原文"my Jack of Christ"(我的耶稣基督),蕴含耶稣、狄兰·托马斯及其父亲,Jack Thomas是狄兰父亲的昵称。

解读

《假如我被爱的抚摸撩得心醉》(1934)是现收藏在美国水牛城纽约州立大学洛克伍德图书馆的狄兰·托马斯早期《笔记本诗钞 1930 - 1934》中的最后一首诗,读者尤为最后一句精彩的诗行"男人是我的隐喻"喝彩。1934 年 4 月末诗人写下此诗时,他刚从伦敦获得《周日推荐》"诗人角"图书奖,同年 12 月得以出版人生第一部诗集《诗十八首》。全诗有七个诗节,各有七行诗,原诗前六行采用抑扬格五音步,尾行为三音步,押不规则平行韵。

在前四个诗节里,诗人以讽刺的笔调重复"假如我被……撩得心醉/挠得心痒,我就不畏/惧……"的句式,主导生命的四个阶段——胚胎期、婴儿期、青春期、衰老期;这种"假如"的条件状语从句采用的是"虚拟语气",与主句之间不存在严密的逻辑联系,故"我"不畏妊娠期先天的原罪、出生后婴儿的口欲,更不怕青春期的性欲挣扎以及随衰老疾病而至的死亡,就显得滑稽乃至悲凉。为了更清晰地了解这四句"假设"的内涵,笔者试图阐释其中隐含的意义如下:

假如我被爱的抚摸[挠得心痒]撩得心醉,/一位偷我到她身旁[或床边]的骗子女郎,/穿过她的草窟,[让我剪断脐带]扯下我绑扎的绷带,/假如红色的挠痒[因诞生而出血],像母牛产仔一样/从我的肺中还能挠出一丝[嘲]笑声,/我就不畏[伊甸园原罪的]苹果,不惧洪水[的惩罚],/更不怕[来年]春天的[罪孽救赎的]恩仇。

假如我被孵化的毛发[象征出生]挠得心痒[开心],/[带羽毛的]翼骨在脚后跟一阵阵发芽,/婴儿的大腿窝挠得人发痒,/我就不畏绞架,不惧刀斧,/更不怕战火的[刀剑]十字架。

假如我被顽皮的[性]饥渴[挠]撩得心[痒]醉,/预演的[自慰]热流窜过毛边的神经。/我就不惧耻骨区的魔头[阴茎],/更不怕直白的坟墓[子宫]。

假如我被情人的抚摸[挠]撩得心[痒]醉,/却抹不平额上乌鸦的足迹[额头皱纹],/也抹不掉患病老人颌下的垂锁[衰老症候],/时光、性病和求欢的床塌/留给我寒冷,仿佛黄油留给飞蝇[冷漠],/沉渣泛起的大海就会将我淹没[溺亡],/海浪拍打情人[死尸]的脚趾。

随后的三节构成诗的下阕,夹紧性与死亡向前推进诗行,第五节的"世界半属魔鬼,半属我身",一个病态的女孩迷恋上毒品,"烟雾缠绕花蕾,击中她的眼神";在大海觅食的鲱鱼弥漫着死亡的气息,一个性无能者和一个行将朽木的老人,"坐看指甲下的蠕虫耗尽活着的生命"。第六节自淫的"抚摸,撩人心醉的抚摸",无论是"莽汉摇曳一身的情欲"或"撩动风尘的六尺身躯",还是"湿润的爱的私处"、"护士的扭动"的美或"恋人、母亲和情人们的胸乳"都无法引起性无能者的兴趣,无法"挠起子夜咯咯的笑声"。最后一节提出一系列无法回答的问题解读性与死亡的关系,追问写诗何为的经典问题。"何谓抚摸?是死亡的羽毛撩动神经?"诗人先是借古埃及《亡灵书》里"死亡羽毛"的典故,描述亡灵受审的仪式:引导亡灵之神(Anubis)把死者之心同一支鸵鸟的羽毛放到天平两端称重量。心可理解成良心,羽毛是真理与和谐之羽,代表正义和秩序。如果良心重量小于等于羽毛,死者即可进入一个往生乐土,否则就成为旁边蹲着的鳄头狮身怪(Ammut)的口中餐。继而"是我的耶稣基督戴上荆棘的树冠?死亡的话语比他的尸体更干枯",融合了圣诞节与复活节的生死及复活的典故。诗人更希望现实中他在伦敦的恋人帕梅拉(Pamela Hansford Johnson)能撩动他的诗篇,"是你的嘴、我的爱亲吻出的蓟花?……我喋喋不休的伤口印着你的毛发"。至此,这一切——死亡、宗教和浪漫的爱情都不能。最终诗人克服了原罪与恐惧,劝诫自己要为人类现实的"隐喻"而写作,期盼写出撩人心醉的"死亡话语":

我愿被抚摸撩得心醉,即:
男人是我的隐喻。
I would be tickled by the rub that is:
Man be my metaphor.

狄兰·托马斯不是一位同性恋,"男人是我的隐喻",隐含他所有的悲喜哀乐,直至抵达自我的毁灭。

时光,像一座奔跑的坟墓[1]

时光,像一座奔跑的坟墓,一路追捕你,
你安然的拥抱是一把毛发的镰刀[2],
爱换好装[3]缓缓地穿过屋子,
上了裸露的楼梯,灵车里的斑鸠[4],
被拽向穹顶[5],

像一把剪刀,偷偷靠近裁缝[6]的岁月,
向羞怯部落中的我
传递比死尸[7]陷阱更赤裸的[8]爱,
剥夺狡诈的口舌,他的卷尺
剥夺寸寸肉骨[9],

我的主人,传递我的大脑和心脏,
蜡烛[10]样的死尸之心消瘦,
手铲搏动的血,随严密的时光
驱动孩子们成长,仿佛青肿袭上拇指[11],
从处女膜到龟头[12],

因着周日,面对阴囊的护套[13],
童贞和女猎手[14],男子的眼神昏暗,

我,那时光的茄克或冰外套,
也许无法扎紧
紧身墓穴[15]里的处女O[16],

我用力跨过死尸的国度,
讨教的主人在墓石上敲打
血之绝望密码,信任处女的黏液,
我在阉人间逗留,裤裆和脸上
留下硝石的[17]污迹。

时光是一种愚蠢的幻觉,时光与傻瓜。
不!不!情人的脑壳,下落的锤子,
我的主人,你落在挺入的荣耀上。
英雄的颅骨,飞机棚[18]里的死尸,
你说操纵杆[19]"失效"。

快乐绝非敲打的国度[20],先生和女士,
癌肿的聚变或夏日的羽毛
飞落[21]到相拥的绿树和狂热的十字架[22],
城市的沥青和地铁不倦地养育
人类穿过铺路的碎石。

我浇湿你塔楼穹顶里的烛火。

快乐就是尘土的敲打,死尸穿过
盒内的突变[23],抽发亚当的芽胚[24],
爱是暮色苍茫的国度和颅骨,
先生,那是你的劫数。

一切均已消亡,塔楼崩塌,
(风灌满房子)倾斜的场景,
大脚趾随阳光垂落,
(夏日,到此为止)皮肤粘连,
所有的动作消亡。

所有人,我疯狂的人,尽是些肮脏的风
染上吹哨者的咳嗽,时光的追捕
终成死亡的灰烬;爱上他的诡计,
快乐死尸的饥饿,如同你接受
这耐吻[25]的世界。

When, Like a Running Grave

When, like a running grave, time tracks you down,
Your calm and cuddled is a scythe of hairs,
Love in her gear is slowly through the house,
Up naked stairs, a turtle in a hearse,
Hauled to the dome,

Comes, like a scissors stalking, tailor age,
Deliver me who, timid in my tribe,
Of love am barer than Cadaver's trap
Robbed of the foxy tongue, his footed tape
Of the bone inch,

Deliver me, my masters, head and heart,
Heart of Cadaver's candle waxes thin,
When blood, spade-handed, and the logic time
Drive children up like bruises to the thumb,
From maid and head,

For, sunday faced, with dusters in my glove,
Chaste and the chaser, man with the cockshut eye,

I, that time's jacket or the coat of ice

May fail to fasten with a virgin o

In the straight grave,

Stride through Cadaver's country in my force,

My pickbrain masters morsing on the stone

Despair of blood, faith in the maiden's slime,

Halt among eunuchs, and the nitric stain

On fork and face.

Time is a foolish fancy, time and fool.

No, no, you lover skull, descending hammer

Descends, my masters, on the entered honour.

You hero skull, Cadaver in the hangar

Tells the stick 'fail'.

Joy is no knocking nation, sir and madam,

The cancer's fusion, or the summer feather

Lit on the cuddled tree, the cross of fever,

Nor city tar and subway bored to foster

Man through macadam.

I damp the waxlights in your tower dome.

Joy is the knock of dust, Cadaver's shoot

Of bud of Adam through his boxy shift,

Love's twilit nation and the skull of state,

Sir, is your doom.

Everything ends, the tower ending and,

(Have with the house of wind) the leaning scene,

Ball of the foot depending from the sun,

(Give, summer, over) the cemented skin,

The actions' end.

All, men my madmen, the unwholesome wind

With whistler's cough contages, time on track

Shapes in a cinder death; love for his trick,

Happy Cadaver's hunger as you take

The kissproof world.

注释

[1] 写于1934年11-12月,同年收录于诗集《诗十八首》。诗人在诗中阐述他特有的时间观念,生命是时光的受害者,生死循环,青春与衰老、快乐与哀伤相依相随。

[2] 原文"a scythe of hairs"(毛发的镰刀),指的是"the Grim Reaper"(死神),狰狞持镰的收割者,形如骷髅,身披黑色斗篷,最早出自犹太人的传说,《圣经·启示录》14:15 也有此典:"挥起你的镰刀,收割吧,收获的时刻到了。"

[3] 原文"in her gear"(换好装),与下句"in a hearse"(上……灵车)押韵。

[4] 原文"naked stairs"(裸露的楼梯),指向弗洛伊德式塔楼,爱被时光剥得体无完肤;"a turtle[-dove] in a hearse"(灵车里的斑鸠),代表逝去的爱。

[5] 原文"hauled to the dome"(被拽向穹顶),指随着时光的流逝,爱化为一种心灵之物。

[6] 原文"tailor"(裁缝),象征"创造"与"毁灭",像希腊神话里的命运之神,有一把"命运之剪",量体裁衣,缝制生命之衣,隐喻掌控生死的能力,另参见《二十四年》的解读。

[7] 拉丁语源解剖词汇"Cadaver"(死尸),诗中共出现六次。

[8] 原文"barer"(赤裸的),又暗含双关同音词"bearer of love"(爱的拥有者)。

[9] 原文"bone inch"(寸寸肉骨),指卷尺从头到脚丈量肉骨,玄学派诗写手法,暗喻"阴茎"。

[10] 原文"candle"(蜡烛),暗喻"阴茎"。

[11] 原文"like bruises to the thumb"(仿佛青肿袭上拇指),孩子成长过程中大多有过锤打墙钉,不小心误伤拇指的经历,另参见《而死亡也一统不了天下》中的"hammer through daisies"([像锤打一番用力]穿越雏菊崭露)的解读。

[12] 原文"from maiden and head"(从处女膜到龟头),化用自"maidenhead"(处女膜)的谐音双关语。

[13] 原文"dusters in my glove"意为"[not knuckle-]dusters in glove codpiece",男裤前褶里的护套。

[14] 原文"chaste and the chaser"(童贞和女猎手),一种谐韵的文字游戏。

[15] 原文"in the straight grave"(紧身墓穴里),隐喻阴道;"straight"可用于"straightjacket"(紧身衣)。

[16] 原文"a virgin o"(处女O)指处女膜,一种极端的文字游戏,隐含处女的荣耀无关紧要;也可解死亡"冰外套"的女装纽扣。

[17] 原文"nitric"(硝石的),是"night-trick"(夜晚的把戏;性)的谐音双关语,参见《忧伤袭来前》的解读。

[18] 原文"hangar"(飞机棚),暗喻"墓穴或子宫"。

[19] 原文"stick"(操纵杆),暗喻"阴茎"。

[20] 此节原文"knocking nation"(敲打的国度)与下节"knock of dust"(尘土的敲打)均可联想到俗语"knocking shop"(妓院,

窑子），从而"knock"（敲打）这一动作就有了"性"的隐喻；俚语"be knocked up"，即为"怀孕"。

[21] Lit=alight,飞落。

[22] "十字架"（cross），转喻"基督教"。

[23] 原文"boxy shift"（盒内的突变），暗喻"子宫或棺材"。

[24] 原文"bud of Adam"（亚当的芽胚），转喻"阴茎"。

[25] 原文"kissproof"（耐吻,抗吻），早在20世纪30年代,市场上曾出现过的一种唇膏品牌,此处兼具"死亡的药剂和情人的快乐"之义。

解读

《时光,像一座奔跑的坟墓》是狄兰·托马斯"进程诗学"中的又一首名篇。死亡不是时间的终结,而是一种生命的奔跑,一种逃离追捕的奔跑;此刻,死亡只是时光的一部分,绝非时光的所有。狄兰·托马斯在诗歌中阐述了他特有的时间观念,生命是时光的受害者,生死循环,青春与衰老、快乐与哀伤相依相随。爱的拥抱竟然是一把死神的"镰刀",一把缝制生命的"命运之剪";然而,要想逃避死亡的追捕,永享时光的美好,唯有逃离时光,回到人类堕落前的状态,藏匿于伊甸园———一种"永生"的叙述。首句"When, like a running grave, time tracks you down"(时光,像一座奔跑的坟墓,一路追捕你),导入一种实验性的句式,不少于 30 个开放式从句,延伸达 25 行之久,整整 5 个诗节,每节 5 行,持续地发出"传递"时光主题的疯狂请求,而这种连续从属的独立分句延迟"传递"动作的实施,破坏了正常的句法,尽显现代主义诗歌的碎片化句法结构而显晦涩难解,一种现代主义空间错位手法更使这首诗因诗义的流动而趋于不稳定。此句诗行也常被认作是狄兰·托马斯超现实主义诗风最佳的例子:

[当]时光,像一座奔跑[追猎]的坟墓,一路追捕你,/[当]你安然的拥抱[宝贝儿]是[死神]一把毛发的镰刀,/[当]爱换好装缓缓地穿过屋子,/上了裸露的楼梯,灵车里的斑鸠,/被拽向[天堂的]穹顶,//[当]像一把剪刀,偷偷靠近裁缝的岁月,/向羞怯[年轻人]部落

中的我/**传递**比死尸陷阱[口]更赤裸的爱,/剥夺[狐狸般]狡诈的口舌,他的[死尸的]卷尺/剥夺[从头到脚的]寸寸肉骨,//我的主人,**传递**我的大脑和心脏,/[当]蜡烛样的[阴茎]死尸之心[磨损]消瘦,/[当掘墓人]手铲搏动的[心]血,随[大脑]严密的时光/驱动孩子们成长[成熟],仿佛[铲子所致的]青肿袭上拇指,/从处女膜[传递]到龟头,//因着周日,[假装]面对阴囊的护套,/童贞和女猎手,[阳痿]男子的眼神昏暗,/我,那时光的[紧身]茄克或[死亡的]冰外套,/也许无法扎紧/[僵尸]紧身墓穴里[完全不经事]的处女O,//我用力**跨过**[人间]死尸的国度,/讨教[唠叨]的主人[大脑和心脏]在墓石上敲打/血之绝望密码,信任处女[性]的黏液,/[就此]我在[无性]阉人间逗留,裤裆和脸上/留下[防腐]硝石[羞耻]的污迹。

拉丁词源解剖词汇的死尸(Cadaver),作为全诗框架性意象,在前五节出现三次——"死尸陷阱"、"死尸之心"、"死尸的国度",在后五节又出现三次——"飞机棚里的死尸"、"死尸/抽发亚当的芽胚"及"快乐死尸的饥饿",开启一场死尸暴君"大脑"和皇后"心"之间的辩论,长句也从"你"转向"我",既理性谨慎又闪烁伤感,分享人类的困境直至命运的走向;复杂的长句之后,短句带来一种戏剧性释放,羞怯的男孩"我"与"死尸"渐渐成长,在爱和性的怀抱、疾病和死亡的国度里相生相随。时光绝非愚蠢的傻瓜,"时光的追捕/终成死亡的灰烬"。

时光是一种愚蠢的幻觉,时光与傻瓜。/不!不!情人[你]的脑壳,[仿佛]下落的锤子,/我的主人[大脑和心脏],你落在挺入的荣耀上。/英雄[你]的颅骨,飞机棚[墓穴]里的死尸,你说[阴茎]操纵杆"失效"。//[死亡或性的]快乐绝非敲打[进入]的国度,[大脑]先生和[心脏]女士,癌肿的聚变或夏日[死亡]的羽毛/飞落到相拥的绿树和狂热[崇拜]的十字架,/城市的沥青和地铁不倦地养育/人类穿过铺路的碎石。//我浇湿[歇了]你塔楼穹顶里的烛火。/[死亡或性的]快乐就是尘土的敲打,死尸穿过[子宫或棺材]盒内的突变,抽发亚当的芽胚[阴茎],/爱是暮色苍茫的国度和颅骨,/[大脑]先生,那是你的劫数。//一切均已消亡,塔楼崩塌,/(风灌满房子[子宫])倾斜的场景,/大脚趾随阳光垂落,/(夏日[男孩],到此为止)[癌肿或子宫]皮肤粘连,/所有的动作消亡。//所有人,我疯狂的人[大脑与心脏],尽是些肮脏的风/染上吹哨者的咳嗽,时光的追捕/终成死亡的灰烬;爱上他[牌戏]的诡计,/快乐死尸的饥饿,如同你接受/这耐吻[唇膏]的世界。

诗人狄兰·托马斯一生痴迷于词语的声音节奏、多重意义的可能性,甚至制造词语游戏到了一种荒诞的地步。第四节中"我,那时光的茄克或冰的外套,/也许无法扎紧/紧身墓穴里的处女O","a virgin o"(处女O),隐喻处女膜,一种极端的词语游戏,暗指处女的荣耀无关紧要,与第三节末句的谐音双关语"maid and head = maidenhead"(处女膜)构成呼应的文字游戏。第二诗节首句中的"tailor"(裁缝),恰如希腊神话中的命运之神,蕴含"创造"与"毁灭"的能力,拥有一把"命运之剪",量体裁衣,缝制生命之衣,隐喻掌控生死的能力,也让读者想起诗人的自传诗系列之一《二十四年》(1938,详见该诗的解读)中的裁缝胎儿蹲伏在自然之门,既要刺破胎衣踏上人生之程,又要"缝制一件上路的裹尸布"走向死亡。

最　初[1]

最初是那三角的星星[2]，
一丝光的微笑穿越虚空的渊面[3]；
一根骨的枝干穿越生根的空气[4]，
物质分叉，滋养原初的太阳[5]；
密码在浑圆的空隙里燃烧，
天堂和地狱融合，旋为一体。

最初是那苍白的签名，
三音节，微笑般繁星闪烁；
随之而来水面上留有印迹[6]，
月亮戳上一枚新脸的印记[7]；
血触及十字架和圣杯[8]，触及
最初的云彩[9]，留下一枚记号。

最初是那升腾的火苗，
点点星火点燃所有的天气，
三眼的红眼星火，迟钝如花；
生命萌发，自翻滚的大海喷涌，
隐秘的油泵自大地和岩页，
闯入根须，催动青草成长。

最初是那词语,那词语[10]
出自光坚实的基座,
抽象所有虚空的字母;
出自呼吸朦胧的基座,
词语涌现,向内心传译
生与死最初的字符。

最初是那隐秘的大脑。
在音叉转向[11]太阳之前,
大脑接受思想的囚禁与焊接;
血脉在滤网里抖动之前,
喷射的血迎着光的气流
飘洒肋骨最初的爱[12]。

In the Beginning

In the beginning was the three-pointed star,
One smile of light across the empty face;
One bough of bone across the rooting air,
The substance forked that marrowed the first sun;
And, burning cyphers on the round of space,
Heaven and hell mixed as they spun.

In the beginning was the pale signature,
Three-syllabled and starry as the smile;
And after came the imprints on the water,
Stamp of the minted face upon the moon;
The blood that touched the crosstree and the grail
Touched the first cloud and left a sign.

In the beginning was the mounting fire
That set alight the weathers from a spark,
A three-eyed, red-eyed spark, blunt as a flower;
Life rose and spouted from the rolling seas,
Burst in the roots, pumped from the earth and rock
The secret oils that drive the grass.

In the beginning was the word, the word

That from the solid bases of the light

Abstracted all the letters of the void;

And from the cloudy bases of the breath

The word flowed up, translating to the heart

First characters of birth and death.

In the beginning was the secret brain.

The brain was celled and soldered in the thought

Before the pitch was forking to a sun;

Before the veins were shaking in their sieve,

Blood shot and scattered to the winds of light

The ribbed original of love.

注释

[1] 写于1934年4月,更早的版本见于1933年9月。诗题《最初》典出《圣经》,在和合本《圣经·旧约》起首中译为"起初",在《圣经·新约》起首中译为"太初"。诗人狄兰·托马斯呼应《圣经》,描述造物主的创世。

[2] "三角的星星"(the three-pointed star),指的是三位一体的圣父、圣子、圣灵,也指伯利恒(耶稣诞生地)之星。

[3] "虚空的渊面"(the empty face),指《圣经·旧约·创世记》里"要有光,就有光"之前的一片混沌深渊的表面。

[4] "骨的枝干……生根的空气"(bough of bone ... rooting air),草木生长的意象,蕴含生命树、智慧树的寓意,也指耶稣被钉死的十字架。

[5] 原文"the first sun"(原初的太阳),狄兰笔下的"sun"(太阳)谐音"Son"(圣子),指耶稣。

[6] "水面上留有印迹"(the imprints on the water),典出《圣经·旧约·创世记》1.2,既指"上帝的灵在大水之上盘旋",也指"耶稣在(加利利)湖面上行走"的神迹,典出《圣经·新约·约翰福音》6:19。

[7] "月亮戳上一枚新脸的印记"(Stamp of the minted face upon the moon),指童贞女玛利亚受圣灵感孕诞生耶稣。

[8] "圣杯"(grail),最初指用来收集十字架上受难耶稣的鲜血的

杯子,后来遗失。在凯尔特神话中,寻找圣杯成为一个神圣又伟大的主题。

[9] "最初的云彩"(the first cloud),蕴含"耶稣升天"的《圣经》故事,典出《圣经·新约·使徒行传》1: 6 - 11。

[10] "最初是那词语,那词语"(In the beginning was the word, the word),此句完整出自《圣经·新约·约翰福音》1.1,和合本译为"太初有道",冯象新译修正为"太初有言":"太初有言,那言与上帝同在,上帝就是那言"(In the beginning was the Word, and the Word was with God, and the Word was God)。该句式在此诗五个诗节的首句重复出现。

[11] 原诗第五节第三行中"the pitch was forking to"(音叉转向)源自"pitchfork"(音叉),其定出的音高(pitch)常用作调制音律的标准;第一节第四行中"fork"是动词"分叉,分化",是狄兰常用的双关语。

[12] "肋骨最初的爱"(the ribbed original of love),蕴含《圣经·旧约·创世记》里亚当用肋骨创造夏娃的故事。

解读

写于 1933—1934 年间的《最初》典出《圣经》首句,那是诗人狄兰·托马斯呼应《圣经·旧约·创世记》写下的几节回声——生与死、黑暗与光明、混沌与有序、堕落与拯救,俨然成为一位造物主,颇有些许亵渎圣灵之意;而每一诗节里空气、大水、火苗、语言、大脑的起源却似乎阐述上帝"一言生光"的创世。第四节首句"最初是那词语,那词语"(In the beginning was the word, the word)完整出自 KJV 英译本《圣经·新约·约翰福音》首句。百年前的和合本《圣经》汉译此句为"太初有道"是出于传教的目的,这种翻译策略就是诗歌翻译家飞白先生在《翻译的三分法》一文中阐述"风格译"时所说的"劝说型—功效译"。[1] 近年冯象先生新译修正为"太初有言":

太初有道,道与神同在,道就是神。(和合本)
太初有言,那言与上帝同在,上帝就是那言。(冯象 译)
In the beginning was the Word, and the Word was with God, and the Word was God. (KJV)

"最初是那词语,那词语"这一重要诗节也道出诗人对词语的热爱。1951 年,狄兰·托马斯就威尔士某大学生所提出的五大诗歌问

---

[1] 飞白著:《译诗漫笔》,外语教学与研究出版社,2016 年,第 3—11 页。

题作过精彩的回答,1961年冬,有人以"诗歌宣言"(Poetic Manifesto)为题发表于美国《德克萨斯季刊》第4期[1](详见书后所附《诗艺札记》):

当初写诗是源自我对词语的热爱。我记忆中最早读到的一些诗是童谣,在我自个能阅读童谣前,我偏爱的是童谣的词,只是词而已。至于那些词代表什么、象征什么或意味着什么都是无关紧要的;重要的是我第一次听到这些词的**声音**,从遥远的、不甚了解却生活在我的世界里的大人嘴唇上发出的声音。词语,对我而言,就如同钟声传达的音符、乐器奏出的乐声、风声、雨声、海浪声、送奶车发出的嘎吱声、鹅卵石上传来的马蹄声、枝条儿敲打窗棂的声响,也许就像天生的聋子奇迹般地找到了听觉。

《圣经》句式在此诗五个诗节的首句重复出现。

首节,"最初是那三角的星星,/一丝光的微笑穿越虚空的渊面;/一根骨的枝干穿越生根的空气,/物质分叉,滋养原初的太阳;/密码在浑圆的空隙里燃烧,/天堂和地狱融合,旋为一体"。"最初是那三角的星星",即三位一体的圣父、圣子、圣灵创造了天地,"一言生光"分出了昼夜,也就有了"光的微笑",掠过一片混沌"虚空的渊面"照耀大地;草木在大地生长,"一根骨的枝干",无论是生命树、智慧树,还是骷髅地的十字架,"穿越生根的空气",物质化为太阳主管

---

[1] Dylan Thomas. Poetic Manifesto. *Texas Quarterly 4*(Winter 1961), pp.45-53.

白昼,天堂和地狱浑为一体,不断地旋转,转出一个崭新的世界。

第二节,"最初是那苍白的签名,/三音节,微笑般繁星闪烁;/随之而来水面上留有印迹/月亮戳上一枚新脸的印记;/血触及十字架和圣杯,触及/最初的云彩,留下一枚记号"。"最初是那苍白的签名",依然是三位一体的"三音节","随之而来水面上留有印迹",那是上帝的灵在大水之上盘旋,也是耶稣早年在以色列加利利湖畔留下的足迹;进入基督教时代,童贞女玛利亚受圣灵感孕怀上圣子耶稣,那是上帝戳下"一枚新脸的印记",继而耶稣在骷髅地受难,被钉死在十字架上,流下的鲜血被亚利马太人(Arimathea)约瑟夫收集在圣杯中,最后耶稣在复活节后升天,全都成为他的"一枚记号";而寻找圣杯也成为凯尔特神话乃至各国文学中一个神圣又伟大的主题。

第三节,"最初是那升腾的火苗,/点点星火点燃所有的天气,/三眼的红眼星火,迟钝如花;/生命萌发,自翻滚的大海喷涌,/隐秘的油泵自大地和岩页,/闯入根须,催动青草成长"。"最初是那升腾的火苗",从水进入火,依然是三位一体的三眼星火,委婉表达的"性",点燃所有的天气,生命升腾,鲸鱼在"翻滚的大海"喷出水柱,"泵自大地和岩页"的油催动根须、草木生长。

第四节"最初是那词语,那词语"是这首诗的高潮,上帝"那言"要有光,就有了光,那言与上帝同在,那言就是上帝,"抽象所有虚空的字母","呼吸"之间吐出"词语",语言就此诞生;"那词语"涌现最初的字符,那是狄兰最喜欢的"圣言",就像诗人自己的诗篇,一唇一音,一呼一吸,"向内心传译/生与死"。

第五节,"最初是那隐秘的大脑。/在音叉转向太阳之前,/大脑接受思想的囚禁与焊接;/血脉在滤网里抖动之前,/喷射的血迎着光的气流/飘洒肋骨最初的爱"。"最初是那隐秘的大脑",而不是意识,强调精神与物质的一体,但"大脑接受思想的囚禁与焊接",随之"音叉转向太阳",转向"那光","血脉"迎着光的气流,"飘洒"亚当最初用肋骨创造夏娃的爱。诗篇中最后的爱也就是《旧约》、《新约》中最初的"词语"或"那言"。

光破晓不见阳光的地方[1]

光破晓[2]不见阳光的地方;
不见大海奔腾的地方,心潮涌动
自身的波涛;
破碎的幽灵[3],一脑门的萤火虫,
光的物体
列队穿过肉体,不见血肉装点身骨。

腿股间的烛火[4]
温暖青春和种子,点燃岁月的种子;
不见种子骚动的地方,
男人的果实在星光下勃发,
无花果般明亮[5];
不见蜂蜡[6]的地方,烛火露出毛发[7]。

黎明在目光下破晓;
呼啸的热血,像一片海滑过
颅骨和脚趾的两极;
不见篱笆和树桩,天空下的喷井
朝着魔杖[8]喷涌,
微笑地探测原油般的泪水[9]。

黑夜在眼窝里打转,

仿佛黑漆漆月亮,绕着地球的边界;

白昼照亮身骨;

不见严寒的地方,揭皮的[10]狂风解开

解开寒冬的长袍;

春天的眼膜[11]从眼睑上垂落。

光破晓隐秘的土地[12],

思维的末梢,思想在雨中变了味;

当逻辑消亡,

泥土的秘密透过目光生长[13],

血在阳光下暴涨;

黎明停摆[14]在荒地之上。

Light Breaks Where No Sun Shines

Light breaks where no sun shines;

Where no sea runs, the waters of the heart

Push in their tides;

And, broken ghosts with glow-worms in their heads,

The things of light

File through the flesh where no flesh decks the bones.

A candle in the thighs

Warms youth and seed and burns the seeds of age;

Where no seed stirs,

The fruit of man unwrinkles in the stars,

Bright as a fig;

Where no wax is, the candle shows its hairs.

Dawn breaks behind the eyes;

From poles of skull and toe the windy blood

Slides like a sea;

Nor fenced, nor staked, the gushers of the sky

Spout to the rod

Divining in a smile the oil of tears.

Night in the sockets rounds,

Like some pitch moon, the limit of the globes;

Day lights the bone;

Where no cold is, the skinning gales unpin

The winter's robes;

The film of spring is hanging from the lids.

Light breaks on secret lots,

On tips of thought where thoughts smell in the rain;

When logics die,

The secret of the soil grows through the eye,

And blood jumps in the sun;

Above the waste allotments the dawn halts.

注释

[1] 写于1933年11月20日,1934年3月14日发表于《倾听者》。此诗崇拜自然力的存在,同时表现生长与腐朽、生与死相互交错,形影不离。

[2] 原文"break"(破晓;破坏;终止),既是开始,又是结束。

[3] 原文"broken ghosts"(破碎的幽灵),指受精卵分裂,形成生命之初的胚胎。

[4] 原文"candle"(蜡烛/烛火),暗喻阴茎及欲火。

[5] 原文"the fruit of man/ fig"(男人的果实/无花果),用圣经里的意象描写多生养,子孙繁如星光;"无花果"一般指向性和生殖。

[6] 原文"wax"(蜂蜡),指死去的肉体,青春的"蜡"既创造又毁灭精子。

[7] "露出毛发"(shows its hairs),指露出蜡烛芯,蕴含死去之意;也指露出耻骨区的阴毛。

[8] 原文"rod"(杖),指探矿杖(divining-rod),隐含"阴茎"之意。

[9] 原文"divining ... the oil of tears"(探测原油般的泪水),源自玄学派诗歌的绝妙构思,描写泪水及其忧伤。

[10] 原文"skinning"(揭皮),具有蜕皮更新生命之意。

[11] 原文"film"和"lid"均为双关语,前者"film"既为眼球上的"膜",也指"电影画面";后者"lid"既为"眼睑",也指棺材上

的"盖"。

[12] 原文"lots"（小块土地），隐含命运。

[13] 原文"grows through the eye"（透过目光生长），其"eye"（眼睛）隐含同音异义"I"（自我）。

[14] 原文"the dawn halts"（黎明停摆），死亡之后旧的意识消亡，"黎明停摆"也仅是暂时性的，新的意识等待以新的方式再次进入。

解读

1934年发表于《倾听者》杂志上的这首《光破晓不见阳光的地方》引起伦敦文学界的注目,这是诗人狄兰·托马斯早期诗歌中一首完美呈现生物形态风格的抒情诗,虽然缺少《穿过绿色茎管催动花朵的力》那首诗蕴涵的爆炸力,但生物"进程"主题一脉相承。它将微观身体与宏观宇宙融为一体,尤其崇拜自然力的存在,同步表现生长与腐朽、生与死相互交错,形影不离;如果说第一至二节及第五节的推进生死各半,那么第三节只关注生,第四节全关注死。这首采用半谐韵的诗篇共有五节六行诗,原诗每节音节数约为6-10-4-10-4-10,倒数第二行音节断裂。

诗题及首句"光破晓不见阳光的地方"典出英国一战诗人威尔弗雷德·欧文(Wilfred Owen,1893-1918)的诗篇《奇异相遇》(*Strange Meeting*,1918)里的诗句"男人前额出血,不见一丝伤口"(Foreheads of men have bled where no wounds were)。"光"降临大地,将黎明前的黑暗变成白昼,原文"break",既是开始,又是结束。"where no ..."句式在诗中不时地出现,"不见阳光"、"不见大海"、"不见血肉"或"不见蜂蜡",颇为悖论地有光、有水、有肉;没有太阳的"光",即是《圣经·旧约·创世记》里的第一天;如果"光"是生命,那也是在子宫里的第一夜;生命的破晓之光,启动潮水般的血液循环,胚胎就此在黑暗的子宫里生成,受精卵分裂,"破碎的幽灵"孕育生命的胚胎,点亮"一脑门的萤火虫",列队穿过肉体,"不见血肉装点身骨",倒是死亡墓穴里的蠕虫与腐烂的尸体融为一体,生死相依;更重要的是有了信仰,光就会破晓黑暗,死亡的肉体定会孕育新的生命。

第二节,"腿股间的烛火/温暖青春和种子,点燃岁月的种子;/不见种子骚动的地方,/男人的果实在星光下勃发,/无花果般明亮;/不见蜂蜡的地方,烛火露出毛发"。显然指向性,重燃"性"的火苗,"光"或"萤火虫"变成腿股间的欲火,"温暖青春和种子",终究"点燃岁月的种子",因袭相同句式的"不见种子骚动的地方",变成了性无能;诗人继而借用《圣经》里的"无花果"生殖意象,期盼多生养,子孙繁如星光,"男人的果实在星光下勃发,/无花果般明亮";"蜡"代表肉体,既创造又毁灭精子,"不见蜂蜡的地方,烛火露出毛发",归于死亡。

第三节,"黎明在目光下破晓;/呼啸的热血,像一片海滑过/颅骨和脚趾的两极;/不见篱笆和树桩,天空下的喷井/朝着魔杖喷涌,/微笑地探测原油般的泪水"。替代"光"的黎明在目光下破晓,胚胎成形,呼啸的热血之潮,围绕全身循环,"像一片海滑过/颅骨和脚趾的两极",环绕"魔杖"转动,"天空下的喷井/朝着魔杖喷涌",颂赞生物的交配。最后一行"原油般的泪水"因袭玄学派诗歌的绝妙构思,提供生命能量的"油"带来欢笑,也带来"泪水"及其忧伤。

第四节,"黑夜在眼窝里打转,/仿佛黑漆漆月亮,绕着眼球的边界;/白昼照亮身骨;/不见严寒的地方,揭皮的狂风解开/寒冬的长袍;/春天的眼膜从眼睑上垂落"。黑夜之后的白昼照亮身骨,又是玄学派诗歌的另一个绝妙构思,黑夜白昼仿佛就是眼目的极限,直到"眼膜从眼睑上垂落"重获光芒;白昼照亮了身骨,生命的诞生或墓穴里的死里复活,不再让人感到寒冷,"揭皮的狂风"分解尸体的肌肉,春天的画风也许还在棺材盖板上"悬而未决",却成为来春生死更新的源泉。

最后一节,"光破晓"墓地掩埋的土地,破晓"思维的末梢",死亡之后的黎明等待破晓,进入生物自然演变的进程;而抽象的思想在更新的春雨下变了味,变得腐朽,理性的逻辑业已消亡,新的知识透过自我的"目光生长",旧的意识随之消亡,哪怕得经历革命,"血在阳光下暴涨",但"黎明停摆"仅是暂时性的,崭新的超现实意识随时以新的方式准备破晓。20世纪30年代,英美诗坛及知识界陶醉于艾略特和奥登的理性世界,狄兰·托马斯却一反英国现代诗那种苛刻的理性色彩,泼撒一种哥特式野蛮怪诞的力量去表现普通人潜在的人性感受,其非凡的诗艺掀开了英美诗歌史上新的篇章;他欣赏超现实主义艺术家和诗人跳入潜意识的大海,不借助逻辑或理性来挖掘意识表面下的意象,而借助非逻辑或非理性化为笔下的色彩与文字;他推崇他们并置那些不存在理性关联的词语或意象,希望从中获得一种潜意识的梦境或诗意,远比意识中的现实或想象的理性世界更为真实。当然,狄兰·托马斯从主体上接纳超现实主义的诗歌理念,也并非全然接受。此诗的末节"当逻辑消亡"开始显示他写作的倾向,或许也是读者解读他的诗歌的关键:

当逻辑消亡,
泥土的秘密透过目光生长,
血在阳光下暴涨;
黎明停摆在荒地之上。

When logics die,

The secret of the soil grows through the eye,

And blood jumps in the sun;

Above the waste allotments the dawn halts.

我梦见自身的诞生[1]

睡出一身汗,我梦见自身的诞生[2],突破
转动的卵壳[3],壮如
钻头[4]一般的运动肌,穿越
幻象和腿股的神经。

从蠕虫屈身丈量的肢体,曳步
离开皱巴巴的肉身,列队[5]
穿过草丛里所有的铁[6],锉亮
夜色撩人的[7]光金属。

承接流淌爱液的滚烫脉管,昂贵
是我骨骼的生灵,我
环绕代代相传的地球,低速
驶过夜间打扮入时的人[8]。

我梦见自身的诞生再次死去,弹片
击中行进的心,洞穿
缝合的伤和凝结的风,死亡
封住吞入毒气的嘴。

恰逢第二次死亡[9]，我标识山岗，收获
毒芹和叶片，锈了
我尸身上回火的血[10]，迫使
我从草丛再次奋发。

我的诞生赋予感染的力，骨骼
再次生长，赤裸的
亡灵再次穿上新衣。再次
受难的痛吐出男儿的气概[11]。

死去一身汗，我梦见自身的诞生[12]，两次
坠入滋养的大海，直至
亚当一身汗渍[13]发了臭，梦见
新人活力，我去追寻太阳[14]。

I Dreamed my Genesis

I dreamed my genesis in sweat of sleep, breaking

Through the rotating shell, strong

As motor muscle on the drill, driving

Through vision and the girdered nerve.

From limbs that had the measure of the worm, shuffled

Off from the creasing flesh, filed

Through all the irons in the grass, metal

Of suns in the man-melting night.

Heir to the scalding veins that hold love's drop, costly

A creature in my bones, I

Rounded my globe of heritage, journey

In bottom gear through night-geared man.

I dreamed my genesis and died again, shrapnel

Rammed in the marching heart, hole

In the stitched wound and clotted wind, muzzled

Death on the mouth that ate the gas.

Sharp in my second death I marked the hills, harvest

Of hemlock and the blades, rust

My blood upon the tempered dead, forcing

My second struggling from the grass.

And power was contagious in my birth, second

Rise of the skeleton and

Rerobing of the naked ghost.Manhood

Spat up from the resuffered pain.

I dreamed my genesis in sweat of death, fallen

Twice in the feeding sea, grown

Stale of Adam's brine until, vision

Of new man strength, I seek the sun.

注释

[1] 狄兰·托马斯早期笔记本诗稿中的一首旧作,1934年4-5月修订。此诗的主题为生死与重生。

[2] 原文"genesis"(创世;诞生;起源),典出《圣经·旧约·创世记》。

[3] "卵壳"(shell),指母亲的子宫。

[4] "钻头"(drill),指父亲的阴茎。

[5] 原文"file"为双关语,一为"列队而行",二为"用锉刀锉"。前后的"flesh"(肉身)与"grass"(草),典出《圣经·旧约·以赛亚书》40:6"那肉身皆草,美颜似野花"(All flesh is grass, and all the goodness thereof is as the flower of the field)。

[6] 原文"irons in the grass"(草丛里的铁),仿自习语"irons in the fire"(揽事)。

[7] 原文"man-melting night",在诗人笔下,夜晚仿佛是个熔炉,造人的子宫(womb),抑或葬人的墓穴(tomb)。

[8] 原文"in bottom gear through night-geared man"中的"gear"为"排挡"与"衣服"的双关语,前面的"bottom gear"为"低速,低挡",后面的"night-geared"为"夜间打扮入时的",引喻"堕落"。

[9] "第二次死亡"(second death),一方面指一战与二战,指性功能的衰竭与死亡,另一方面也指《圣经·新约·启示录》20:

14 里的"第二遍死",参见《拒绝哀悼死于伦敦大火中的孩子》一诗末句的解读。

[10] "我尸身上回火的血"(my blood upon the tempered dead),指性勃起。

[11] "吐出男儿的气概"(manhood / spat up)指的是性喷射。

[12] 此句"死去一身汗,我梦见自身的诞生"与首句"睡出一身汗,我梦见自身的诞生"呼应,典出莎士比亚《汉姆莱特》III, I, 63-64:"To die, to sleep —/ To sleep, perchance to dream —(去死,去睡——/去睡,也许会做梦)"。

[13] "亚当一身汗渍"(Adam's brine),暗喻"精子,子孙"。

[14] 狄兰笔下的"太阳"(sun),往往与"圣子"(Son)谐音双关。

解读

狄兰·托马斯在《我梦见自身的诞生》(1934)里前后呈现两大生死爱欲的梦境:前三个诗节叙述受孕与诞生的梦境,其后三个诗节叙述死亡与重生的梦境,最后一个诗节是充满希望的复活;然而,生死的周期总交织着分娩的阵痛、性幻想和灭绝,正如美国研究者发现,"狄兰·托马斯许多诗描述梦境,或根据弗洛伊德《梦的解析》来构思,通过浓缩、转移、象征等手法来创作",[1]而此诗刻意跨行的句式及生死的主题似乎借自于艾略特(T.S. Eliot, 1888－1965)《荒原》(1922)的开篇:

四月是最残忍的月份,哺育着
丁香,在死去的土地里,混合着
记忆和欲望,拨动着
沉闷的春芽,在一阵阵春雨里。

(裘小龙　译)

April is the cruelest month, breeding
Lilacs out of the dead land, mixing
Memory and desire, stirring

---

[1] William York Tindall. Introduction, *A Reader's Guide to Dylan Thomas*. New York: Syracuse University Press, 1996, p.9.

Dull roots with spring rain.

睡出一身汗,我梦见自身的诞生,突破
转动的卵壳,壮如
钻头一般的运动肌,穿越
幻象和腿股的神经。

I dreamed my genesis in sweat of sleep, breaking
Through the rotating shell, strong
As motor muscle on the drill, driving
Through vision and the girdered nerve.

前三节是典型的狄兰式神经传导与机械装置相互交融的超现实主义诗节,首节想必是一场艳梦,叙述者大汗淋漓,"我梦见自身的诞生",回到子宫受孕的那一刻,也回到《创世记》,回到原罪的"蠕虫"丈量一番亚当的肢体,回到宇宙、生命、文明的起源,即这首诗的灵魂所在。首节可见到头韵/行内韵交叉出现,第一/二行发出"丝丝作响"(sweat of sleep/shell, strong)的头韵,第三行依稀从梦境(dream)中听到"d"头韵(drill, driving)的回响。第二/四行,甚至在下节第三行重复出现"through",一再让读者感受到"壮如钻头"的力量,足以"突破/转动的卵壳","穿越/幻象和腿股的神经",无论是要突入一个女性世界,抑或突破一种心理的障碍。

从蠕虫屈身丈量的肢体,曳步

离开皱巴巴的肉身,列队
穿过草丛里所有的铁,锉亮
夜色撩人的光金属。
From limbs that had the measure of the worm, shuffled
Off from the creasing flesh, filed
Through all the irons in the grass, metal
Of suns in the man-melting night.

第二节首行由"From"发动的"f/m"头韵继而在诗行内回旋（shuffled / Off from ... flesh, filed /... metal /... man-melting）,带头韵的双关语"file",既能"列队/穿过"草丛,也能"锉亮"草丛里的铁;跳韵的"man-melting night"仿佛就是一座熔炉,一个夜色撩人的造人子宫,抑或葬人的墓穴,实为一次穿越"金属"的艰难诞生。而此节的"flesh"（肉身）与"grass"（草）,典出《圣经·旧约·以赛亚书》40: 6"那肉身皆草,美颜似野花"（All flesh is grass, and all the goodiness thereof is as the flower of the field）;在狄兰笔下,动植物、矿脉和血脉都是有机一体的,有时令读者难解,唯有透过他的"进程诗学"才能解析其中的奥秘。随后的"我",一个高贵的诗人诞生,脉管承接爱情的热血,环绕代代相传的地球,低速驶过夜间堕落的人类,一代代历经生死的交替。

第四至六节是"第二次死亡"与重生的梦境,似乎与一战、二战相关,生于1914年的狄兰·托马斯,恰逢弥漫死亡的第一次世界大战;1933年希特勒上台,第二次世界大战终将无法避免,那就是狄兰心目

中的"第二次死亡",具象可感的战争体验何等残忍,"我梦见自身的诞生再次死去,弹片/击中行进的心,洞穿":

缝合的伤和凝结的风,死亡
封住吞入毒气的嘴。
In the stitched **wound** and clotted **wind, muzzled**
Death on the **mouth** that ate the gas.

典型的一种古英语诗律,押头韵"w/m"、谐行内韵"wound ... wind, muzzled/... mouth"。第二次死亡,另一层意义指向性衰竭与灭绝,因打从伊丽莎白时代起,"死亡"在英文里就蕴含"性"的双关语义,当然也有神学的意味,典出《圣经·新约·启示录》20:14里的"第二遍死",参见《拒绝哀悼死于伦敦大火中的孩子》一诗末句的解读。下一节出现的"毒芹和叶片",让诗行回到"肉身皆草",迫使"我"在草丛中奋发,"我尸身上回火的血",勃起触发生机,骨骼再次生长,穿上新衣的亡灵再次"吐出男儿气概"。

死去一身汗,我梦见自身的诞生,两次
坠入滋养的大海,直至
亚当一身汗渍发了臭,梦见
新人活力,我去追寻太阳。
I dreamed my genesis in sweat of death, fallen
Twice in the feeding sea, grown

Stale of Adam's brine until, vision

Of new man strength, I seek the sun.

末节描写死后重生，叙述者大汗淋漓，"我梦见自身的诞生"，第二次"坠入滋养的大海"复活，无论那是子宫滋养的羊水，还是《圣经·旧约·创世记》里的亚当子孙，"一身汗渍发了臭"，旧的不去，新的不来，"我"要与第一次世界大战后成长起来的"新人"，一起"去追寻太阳"，无论透出凯尔特文化的破晓之光，还是圣子基督带来的神学之光。

诗人狄兰·托马斯一生创造性地使用诗歌音韵节律，像一位凯尔特吟游诗人，在诗行间煞费苦心，乐此不疲。纵观狄兰·托马斯一生创作的200多首诗歌，从某种意义上讲，他"既不是一位读来令人发晕的浪漫主义诗人，也不是一位玄学派意象诗人，而是一位善用隐喻等复杂诗歌技巧，创造一种赞美仪式的诗人"[1]。他所涉猎的诗歌音韵节律大多归为三类：一类是早期传统的英诗诗律——从斯温伯恩(Algernon Swinburne)或梅瑞迪斯(George Meredith)诗行渐进至严苛的维拉内拉(Villanelle)诗体；然而，早在"笔记本诗钞"时期，他就已开始创作自由体诗歌，也并非随意写下诗行，而是写作一类合乎呼吸起伏的"韵律诗"；第三类当然是综合运用包括全韵、半韵、半谐韵和头韵在内的混合型"交叉韵"，尤其喜欢霍普金斯式"仿自正常说话节

---

[1] David Daiches. The Poetry of Dylan Thomas. *The English Journal.* Vol. 43, No.7(1954), pp.349-356.

奏"的"跳韵"。他的生前好友丹尼尔·琼斯于1993年去世前修订完《狄兰·托马斯诗歌》(2003),在书末附上一篇《诗歌韵式札记》,给出这样一个概括性的总结:"尽管狄兰·托马斯从未彻底放弃基于轻重音的英诗格律韵式传统,但在后期明显用得少了,除非用来写讽刺诗或应景诗;最后他只在写严肃题材的诗歌时,才运用基于音节数而非有规律的轻重音格律韵式;有一段时间他实验性创作自由诗,即从英诗韵式格律中,至少从某种韵式中解放出来。"[1]

初读这首《我梦见自身的诞生》(*I Dreamed my Genesis*),诗题毫无新意,一副新浪漫主义的滥情腔调,好在"genesis"(创世;诞生;起源),典出《圣经·旧约·创世记》,挽回几分颜面,随后在首节/第四节/第七节一再出现,令人追寻其中的奥秘。诗人沿袭其"进程诗学"的生死爱欲主题,基于威尔士诗歌的节律,实验性地以音节数分布音韵节律,诗节原文韵脚押 a a a b,除最后一节押 a a a a,却打破常规地押辅音,七个诗节依次押"n l y(i) l s d(t) n"。威尔士诗歌自古带有一种神秘的宗教感,虽然欧洲凯尔特文化中的吟游诗人早在中世纪末就衰落了,但是在威尔士地区留存的艾斯特福德诗歌音乐节(Eisteddfod),至今还流行一种结构严谨、韵式精巧的音乐,伴有便于记忆的叠句朗诵,保存威尔士语一种复杂的头韵与韵脚体系"和韵"(Cynghanedd),例如,威尔士诗律之灵魂的七音诗(cywydd)谐音律。"Cynghanedd(和韵)在威尔士语中原义'和谐',在诗歌中即为诗行间

---

[1] Daniel Jones. A Note on Verse-Patterns. *The Poems of Dylan Thomas*. New York:New Directions, 2003, p.279.

元音辅音谐同配置模式,主要分为三类:押多头韵和韵、押头韵和行内韵响亮和韵和只押行内韵和韵。"[1]。经爱尔兰都柏林高等研究院邱方哲博士后证实,目前学界普遍关注的威尔士语"和韵"分为四种:

"交叉和韵"(cynghanedd groes):前半行内每一重读音节周围辅音在后半行内必须重复,不押元音韵。

"跨越和韵"(cynghanedd draws):与前一种不同之处在于后半行有一个或数个音节不参与和韵。

"元音和韵"(cynghanedd sain):一行分三部分,前两部分押尾韵,后两部分押"交叉和韵"。

"拖拽和韵"(cynghanedd lusg):前半行最后一音节与后半行倒数第二音节押尾韵。

追溯14世纪南威尔士诗歌的黄金时期,那时曾出现过一位对威尔士诗歌持续影响两百年之久的伟大诗人戴维兹·阿普·戈威利姆(Dafydd ap Gwilym,约1320-1370),展示出威尔士诗歌从未有过的简约风格、人性化表述以及对大自然的真切感受,并将爱情诗的地位提升到超越各种颂扬体诗文的新台阶,也为后来者狄兰·托马斯开启了诸如《羊齿山》之类的自然与爱情抒情诗模式。诗人戈威利姆最大

---

[1] John Ackerman. *Dylan Thomas: His Life and Work*. London: Oxford University Press, 1964, p.123.

的贡献就是将威尔士语"cywydd"格律——一种苛求辅音和谐配置的复杂和韵格律,丝毫不留转译余地的七音节押韵对句,诗行押头韵和行内韵,句末分别以阴阳性结尾——发展到一个前所未有的高度,在15世纪的威尔士达到巅峰,后来随着威尔士语及威尔士文化阶层的衰落,渐渐淹没在16世纪流行的自然流露情感的英诗大潮下,却在狄兰·托马斯的诗歌中依然留下清晰可寻的印迹,实际上《我梦见自身的诞生》及他的《我的技艺或沉郁的诗艺》等都是源自威尔士语诗律中的七音(节)诗谐音律的典范。

  狄兰·托马斯,这位说英文的盎格鲁-威尔士诗人自有其独特的直觉感悟力,设计出等值的英文诗行,复制出相似的音韵效果。《我梦见自身的诞生》大体上由12音节、7音节、10音节、8音节诗行构成的7个诗节28行,遵循依稀可辨识的威尔士诗律模式,每行诗句强行转行,尤其最后一个单词或短语跨行连续,模仿出威尔士音韵节律的乐感效果。在某种意义上,威尔士对诗人而言只是一个家乡的概念,但他诗句的乐感、元音辅音相互缠结的效果、奔放华丽的词汇以及奇特智慧的修辞均无可置疑地体现出威尔士吟游诗人的风格。诗人那色彩斑斓、联想独特、节奏分明的诗歌,配上他深沉浑厚、抑扬顿挫的音色,极富魅力,令他晚期赴美的四次诗歌朗诵巡演获得空前的成功。

这块我擘开的饼[1]

这块我擘开的饼原是燕麦,
这酒原是异国果树[2]上
游动的[3]果汁;
白天的人或夜晚的风,
收割庄稼,摧毁葡萄的欢乐[4]。

这酒中夏日里的血[5]
曾经叩动[6]装饰藤蔓的果肉,
这饼里的燕麦
曾经在风中摇曳;
人击毁了太阳[7],摧垮了风[8]。

你[9]擘开的肉质,你放流的血
在脉管里忧伤,
燕麦和葡萄
曾是天生肉感的根茎和液汁;
你畅饮我的酒,你擘开我的饼。

This Bread I Break

This bread I break was once the oat,

This wine upon a foreign tree

Plunged in its fruit;

Man in the day or wind at night

Laid the crops low, broke the grape's joy.

Once in this wine the summer blood

Knocked in the flesh that decked the vine,

Once in this bread

The oat was merry in the wind;

Man broke the sun, pulled the wind down.

This flesh you break, this blood you let

Make desolation in the vein,

Were oat and grape

Born of the sensual root and sap;

My wine you drink, my bread you snap.

注释

[1] 写于1933年12月24日,1936年7月16日发表于《新英格兰周刊》。原手稿题为"临刑前的早餐"(Breakfast Before Execution),末句为"你擘开神的饼,你喝干他的杯"(God's bread you break, you drain His cup)。圣餐上的"饼与杯"典出《马太福音》(26:26-29)、《马可福音》(14:22-26)、《路加福音》(22:15-20)和《哥林多前书》(11:23-25)。

[2] "异国果树"(a foreign tree),指葡萄树,也指十字架,天主教圣礼上的一种象征符号。

[3] 原文"plunged",兼具"跳水"与"插入"的语义双关。

[4] 原文"the grape's joy"(葡萄的欢乐),典出英国诗人济慈(John Keats,1795-1821)的名诗《忧郁颂》。

[5] "夏日里的血"(the summer blood),指圣餐里的"酒",基督的"血"。

[6] 原文"knocked"(叩动),蕴含性内涵,参见《时光,像一座奔跑的坟墓》解读。

[7] 原文"sun"(太阳),谐音"Son"(圣子),语义双关,"人击毁了太阳",指向"在十字架上钉死耶稣基督"。

[8] "风"不仅指自然的风,也是圣礼的气息;"风"既是创造者、毁灭者,也是毁灭的受害者。

[9] "你"不仅指读者,也指死亡,带入一种普遍性的生死进程。

解读

《这块我擘开的饼》(This Bread I Break)显示出诗人娴熟的头韵技法,译句试图以"擘"、"饼"保留头韵。"bread"在圣餐里为饼,在日常生活中也就是普通的面包,圣礼中亦见世俗的细节。普通的读者切开一片面包或掰开(break)一块饼(bread),看见的只是一个过程,其中并无神的踪迹。这首诗阐述的也许只是事物的形态与原初本质的动态变异,在一个难舍难分、生死共荣的进程中,原本自然丰润的喜悦已经消失,割裂的孤独与忧伤随之降临,思辨是那样的无能为力,只能在吞咽的动作里去思考事物的本质,而另一种试图摆脱物欲世界、趋于超自然象征世界的意念,欲罢不能。

诗人在1936年同期发表并收录于诗文集《爱的地图》(1939)的一篇短篇小说《老鼠与女人》(The Mouse and the Woman)里写道:"他在切开的面包里看到她的肉体;在春水里看到她的血,依然流过她神秘肉体的沟壑。"[1]跳过圣餐礼上的"饼"和"酒",读者显然又读到催动自然根茎和液汁生长或毁灭的力(参见《穿过绿色茎管催动花朵的力》),宗教和自然相互缠结的诗意跃然纸上。自然生长的"燕麦"和"葡萄",变成圣餐里的"饼"和"酒",成了基督的身体与血,也成了诗人的身体与血,创造与毁灭蕴含悖论式的快乐与忧伤。"人击毁了

---

[1] Dylan Thomas. The Mouse and the Woman. *The Collected Stories*. New York: New Direction, 1984, p.74.

太阳,摧垮了风","风"既是创造者,也是毁灭者,更是毁灭的受害者。

近年国外研究者发现这首诗的手稿原题为"临刑前的早餐"(*Breakfast Before Execution*),末句为"你擘开神的饼,你喝干他的杯"(God's bread you break, you drain His cup)。虔诚的基督徒自然会联想到圣餐上的"饼与杯"及其文化隐喻。

吃了一阵,耶稣拿起一块饼,祝福了掰开,分给众门徒,道:你们拿着吃吧,这是我的身体;接着又拿起酒杯,道了感恩,递给他们,说:这一杯你们都要喝,因为这是我的血,约的血,是为众人赦罪而流的。但是,我告诉你们,今后我再不会喝这葡萄藤的果实,直到那一天,在我父亲的天国和你们同饮新酿。

——《新约·马太福音》26:26-29,冯象 译[1]

圣餐上的"饼与杯"最先在《马太福音》(26:26-29)中出现,后又在《马可福音》(14:22-26)、《路加福音》(22:15-20)和《哥林多前书》(11:23-25)中一再出现,可见其重要性。从圣诗的角度去思考,这首诗富含圣餐的象征意义,耶稣基督在"最后的晚餐"献上自己的肉身,却颇富悖论地为众生带来一种永生;为了制作"无酵饼",酿出"葡萄酒","燕麦"的果实被"收割","葡萄的欢乐"被"摧毁",基督徒从中看到的是基督教信仰中原罪的苦难和忧伤,"人击毁了太阳,摧垮了风",期待"一起喝新酒的那一天",最终迎来上帝的救赎与恩典。

---

[1] 冯象译注:《新约》,牛津大学出版社(香港),2010年,第69页。

布谷鸟月旧时光[1]

布谷鸟月旧时光,攥紧[2]时光的驱动,
在格拉摩根[3]山第四座瘦长的塔楼[4]下,
翠绿的花朵一路争相开放;
时光,化作塔楼的骑手,像位乡下人,
身后跟着猎犬,跨过追猎道上的栏杆[5],
驱使我的伙伴,我的孩子,打自下悬的南方[6]。

乡村,你嬉戏在夏天,从十二月起池塘
傍着吊车,水塔傍着结籽的树林,
四月尚未滑行[7],而鸟群早已飞翔;
我童话世界的乡间孩子,攥紧夏天的游戏,
绿林[8]奄奄一息,仿佛小鹿陷于自身的踪迹,
这第一季越野障碍赛马的时节[9]。

此刻,英格兰的号角吹响有形的声音,
召唤你雪中的骑手,而弹起四弦的山丘[10],
激活了礁岩,回荡在海岬的上空;
篱笆、猎枪和围栏,随同巨石起伏,
仿佛春季钳紧而开裂,摔碎骨头的四月[11],
泼出瘦长形塔楼里的猎手和攥紧的希望。

四种马蹄声声的气象落在猩红的大地
拖着一尾血迹偷偷接近孩子们的脸,
时光,化为骑手,跃自套上马具的山谷;
我乡间的宝贝[12],攥紧下落的鸟群,
一只鹰[13]下扑,金色格拉摩根山挺直了身。
你嬉戏在夏天,春天愤然出逃。

Hold Hard, These Ancient Minutes

Hold hard, these ancient minutes in the cuckoo's month,
Under the lank, fourth folly on Glamorgan's hill,
As the green blooms ride upward, to the drive of time;
Time, in a folly's rider, like a county man
Over the vault of ridings with his hound at heel,
Drives forth my men, my children, from the hanging south.

Country, your sport is summer, and December's pools
By crane and water-tower by the seedy trees
Lie this fifth month unskated, and the birds have flown;
Hold hard, my country children in the world of tales,
The greenwood dying as the deer fall in their tracks,
This first and steepled season, to the summer's game.

And now the horns of England, in the sound of shape,
Summon your snowy horsemen, and the four-stringed hill,
Over the sea-gut loudening, sets a rock alive;
Hurdles and guns and railings, as the boulders heave,
Crack like a spring in a vice, bone breaking April,
Spill the lank folly's hunter and the hard-held hope.

Down fall four padding weathers on the scarlet lands,

Stalking my children's faces with a tail of blood,

Time, in a rider rising, from the harnessed valley;

Hold hard, my county darlings, for a hawk descends,

Golden Glamorgan straightens, to the falling birds.

Your sport is summer as the spring runs angrily.

注释

[1] 写于1935年,1936年3月发表于《快帆》,收录于诗人的第二部诗集《诗二十五首》(1936)。主题是时光。"布谷鸟月"(the cuckoo's month),指四月,典出英国诗人斯宾塞(Edmund Spenser, 1552 – 1599)《爱情小诗》里的诗句:"初春快乐的布谷鸟,春天的信使(The merry Cuckow, messenger of Spring)"。

[2] "攥紧"(hold hard)在第1句、第10句、第18句、第22句一再出现,传达出某种紧迫感。

[3] "格拉摩根"(Glamorgan),诗人的家乡斯旺西所在的郡。

[4] 原文"folly"为"(乡间别墅)装饰性的塔楼"。

[5] 原文"vault"为"栅栏"与"墓穴"的双关语。

[6] "下悬的南方"指英格兰的南方地区。

[7] 原文"lie this fifth month unskated","从十二月起"前数第五个月,所以译为"四月尚未滑行"。

[8] "绿林"(greenwood)及下节的"英格兰的号角"(the horns of England)均典出英国绿林好汉罗宾汉(Robin Hood)的传奇故事。

[9] 原文"steepled season",指"越野障碍赛马的时节",一般从9月25日开始到第二年3月底止。

[10] "弹起四弦的山丘"(the four-stringed hill)指的是威尔士,与英格兰的"号角"相得益彰。

[11] "摔碎骨头的四月"(bone breaking April),典出英国诗人艾略特(T.S. Eliot, 1888 – 1965)《荒原》里的诗句:"四月是最残忍的月份"。

[12] "乡间的宝贝"指猎狐,也指乡村的伙伴。

[13] "鹰"(hawk),典出英国诗人霍普金斯(G.M. Hopkins, 1844 – 1889)的名诗《茶隼》(*The Windhover*)。

解读

这首写于1935年的无韵素体诗《布谷鸟月旧时光》收录于狄兰·托马斯的第二部诗集《诗二十五首》(1936),主题依然是时光,沿袭先前解读的《时光,像一座奔跑的坟墓》(1934)的碎片化句法结构,读者一时难以理解,原文时而出现几处跳韵、谐韵、半谐韵,突破五音步的节律;关键词语"攥紧"(hold hard),与跨度性跳跃出现在第1句、第10句、第22句的"时光的驱动"(to the drive of time)、"夏天的游戏"(to the summer's game)、"下落的鸟群"(to the falling birds)构成完整的短语,而第18句的"攥紧的希望"(the hard-held hope)算是一种变体。诗人写下这首诗,呼唤儿时的伙伴,要在夏天结伴去英格兰农场狩猎。他用这种空间错位的句式呈现青春易逝、时光不再的紧迫感。这一切串起"时光"这一主题,在"布谷鸟"鸣叫的四月狩猎在威尔士及英格兰的风景——巨石起伏的山丘、绿林遮掩的原野、礁岩嶙峋的海岬,让笔者想起狄兰·托马斯的另一首《我看见夏日的男孩》,孩子们在"布谷鸟"鸣叫的春天,无忧无虑,期盼"嬉戏在夏天","雪中的骑手"——"天启派诗歌"常见的死亡意象,引领读者回到十二月的冬天,回到《羊齿山》和《在约翰爵爷的山岗》。

布谷鸟月旧时光,攥紧时光的驱动,
驱使我的伙伴,我的孩子,打自下愚的南方。
Hold hard, these ancient minutes in the cuckoo's month,

Drives forth my men, my children, from the hanging south.

1935年春天,诗人狄兰从伦敦回到他的家乡斯旺西——威尔士南部的首府,那时他旧时的朋友大多去了英格兰"追猎"未来的生活,"鸟群早已飞翔",他的朋友、后来的赞助人玛格丽特·泰勒(Margaret Taylor)夫人邀他在即将到来的夏天去她英格兰德比郡(Derbyshire)的乡间别墅打猎度假。诗人在诗中借助"古老时分",穿过"茎管"催开四月绿色的"花蕾",追忆往昔的岁月,想象自己与"时光"一道骑上马背,化作乡间的"骑手"或"猎手",与伙伴们一起从"下悬的南方",越过"格拉摩根山",一路紧随"乡间孩子",从"布谷鸟"的春天,进入乡村"罗宾汉"的绿林世界,一起"嬉戏在夏天",继而又从秋天进入冬天,度过一整季的越野障碍赛马时节,重回到来年的四月;威尔士"弹起四弦的山丘"与英格兰的"号角"相得益彰,回荡在空旷的海岬上空;然而,四月里起伏的巨石开裂,猩红的大地拖着一尾血迹,一只猎鹰掠过,鸟群随之落下,但摔落的"猎手"依然"攥紧"希望。

篱笆、猎枪和围栏,随同巨石起伏[波动],
仿佛春季钳紧而开裂,摔碎骨头的四月,
[跌倒]波出瘦长形塔楼里的猎手和攥紧的希望。
Hurdles and guns and railings, as the boulders heave,
Crack like a spring in a vice, bone breaking April,
Spill the lank folly's hunter and the hard-held hope.

四月是最残忍的月份,哺育着

丁香,在死去的土地里……

——《荒原》(裘小龙 译)

April is the cruellest month, breeding

Lilacs out of the dead land ...

四月是最残忍的月份,那是诗人艾略特笔下《荒原》(1922)里的春天;四月是打碎骨头也要攥紧希望的月份,那是诗人狄兰·托马斯笔下《布谷鸟月旧时光》(1935)里的春天,布谷声声,马蹄声碎。

忧伤袭来前[1]

忧伤袭来前
她是我拥入怀中的一切,脂肪与花朵[2],
或是,羊水击打的[3],刮自镰状荆棘的
地狱风与大海,
一根凝结[4]的梗茎,搏击塔楼而上,
少男少女的玫瑰,
或是,桅杆上的[5]维纳斯,穿越划桨手碗形水域
迎着太阳启航;

我忧伤的是谁,
一只虫蛹[6]为烙铁[7]所激发,
铅灰花苞,在我眼线拽动下,
射穿枝叶绽放[8],
她是缠绕在亚伦魔杖[9]上的
玫瑰,掷向瘟疫,
青蛙一身的水珠和触角
在一旁垒了窝。

她展身而卧,
像出埃及记章节出了花园[10],

她的生殖环烙上百合的愤怒[11],

历经岁月拉扯

她一脉的传承,宽恕战争[12],

旷野和沙地之上

指南针三角十二等分的天使之风

雕刻而逝。

那她是谁,

拥我入怀的她是谁?人海驱赶她前行[13],

驱逐父亲[14]离开独裁的营地[15];

有形的洞窟

悠长的水声打造她所有的幼崽,

我拥有她,

手垒的乡村墓穴围起爱[16],

在天黑[17]前升腾[18]。

夜色[19]逼近,

硝石之形跃上了她,时光与硝酸[20];

我明确地告诉她:在太阳鸡巴[21]

点燃她的骨头前,

让她吸入死者,透过精子和形体

汲取他们的海洋,

她就此双手合十,眼眸流露吉卜赛人的凝重,

握紧了手心[22]。

A Grief Ago

A grief ago,
She who was who I hold, the fats and flower,
Or, water-lammed, from the scythe-sided thorn,
Hell wind and sea,
A stem cementing, wrestled up the tower,
Rose maid and male,
Or, masted venus, through the paddler's bowl
Sailed up the sun;

Who is my grief,
A chrysalis unwrinkling on the iron,
Wrenched by my fingerman, the leaden bud
Shot through the leaf,
Was who was folded on the rod the aaron
Rose cast to plague,
The horn and ball of water on the frog
Housed in the side.

And she who lies,
Like exodus a chapter from the garden,

Brand of the lily's anger on her ring,

Tugged through the days

Her ropes of heritage, the wars of pardon,

On field and sand

The twelve triangles of the cherub wind

Engraving going.

Who then is she,

She holding me? The people's sea drives on her,

Drives out the father from the caesared camp;

The dens of shape

Shape all her whelps with the long voice of water,

That she I have,

The country-handed grave boxed into love,

Rise before dark.

The night is near,

A nitric shape that leaps her, time and acid;

I tell her this: before the suncock cast

Her bone to fire,

Let her inhale her dead, through seed and solid

Draw in their seas,

So cross her hand with their grave gipsy eyes,

And close her fist.

注释

[1]　写于1935年1月,同年10月23日发表于《节目》。此诗描写情人幽会及离别时的忧伤心境。诗题"A Grief Ago"(《忧伤袭来前》)属一种偏离常态的搭配,常被文体学家引用。

[2]　"脂肪与花朵"(the fats and flower),指女性的身体与生殖器。

[3]　原文"water-lammed",指"羊水击打的"。

[4]　原文"cementing"(凝结)与"semen-ting"(精子)谐音双关。

[5]　"桅杆上的"(masted),暗喻"勃起的阴茎"。第一节诗用了一系列委婉语意象描写性行为及之后引发的忧伤。

[6]　"虫蛹"(chrysalis),指胚胎。

[7]　原文"iron",美国俚语"shooting iron"(手枪,火器)隐喻射精时阴茎"烙铁"一样坚硬;此句隐喻"胚胎在子宫壁上成形"。

[8]　"射穿枝叶绽放"(shot through the leaf),隐喻"射精"穿越枝叶般的处女膜。

[9]　亚伦魔杖(the rod the aaron),典出《圣经·旧约》,亚伦(Aaron)为摩西之兄,执掌权杖代为话语。在《出埃及记》中,其权杖能行奇事,在法老前能变蛇或伸杖于埃及江河之上引发蛙灾、蝗灾、瘟疫等。在《民数记》中,亚伦的权杖能发芽、开花、结果,是复活与重生的象征。此处隐含"阴茎"蛇一般变为"玫瑰花",掷下蛙胎之"灾"之意。

[10]　"出埃及记章节"(exodus a chapter)为《圣经·旧约·创世记》

中的一章,讲述以色列人在摩西与亚伦的带领下离开埃及返回以色列的故事;此句结合《创世记》中被逐伊甸园的故事,比拟交媾后的生老病死类似被逐伊甸园一样的忧伤心情。

[11] 在基督教传统中,3月25日为天使报喜日(Annunciation),常见天使报喜图上手捧"百合"的天使,向玛利亚报喜怀孕,预言耶稣基督的诞生;有一种白色百合,即命名为天使报喜百合(Annunciation lily)。此处"百合的愤怒"应与生殖环的性行为相关。

[12] "宽恕战争"(the wars of pardon),她身心承接岁月印迹与世代宽恕伊甸园原罪有关。

[13] "人海驱赶她前行"(the people's sea drives on her),蕴含族群驱使妇女履行生命的繁衍之意。"人海"指向摩西带领以色列人从红海离开埃及。

[14] "父亲"(the father),指向男性生殖器。

[15] "营地"(camp),指向女性子宫培育胚胎。

[16] "围起爱"(boxed into love),暗指"装入棺材",一种死亡的威胁。

[17] "天黑"(dark),代表死亡。

[18] "升腾"(rise),指向怀孕。

[19] "夜色"(the night),暗喻死亡。

[20] "硝石之形跃上了她,时光与硝酸"(a nitric shape that leaps her, time and acid),"nitric"(硝石的)与"night trick"(夜间性游戏)谐音双关,均为死亡的意象。

[21] 原文"suncock"为戏语,指向"阳物",拆开来"sun cock"为"太阳鸡巴",点燃她的激情复活,直抵骨髓。

[22] "吉卜赛人……/握紧了手心",往往以算命人握紧手心的形象出现。

解读

诗人狄兰·托马斯写于1935年的《忧伤袭来前》涉及他"生死进程"中重要的一环——"爱或欲",描写情人幽会及离别引发的忧伤心境,属于回到诞生前的"胚胎诗"系列。诗题原文"A Grief Ago"是一种偏离常态的搭配,常为文体学家所引用,举证说明打破语言常规的诗写手法更令诗句耐人寻味。这种"偏离"手法古已有之,不过在狄兰笔下却能产生一种奇特的语言修辞效果。"a grief ago"妙就妙在不让读者在阅读时全然不可理解,而是境界全出,能让读者体验一种熟悉的陌生感,茫茫然进入一种充满情感的有我之境。细细品味,它在诗中不仅保留了情绪的特性,更赋予符号学方法中的时间——秒、分、时、星期、月、年、忧伤、悲伤的序列,诗中的"忧伤"竟然有了度量的时间、规律和可数性,赋予一组全新的涵义,令读者感到极具创意又恰到好处。众所周知,"ago"前一般搭配时间,常见"a minute ago;a day ago;a week ago"等,"a grief ago"与它们在语法结构上没有什么差异,但稍一停顿,在理解上一时会令人感到茫然,诗人狄兰把计量时间的名词换成一个表达感情的名词"grief"(忧伤,悲伤),使得诗句偏离了正常的思维轨迹,这种偏离不在语言的表层,而在语句构成的用词选择上出了偏差,这里的时间已不再是按照它的常规计量单位分分、秒秒地向前推进,而是可以用人的感情来计量,让读者悟出诗人是把感情的起伏变化掺入时间的推移之中。

诗篇首节立足于"胚胎"的视角,展开一系列委婉语意象的性行为描写,叙述"她"的子宫刮起海上的"地狱风",得经受"羊水击打",一根凝结精子的梗茎成"桅杆"状,"搏击塔楼而上",穿过阴茎的镰状荆棘与梗茎,"她"像维纳斯一样站在波提切利的贝壳之上,"穿越划桨手碗形水域",交错出现布莱克天堂般的"花朵"与但丁死亡般的"地狱",迎接生命与死亡。第二节描写胚胎,"我"忧伤的伙伴是谁,一只"虫蛹"为烙铁般的热血所激发,"花苞,在我眼线[摸弄]拽动下",射穿枝叶般的处女膜绽放,"魔杖"般的阴茎像蛇一样变为一朵玫瑰,掷下瘟疫一片,蛙胎成灾,"在一旁垒了窝":

铅灰花苞,在我眼线拽动下,
射穿枝叶绽放[8],
她是缠绕在亚伦魔杖上的
玫瑰,掷向瘟疫,
青蛙一身的水珠和触角
在一旁垒了窝。

Wrenched by my fingerman, the leaden bud
Shot through the leaf,
Was who was folded on the rod the aaron
Rose cast to plague,
The horn and ball of water on the frog
Housed in the side.

诗节借用《创世记》之典——摩西之兄亚伦,执掌权杖替摩西话语,其杖能发芽开花,象征复活与重生,更能行奇事,在埃及法老前变蛇,或伸杖于埃及江河之上引发蛙灾、蝗灾、瘟疫。第三节写"她"的"出埃及记",借用《创世记》之典,讲述以色列人在摩西与亚伦的带领下,离开埃及返回以色列的故事,再结合亚当与夏娃的故事,比拟交媾后的生老病死引发的忧伤心情,堪比当年他俩被逐伊甸园。"她"的生殖环烙上"百合的愤怒",又一《圣经》典故——基督教传统中 3 月 25 日为天使报喜日,常见天使报喜图上手捧"百合"的天使,向玛利亚报喜怀孕,预言耶稣基督的诞生;有一种白色百合,即命名为天使报喜百合(Annunciation lily)。"她"的身心承接岁月的印迹,承接伊甸园原罪的惩罚,全因耶稣的救赎得到世代的宽恕。肥沃的"旷野"和不毛的"沙地"之上,刮起指南针标识的三角十二等分天使之风,"雕刻而逝",死亡之势无法避免,此处也是诗句转向死亡的重要折点。第四节一再追问"她是谁"。"人海驱赶她前行",摩西与亚伦带领以色列人族群从红海离开埃及,驱使"她"履行繁衍的职责,"她"的子宫"营地","有形的洞窟"里传出"悠长的水声",塑造她绵延的子孙,"我拥有她","墓穴围起爱",在天黑之前升腾,死亡的气息越来越浓。在末节里,死亡的夜色越发逼近,死亡的夜间性游戏带着死亡的硝酸"跃上了她";在拂晓时分"鸡巴"点燃"她"的骨头复活前,"她"的子孙就此"吸入死者",通过交媾"汲取他们的海洋"得以一一复活。"她"就此握紧手心,双手合十,眼中流露吉卜赛人一丝占卜复活的凝重。

而死亡也一统不了天下[1]

而死亡也一统不了天下。
赤裸的死者一定会
与风中的人西天的月融为一体[2];
他们的骨头被剔净,净骨又消逝,
臂肘和脚下一定会有星星;
纵然发了疯,他们一定会清醒,
纵然坠落大海,他们一定会复起[3];
纵然情人会失去,爱却会长存;
而死亡也一统不了天下。

而死亡也一统不了天下。
久卧在大海的旋涡下,
他们决不会怯懦地[4]消逝;
即便在刑架上挣扎得筋疲力尽,
受缚于刑车,他们也决不会碎裂;
信仰会在他们手中折断,
独角兽[5]之恶也会刺穿他们;
纵然四分五裂,他们决不会崩溃;
而死亡也一统不了天下。

而死亡也一统不了天下。
海鸥也许不再在耳畔啼叫,
波涛也不再汹涌地拍打海岸;
花开花落处也许不再有花朵
迎着风雨[6]昂首挺立;
尽管他们发了疯,僵死如钉[7],
那些人的头颅却会穿越雏菊崭露[8];
闯入太阳,直到太阳陨落[9],
而死亡也一统不了天下。

And Death Shall Have No Dominion

And death shall have no dominion.

Dead men naked they shall be one

With the man in the wind and the west moon;

When their bones are picked clean and the clean bones gone,

They shall have stars at elbow and foot;

Though they go mad they shall be sane,

Though they sink through the sea they shall rise again;

Though lovers be lost love shall not;

And death shall have no dominion.

And death shall have no dominion.

Under the windings of the sea

They lying long shall not die windily;

Twisting on racks when sinews give way,

Strapped to a wheel, yet they shall not break;

Faith in their hands shall snap in two,

And the unicorn evils run them through;

Split all ends up they shan't crack;

And death shall have no dominion.

And death shall have no dominion.

No more may gulls cry at their ears

Or waves break loud on the seashores;

Where blew a flower may a flower no more

Lift its head to the blows of the rain;

Though they be mad and dead as nails,

Heads of the characters hammer through daisies;

Break in the sun till the sun breaks down,

And death shall have no dominion.

注释

[1] 写于1933年4月,1933年5月18日经修订发表于《新英格兰周刊》。诗题及三段诗节首尾带头韵的叠句"And death shall have no dominion"(而死亡也一统不了天下)典出《圣经·新约·罗马书》6:9后半句,指人若信仰基督,肉体虽死,但灵魂永生。此诗的生死主题跃然纸上。

[2] 此句前后均描写"死者"复活前为接受即将到来的审判,进行生命的转换或重新结合。

[3] 原文"Though they sink through the sea they shall rise again"(纵然坠落大海,他们一定会复起),典出《圣经·新约·罗马书》6:8-9前半句。

[4] 原文"windily"是俚语,表示"怯懦地",与上句的"windings"(旋涡)形成头韵与双关。

[5] 独角兽(unicorn),翻译传播《圣经》过程中形成的一个典故,指一种力量强大的有角野兽。

[6] 原文"blows of the rain"(迎着风雨),原是一种源自威尔士语的表达法,与上句"blew a flower"(花开花落)形成头韵。

[7] 原文"dead as nails"(僵死如钉),仿自习语"dead as a doornail"(彻底死了;直挺挺地死了)。

[8] 那些人的头颅"hammer through daisies"(穿越雏菊崭露),反向仿自习语"pushing up the daisies"(推上雏菊入土;长眠地下)。

[9] 原文"Break in the sun till the sun breaks down"(闯入太阳,直到太阳陨落),前后的"break"与此节第三行"break"(拍打)形成头韵。

解读

《而死亡也一统不了天下》是诗人狄兰·托马斯19岁来到伦敦首次公开发表的一首融泛神论与天启派视野的诗歌,原文头韵回旋,音义互补,音韵节律绝妙迷人:"bones are picked clean and the clean bones gone"(骨头被剔净,净骨又消逝);"Though lovers be lost love shall not"(纵然情人会失去,爱却会长存);"Where blew a flower may a flower no more"(花开花落处也许不再有花朵);"Break in the sun till the sun breaks down"(闯入太阳,直到太阳陨落)。首节的开阔地或战场出现一个裸露的死者,揭开一个生死的主题。诗题在三段诗节的首尾以叠句的方式不断出现:"而死亡也一统不了天下"(And death shall have no dominion),似乎在一再提醒《圣经·新约·罗马书》6:9里的允诺:

但我们相信,只要我们与基督同死,便可就和他同生。因为我们知道,基督既已从死者中复起,就再不会死;死就再不能做他的主。(冯象 译)

Now if we be dead with Christ, we believe that we shall also live with him: Knowing that Christ being raised from the dead dieth no more; death hath no more dominion over him. (KJV)

天启圣言传递死里复活的永生淹没了泛神论死后自然永恒轮回

的安慰,"而死亡也一统不了天下。/赤裸的死者一定会/与风中的人西天的月融为一体;/他们的骨头被剔净,净骨又消逝,/臂肘和脚下一定会有星星;/纵然发了疯,他们一定会清醒,/纵然坠落大海,他们一定会复起";而保存在美国奥斯汀的第三本手稿原文是这样的:

人的欲望至死都无法满足。
当他的灵魂赤裸,他就会与
风中的人西天的月融为一体,
伴随和谐的太阳轰鸣

Man's wants remain unsatisfied till death.
Then, when his soul is naked, is he one
With the man in the wind, and the west moon,
With the harmonious thunder of the sun

无论是信仰基督,还是体现泛神论的观念,肉体虽死,但灵魂不灭。诗句在体现狄兰·托马斯信仰的雄辩时,也传递另一种难以相容的矛盾,"信仰会在他们手中折断,/独角兽之恶也会刺穿他们",颇为预示性地开启了现代主义诗歌似是而非地言说永生主题的超现实主义方式。

而三段诗节中时而出现大海的场景:"纵然坠落大海,他们一定会复起";"久卧在大海的旋涡下,/ 他们决不会怯懦地消逝";"海鸥也许不再在耳畔啼叫,/ 波涛也不再汹涌地拍打海岸"。这些诗句又会让人想起《圣经·新约·启示录》20:13 中使徒约翰的话语及其包含的象征意义——接受最终的审判而走向新生:"于是大海吐出海底的死人,死亡与冥府交出地下的死人,一律按他(生前)的行事受审判"(The sea gave up the dead that were in it, and death and Hades gave up the dead that were in them, and each person was judged according to what he had done)"(参见《心灵气象的进程》一诗的解读)。无论是描写基督的死里复活,还是描写生命历经的磨难,"纵然四分五裂,他们决不会崩溃;/而死亡也一统不了天下",尽显19岁青春期时狄兰对死亡的蔑视。

此诗也体现狄兰·托马斯的超现实主义喻体,以诗中第三节后半段仿自习语的一个明喻"dead as nails"(僵死如钉)和一个隐喻"hammer through daisies"(穿越雏菊崭露)为例。前者"dead as nails"显然仿自习语"dead as a doornail(彻底死了;直挺挺地死了),后者死去的头颅"hammer through daisies",仿自习语"pushing up the daisies"(推上雏菊入土;长眠地下)。它们都是诗人狄兰·托马斯化陈腐为神奇的诗性创造,绝非反常用词或对语词的有意误用,而是语义不断更新的结果。比喻实则包含两级指称,即字面上的指称和隐含的指称。当诗人说"(as)dead as nails",自然不是说"彻底死去",而是道出一种"僵死如钉"的心态;诗人说出"hammer through daisies",表示死去的头颅不会随撒落的雏菊"入土长眠",而是要像锤打一般用力"穿越雏菊崭露"或者复活开放,继而拥有一种神奇的力量,"闯入太阳,直到太阳陨落"。诗人狄兰·托马斯在他的诗歌中创造了大量的超现实隐喻,在那些语词之间、字面与隐喻的解读间存在某种张力,陈述的新义就通过这种张力不断地被激发出来;有些隐喻显然不是通过创造新词来创造新意义,而是通过违反语词的习惯用法来创造新义;这些隐喻对新义的创造是在瞬间完成的,活的隐喻也只有在不断的运用中才有可能。

　　法国思想家保罗·利科(Paul Ricoeur,1913－2005)在《活的隐喻》一书中曾这样说过:"重新激活死的隐喻就是对去词化的积极实施,它相当于重新创造隐喻,因而也相当于重新创造隐喻的意义,作家们通过各种十分协调的高超技巧——对形式形象比喻的同义词进行替换,补充更新隐喻,等等——来实现这一目标。"[1]就某种意义而言,词典上的隐喻都是死的隐喻而不是活的隐喻,恰当地使用隐喻是人的天才能力的表征,它反映了人发现相似性的能力。诗人的一个重要素质就是懂得恰当地使用隐喻,世界上读诗、写诗的人很多,一般人能懂得恰当地使用隐喻就已经很不错了;但天才的诗人很少,因为只有少数人才具有创造隐喻的能力,而狄兰·托马斯就是其中少数的天才诗人。对于诗歌译者而言,隐喻是语言之谜的核心;隐喻既是理解和解释的桥梁,也是理解和解释的障碍。隐喻可以解释但无法确切解释,因为隐喻不但体现并维持语词的张力,而且不断创造新意义;隐喻扩大了语词的意义空间,也扩大了诗人的想象空间。

---

[1] [法]保罗·利科著,汪堂家译:《活的隐喻》,上海译文出版社,2004年,第406页。

塔尖鹤立[1]

塔尖鹤立。一座鸟笼的雕像。
石砌的鸟巢不让羽毛柔软的
石雕鸟群在盐沙上磨钝它们尖脆的嗓音,
刺穿水花四溅的天空[2],俯冲的翅翼落向水草丛,
鹤爪浅涉浮沫。报时的钟声骗过监狱的塔尖,
像逃犯时而骤降一阵雨至神父,至流水[3],
划动双手游泳的时刻,乐音飘向银白色的
水闸和河口[4]。音符和羽毛[5]一起跃自塔尖的钩口。
那些鹤翔的鸟群全由你[6]选择,跃回成型嗓音的
歌声,或随冬天飘向钟声,
却不随喑哑的风一路浪子般漂泊[7]。

The Spire Cranes

The spire cranes. Its statue is an aviary.

From the stone nest it does not let the feathery

Carved birdsblunt their striking throats on the salt gravel,

Pierce the spilt sky with diving wing in weed and heel

An inch in froth. Chimes cheat the prison spire, pelter

In time like outlaw rains on that priest, water,

Time for swimmers' hands, music for silver lock

And mouth. Both note and plume plunge from the spire's hook.

Those craning birds are choice for you, songs that jump back

To the built voice, or fly with winter to the bells,

But do not travel down dumb wind like prodigals.

注释

[1] 写于1931年1月27日,1938年发表时作了较大的修订。原文"crane"(鹤;鹤立),兼具名词与动词。诗题中的"塔尖"(spire)象征诗人,以"鹤"为代表的"鸟群"指向诗篇。

[2] 原文"the spilt sky"(水花四溅的天空),指鸟群俯瞰水池,可见天空间塔尖的倒影。

[3] 原文"rains on that priest, water"(一阵雨至神父,至流水),典出英国诗人济慈(John Keats, 1795‐1821)的名诗《明亮的星》(*Bright Star*):"流动的海水神父般工作(The moving waters at their priestlike task)"。

[4] 原文"mouth"既指"河口",也指游泳者的嘴。

[5] 原文"plume"(羽毛),典出英国诗人霍普金斯(G.M.Hopkins, 1844‐1889)的名诗《茶隼》(*The Windhover*)和《大海与云雀》(*The Sea and the Skylark*)等,诗人以一种霍普金斯式跳韵(sprung rhythm)享誉诗坛。

[6] 你(you),指的是诗人自身。

[7] 原文"prodigal"(浪子),典出《圣经·新约·路加福音》15:11‐32一则"浪子回头"的故事。

解读

诗人狄兰·托马斯在《塔尖鹤立》这首小诗里,以"塔尖"象征诗人,创造一座词语的塔,鹤一般伸长脖子,亭亭玉立。一座石砌的鸟巢,一座鸟笼的雕像,是塔尖抑或基座,以"鹤"为代表的"鸟群"指向诗篇。滨海某监狱教堂钟楼的"塔尖"饰以石雕鸟群,时而引来鸟儿在此栖息,自然无法一头扎入下方的水池,刺穿水花四溅的天空倒影,俯冲的翅翼也无法落到水草丛,更不要说鹤爪浅涉浮沫一英寸,在盐沙上磨钝它们尖脆的嗓音,但此情此景自然迷人,令人欲罢不能。钟楼会定时放飞鹤翔般的钟声,绕过教堂的尖塔,像逃犯骤降一阵雨随流动的海水飘荡,飘向远处波光粼粼的河口与水闸,而神父在一旁的教堂里布道,游泳者准时在海中划动双臂;鸟群与钟声——"音符和羽毛"从塔尖的钩口落下,"那些鹤翔的鸟群全由你选择",你的歌声或重回成型的嗓音,或随寒冬里的钟声飘荡,却不随喑哑的风浪子般一路漂泊。诗人或"鹤翔的鸟群"均是如此,收控自如的诗篇全由诗人自己来选择,"自由与受制"是诗歌写作一把终极钥匙的两面,诗人的写作是该拘泥于象牙塔里的个人写作,还是随冬天的钟声自由地飘荡?末行诗句典出《圣经》的"浪子回头"故事似乎已阐明了答案。诗人狄兰在修改这首自由诗时,探索性地应用一种有别于传统英诗格律的霍普金斯式跳韵(sprung rhythm),一种以说话的节奏为基础的跳跃式诗律,压尾韵,却非十分苛求,似乎也在传递他的一种"自由与受制"的诗写理念;此诗可与《我的技艺或沉郁的诗艺》放在一起阅读——表达诗人的创作态度与理想。

二十四年[1]

二十四年唤起我眼中的泪水。

(埋葬死人[2],唯恐她们在分娩阵痛[3]中走向坟墓。)

我像一位裁缝[4]蹲伏在自然之门[5]的腹股沟

借着食肉的阳光

缝制一件上路的裹尸布[6]。

盛装迷死人[7],肉欲开始阔步而行,

殷红的血管满是钱币[8],

我沿着小镇[9]最终的方向

前行,直到永远。

Twenty-four Years

Twenty-four years remind the tears of my eyes.

(Bury the dead for fear that they walk to the grave in labour.)

In the groin of the natural doorway I crouched like a tailor

Sewing a shroud for a journey

By the light of the meat-eating sun.

Dressed to die, the sensual strut begun,

With my red veins full of money,

In the final direction of the elementary town

I advance for as long as forever is.

注释

[1] 写于1938年秋,同年12月发表于《今日文学与生活》,题为"生日献诗"。诗人生日诗系列中的一首,诗题"二十四年"出自英国著名诗人弥尔顿(John Milton,1608－1674)的一首十四行诗。

[2] 原文"bury the dead"(埋葬死人),典出《圣经·新约·马太福音》8:22。

[3] 原文"in labour"为"分娩,临产阵痛"与"艰难劳作"的双关语。

[4] 原文"tailor"(裁缝),象征"创造"与"毁灭",像希腊神话里的命运之神,有一把"命运之剪",量体裁衣,缝制生命之衣,参见《时光,像一座奔跑的坟墓》解读。

[5] 原文"the natural doorway"(自然之门),指通往子宫的入口,开启生死大门。

[6] 原文"shroud"(裹尸布,寿衣),典出多恩(John Donne,1572－1631)的《死亡对决》(*Death's Duell*)。

[7] 原文"dressed to die"仿自习语"dressed to kill"(盛装迷死人),此处"die"(死了)为双关语,兼"已达性高潮"之意。

[8] 原文"red veins full of money"(殷红的血管满是钱币),静脉里流动的红细胞仿佛尽是钱币。"veins"蕴含"静脉"与"矿脉"的语义双关。

[9] 原文"the elementary town"(小镇),指向子宫或坟墓,其中"elementary"兼具"初级的,基础的;元素的"内涵,隐含世上的一切不过是尘土等基础元素转换的结果。

解读

诗人狄兰·托马斯生日诗系列《尤其当十月的风》、《二十四年》、《十月献诗》、《生日献诗》中的一首。诗人在 1938 年 10 月 24 日 24 岁生日前用名信片抄送给朋友弗农·沃特金斯(Vernon Watkins)。诗题"二十四年"典出英国著名诗人弥尔顿(John Milton, 1608 – 1674)在 24 岁生日写下的一首十四行诗:

时光多么迅捷,盗取青春的妙贼,
它早已用翅翼偷走我的二十三岁。
How soon hath Time, the subtle thief of youth,
Stol'n on his wing my three-and-twentieth year!

首行"二十四年唤起我眼中的泪水",诗人生日之时难免落泪,引发韶华易逝的伤感。记得笔者在完成这首诗的初译时恰好刚过 24 岁生日,随手写过一首《二十四年》:

二十四年,面对一本字典的面孔
面对蛋糕、红蜡烛的派对,泪怅然难下

回到正题,狄兰·托马斯随之以插入语的形式写道"埋葬死人,唯恐她们在分娩阵痛中走向坟墓",典型的狄兰式生死相继、生死一体的思辨;诗人有句名言——"子宫"(womb)即"坟墓"(tomb),反之亦然,仅差一个字母转换的距离;此刻,生日即死亡,诗人向死而生,不断更新生命。而"埋葬死人"更是典出《圣经·新约·马太福音》8:22,蕴含宗教情怀,掩埋旧人,跟随死里复活的耶稣前行,信心满满地走出新的生命,走向永恒的新天新地:

耶稣回答:"你跟我走,让死人去埋葬他们的死人!"(冯象 译)
Jesus told him, "Follow me, and let the dead bury their dead".

随后,诗人开始回顾自己的一生,随着"自然之门"开启生死大门,一阵临产的阵痛袭来,透入一丝兼具生死功能的"食肉的阳光",一位"裁缝"胎儿蹲伏在门口,既要刺破"胎衣"踏上人生之程,又要"缝制一件上路的裹尸布"走向死亡;兼具生死的"裹尸布"典出英国著名诗人多恩(John Donne, 1572-1631)的《死亡对决》(*Death's Duell*):

在母亲的子宫里我们裹上尸布,与胚胎一起发育;我们降临人世,裹起那件尸布,因为我们注定要走向坟墓。
Wee have a winding sheete in our Mothers wombe, which grows with us from our conception, and wee come into the world, wound up in that winding sheet, for wee come to seeke a grave.

此刻,盛装而出的"人生"迷死人,狂欢的肉欲阔步而行,直抵生死的高潮。"1938年10月18日,他应英国广播电台'现代诗神'(The Modern Muse)节目之邀,去曼切斯特参加一次诗歌朗诵会,同台朗诵的有著名诗人奥顿(W. H. Auden)、斯彭德(Stephen Spender)、刘易斯(C.Day Lewis)、路易·麦克尼斯(Luis MacNeice)等。英国广播电台邀他朗诵一首诗《那只签署文件的手》(*The hand that signed the paper*),并向他支付了3畿尼;又因歌手塞登(F. Seddon)演唱了他另一首诗《这块我擘开的饼》(*This Bread I Break*),又支付了他2畿尼。英国广播电台还提前支付了他此次旅行的全部费用,那一年诗人狄兰·托马斯才24岁。"[1] 想必1938年的3畿尼是一笔不小的钱,他故而在此写道:"殷红的血管满是钱币。"诗篇结尾处,诗人道出世上的一切虽然不过是尘土等基础元素转换的结果,人生仍需沿着"小镇"——死亡的去处前行,尽管他对未来疑虑重重,诗人24岁的内心积极向上,走下去,人生有多远走多远,尽管他的前方只留下15年,而他写下的诗篇却成为一种永恒。

---

[1] Ralph Maud. *Where Have the Old Words Got Me? Explications of Dylan Thomas's Collected Poems*.Cardiff:University of Wales Press, 2004, p.268.

拒绝哀悼死于伦敦大火中的孩子[1]

不到[2]人类初现

培育鸟兽花木[3]

不到君临万物的黑暗

默然宣告[4]最后一缕光的破灭[5]

不到死寂的时辰

来自轭下汹涌澎湃的大海[6]

不到我不得不再次走进

水珠圆润的天国[7]

和玉蜀黍穗的犹太会堂

我决不默许音影的祈祷

或在披麻[8]的小溪谷

播撒我海盐的种子[9]去哀悼

这个孩子庄严而壮烈的[10]死亡。

我不会因她离世

这一严酷的真相[11]而去屠杀人类

也不再以天真与青春的挽歌

亵渎

这生灵呼吸的驿站[12]。

伦敦的女儿葬在深埋先前受难者[13]的地方,
覆裹久远的亲朋好友,
隔世的谷粒,母城[14]黑色的矿脉,
泰晤士河[15]无人哀悼的河水
悄悄地奔流。
第一次死亡之后,死亡从此不再[16]。

A Refusal to Mourn the Death, by Fire, of a Child in London

Never until the mankind making

Bird beast and flower

Fathering and all humbling darkness

Tells with silence the last light breaking

And the still hour

Is come of the sea tumbling in harness

And I must enter again the round

Zion of the water bead

And the synagogue of the ear of corn

Shall I let pray the shadow of a sound

Or sow my salt seed

In the least valley of sackcloth to mourn

The majesty and burning of the child's death.

I shall not murder

The mankind of her going with a grave truth

Nor blaspheme down the stations of the breath

With any further

Elegy of innocence and youth.

Deep with the first dead lies London's daughter,
Robed in the long friends,
The grains beyond age, the dark veins of her mother,
Secret by the unmourning water
Of the riding Thames.
After the first death, there is no other.

注释

[1] 写于 1944–1945 年,1945 年发表于《新共和国》和《地平线》。一首葬礼弥撒曲。

[2] 原文"never until"(不到……决不),一种"not until"(直到……才)句式的变体。

[3] 原文"bird beast and flower"(鸟兽花木),典出 D.H.劳伦斯(D. H. Lawrence)的一篇小说名。

[4] "默然宣告"(tells with silence),一种矛盾修饰法(oxymoron)。

[5] 原文"breaking"是双关语,既是"破晓",也是"破灭",既是开始,又是结束;苦涩的绝望中蕴含希望的尊严。

[6] "轭下汹涌澎湃的大海"(the sea tumbling in harness),把创世的海洋比拟成一匹海神波塞冬胯下的马,继而成为奔流的泰晤士河(riding Thames)。

[7] 原文"Zion"(天国),原指耶路撒冷的一个迦南要塞,后指锡安山,泛指"天国";此句的"天国"和"犹太会堂"均传递大屠杀的信息;水与谷物均为"圣餐"的主要构成。

[8] "披麻"(sackcloth),习语"披麻蒙灰"(in sackcloth and ashes)出自犹太教。

[9] "海盐的种子"(salt seed),指哀悼的眼泪,"salt seed"是一种矛盾修辞法,"盐"往往使土地贫瘠不毛,"种子"却通常带来丰盈。

[10] 原文"the majesty and burning"(庄严而壮烈的),又是一种矛盾修饰法,似乎带有一种宗教净化的效果。

[11] 原文"a grave truth"为双关语,既指小女孩遭空袭"这一严酷的真相",又指镂刻在女孩墓碑之上的"真相"或对战争的回忆。

[12] 原文"the stations of the breath"(生灵呼吸的驿站)为双关语,既指十字架栖息驿站,带有耶稣基督的气息;也指伦敦地下车站,小女孩去世时所在的防空掩体。

[13] 原文"the first dead"(先前受难者),既指伦敦首轮空袭的遇难者,也指人类的祖先亚当与夏娃或耶稣基督。

[14] 原文"mother"(母城),既指母城伦敦,也指大地之母。

[15] 泰晤士河(Thames),流经伦敦市中心,在诺尔注入北海。原文"riding Thames"指的是"时光骑在泰晤士河之上"奔向大海,与首节轭下的大海形成呼应。

[16] "第一次死亡之后,死亡从此不再。"(After the first death, there is no other.)与此节首句"the first dead"(最先受难者)形成呼应的"the first death"(第一次死亡)之后,一般而言不再存在"死亡或哀悼",因为人是不可能第二次死亡的;而进入基督教复活的层面,则需通过"最后的审判"而步入永生。

解读

　　这首写于1944–1945年的葬礼弥撒曲《拒绝哀悼死于伦敦大火中的孩子》，也许是诗人狄兰·托马斯哀歌/挽歌系列——《而死亡也一统不了天下》、《葬礼之后》、《空袭大火后的祭奠》、《死亡与入场》、《不要温顺地走进那个良宵》、《挽歌》中最好的一首。起首"never until"引导的长达13行的回旋句法错综复杂，沿袭双关语、矛盾修辞法、跳韵节律，从第一节、第二节再到第三节的首句，绝然否定的开篇呼应拒绝哀悼一位死于1944–1945年期间一次空袭所致的伦敦大火的女孩，继而肯定地翻转"哀悼/这个孩子庄严而壮烈的死亡"，似乎要净化二战期间在人们心灵中弥漫的绝望情绪。创世或末世的"黑暗"宣告最后一缕光的"破晓"或"破灭"，既是开始，又是结束，苦涩的绝望中蕴含希望的尊严。二战期间伦敦遭德军空袭的大火之后，"死寂的时辰"让人联想起创世"汹涌澎湃的大海"，化为一匹海神波塞冬"轭下"的战马，继而化为奔腾的泰晤士河。而D.H.劳伦斯笔下的黑暗培育出"鸟兽花木"，大地之上生灵一体，神圣又浪漫。"天国"、"犹太会堂"和"披麻"等出自犹太教的字眼更带给自然元素的"水珠"、"玉蜀黍穗"和"种子"神性的圣洁。尽管诗人一再"拒绝哀悼"或"播撒我海盐的种子"，更不愿像"罗得妻子"那样回望邪恶之城所多玛和蛾摩拉的毁灭而变成"盐柱"，但他笔下写出的却是一曲神圣的挽歌。

　　第三节的第二句起实为拒绝或延期哀悼作出辩解：此刻写下任何挽歌或小女孩"严酷的真相"都是减弱死亡在基督教十字架前的

"庄严"气氛,任何"哀悼"好像都是在"屠杀"人类自然的死亡进程,任何十字架下虔诚的"哀悼"无疑都是对"生灵呼吸的驿站"的亵渎,"穿过绿色茎管催动花朵的力"终将穿越生命抵达死亡;小女孩离去"这一严酷的真相"是生命的悲哀,也是自然圣灵的悲哀。继而第四节开始梳理小女孩与伦敦遭受"首轮空袭"的受难者及"母城"伦敦的亲缘关系,一切又都追溯到亚当与夏娃前的黑暗源头,回到水珠、谷粒、矿脉或水系,而"泰晤士河无人哀悼的河水/悄悄地奔流",熄灭空袭之火的水是维持大地生灵循环必不可少的要素,也是生命重生之源。

最后一句挽歌式安慰的短句,句意含糊不定,"第一次死亡之后,死亡从此不再",似乎不必作出更多的解读,死亡就是死亡;而呼应此节首句中的"先前受难者"(the first dead)、耶稣基督、亚当与夏娃等,似乎在断定永恒的生命始于死亡,又似乎在否定《新约·启示录》里的"第二遍死亡",也许一切都在等待最后的灭绝,回到时间的"谷粒"、大地"矿脉"的自然循环过程。一般而言,第一次死亡之后就不存在死亡或哀悼,因为人是不可能有第二次死亡的;但从基督徒复活的层面去理解,死去还需进入《新约·启示录》里提及的"最后审判日":

而后,死亡与冥府便被扔进火湖,这火湖,就是第二遍的死。

(《新约·启示录》20:14,冯象 译)

And death and hell were cast into the lake of fire. This is the second death.

第一次死亡之后或坠入火湖，或升入天堂，一切都不必哀悼，不再有死亡，最终迎来的是永生。此诗从哀悼一个小女孩死于空袭，进而升华到对一个时代乃至整个人类未来命运的思考，无疑堪称杰作。

我的技艺或沉郁的诗艺[1]

我的技艺或沉郁的诗艺
施展[2]在寂静的夜晚
此刻唯有月亮在肆虐
酷爱者[3]躺在床上
满怀一身的忧伤,
我在吟唱的灯光下辛劳[4]
不为抱负或面包[5]
或为在象牙台上
招摇并兜售魅力
却为内心最深处
极其普通的回报。

我不为傲慢的家伙
铺开浪花四溅的纸笺
除了[6]肆虐的月光
也不为高耸的逝者[7]
他们自有夜莺和诗篇[8]
却为酷爱者写作
他们怀抱岁月的忧伤[9],
既不赞美或酬报
也不留意我的技艺或诗艺。

In My Craft or Sullen Art

In my craft or sullen art
Exercised in the still night
When only the moon rages
And the lovers lie abed
With all their griefs in their arms,
I labour by singing light
Not for ambition or bread
Or the strut and trade of charms
On the ivory stages
But for the common wages
Of their most secret heart.

Not for the proud man apart
From the raging moon I write
On these spindrift pages
Nor for the towering dead
With their nightingales and psalms
But for the lovers, their arms
Round the griefs of the ages,
Who pay no praise or wages
Nor heed my craft or art.

注释

［1］ 写于1945年夏,同年10月发表于《今日文学与生活》。此诗表达诗人狄兰创作的态度与理想。

［2］ 原文"exercised"(施展;操演),语义双关,既要施展技艺,又可强调"写作"这门手艺可是一门不断演练的体力活。

［3］ 原文"lovers"不单单指"情人",宜理解为广义的"酷爱者,爱好者"。

［4］ 原文"labour by singing light"(在吟唱的灯光下辛劳),此处语义双关,既可理解为"熬夜写作",也蕴含"月光下分娩"之意,从而联想到罗马神话中产妇的守护神、月亮女神及狩猎女神黛安娜(Diana),即希腊神话中的阿耳特弥斯(Artemis)。

［5］ 原文"bread"(面包),此处指代"生计"。

［6］ 原文"apart/from"(除了),此短语分为两行,出于上下两阕对称押韵考虑。

［7］ 原文"towering dead"(高耸的逝者),暗指爱尔兰诗人叶芝(William Butler Yeats, 1865-1939)写下的诗集《塔楼》(*The Tower*, 1928)。

［8］ 原文"nightingales and psalms"(夜莺和诗篇),前指英国诗人济慈写有《夜莺颂》,后指英国诗人弥尔顿写有史诗《失乐园》。

［9］ 下阕"their arms / Round griefs of the ages"(他们怀抱岁月的

忧伤)以及上阕"With all their griefs in their arms"(满怀一身的忧伤)中的"arms"为双关语,既指"臂膀",也指1945年的"战争",故而引发"岁月的忧伤"。

解读

《我的技艺或沉郁的诗艺》可与《塔尖鹤立》放在一起阅读,后者传递诗人狄兰·托马斯一种"自由与受制"的诗写理念,而前者上下两阕表达诗人创作的态度与理想,其中下阕9行诗重述上阕11行诗,诗末"我的技艺或诗艺"就是首句"我的技艺或沉郁的诗艺"的迂回,却略去了"沉郁"这一表达"孤寂与艰苦"的过程。在狄兰看来,写诗,施展一门手艺,需要经过不断艰苦的操练,带着"一身的忧伤",乃至"岁月的忧伤",才能提升为一门真正的艺术。事实上,这首诗已突破英诗以轻重音定节奏的韵律特点,采用音节诗(syllabic verse)的诗写风格。音节诗并非英语诗歌的传统,却是诗人狄兰借用威尔士语诗律的一种诗歌创作手段或是威尔士现代主义诗歌的一种实验。但凡到过狄兰·托马斯的诗歌朗诵现场的听众,都会领会到他清晰地突显每一个音节的手艺,例如,此诗原文每行原则上采用威尔士语诗律(Cynghanedd)的灵魂——七音(节)诗与谐音律,确是一门煞费苦心的"技艺",传达出咒语般舒缓低沉的声调,因为他打破了英诗传统的诗行押韵,而是以诗阕为单位,上下阕原文前后基本押韵——abcda bd acca abcda acca,下阕一开始出于押韵的考虑不惜将连接短语"apart/from"(除了)作分行处理。他一如既往地运用双关语的技法,例如,上阕中"labour by singing light(在吟唱的灯光下辛劳)","labour"(辛劳)既可理解为"熬夜写作",也可迎来"月光下分娩"的创作成果,继而联想到罗马神话中产妇的守护神、月亮女神及狩猎女神黛安娜(Diana),即希腊神话中的阿耳特弥斯(Artemis)等无穷的诗意;下阕"their arms / Round the griefs of the ages(他们怀抱岁月的忧伤)"以及上阕"With all their griefs in their arms(满怀一身的忧伤)"中的"arms"为双关语,既指"臂膀",也指1945年的"战争",故而引发"岁月的忧伤"。诗人狄兰内心的诗歌理想或早年写诗并非出于金钱或名望,"或为在象牙台上/招摇并兜售魅力",不为傲慢的家伙,"也不为高耸的逝者"唱赞歌,"却为酷爱者写作","却为内心最深处/极其普通的回报",哪怕他们"既不赞美或酬报/也不在意我的技艺或诗艺",一种遭社会疏离与隔绝的孤寂跃然纸上。然而,事实也并非如此,狄兰从不在夜间写作,因生活拮据,渴求写诗的回报;早年他就凭在英国广播电台上的诗朗诵爆得虚名,后期一次又一次赴美朗诵以求赚取回报。这一切丝毫不会贬低其诗意的美妙绝伦,他的粉丝依然非常留意他的"技艺或诗艺",随时"躺在床上"阅读他那与众不同的诗行。

羊齿山[1]

此刻我重回青春,悠然回到苹果树下[2],
身旁是欢快的小屋[3],幸福如青翠的青草[4],
  幽谷之上星星布满夜空,
    时光[5]任我欢呼雀跃
  眼中的盛世一片金黄[6],
我是苹果镇的王子,坐上马车多么荣耀,
从前[7]我拥有树林和绿叶,君王般气派,
    一路雏菊和大麦,
  沿岸是为风吹落的阳光。

我的青葱岁月逍遥,谷仓间声名显赫,
幸福庭院欢歌笑语,农庄仿佛是家园,
  阳光不再青春年少,
    时光任我嬉闹,
  蒙受他的恩宠金光闪耀,
我是猎手我是牧人[8],青翠又金黄,牛犊唱和
我的号角,山岗上狐狸的吠声清越又清凉,
    而安息日[9]的钟声
  缓缓地漫过圣溪的鹅卵石。

阳光泼洒一整天[10],多么明媚可爱,
旷野干草高及屋脊,烟囱腾起旋律[11],
  嬉戏的空气,动人又湿润,
    星火,青翠如青草。
  纯真的星空下,夜幕降临,
伴我回家入梦乡,猫头鹰驮着农庄远去,
月光泼洒一整夜,蒙福马厩房,我听到
  夜鹰[12]衔干草飞翔,马群
    光一般闪入了黑暗。

随后农庄醒来,像位流浪者身披白露
归来,雄鸡立在肩头:那一天阳光普照
  那一天属于亚当和少女[13],
    天空再次聚拢
  那一天太阳浑圆无边。
想必那一定是在淳朴的光诞生之后
世界初转的地方,出神的马群温情地
  走出低声嘶鸣的绿马厩
    奔向颂扬的旷野[14]。

崭新的云彩飘过快乐小屋,我荣幸无比,
在狐群和雉鸡间漫步,幸福似爱心长相随,
  一遍又一遍在阳光下重生,

我漫不经心地奔跑,
　　心愿越过一屋子高高的干草,
我了无牵挂,与蓝天玩起游戏,时光
任其转动旋律,寥寥应允几首晨歌,
　　孩子们从青翠趋于金黄,
　　　很不乐意地追随他,

羔羊般洁白的日子里,我了无牵挂,时光
牵着我的手影,随冉冉升起的月光,
　　爬上栖满燕子的阁楼[15],
　　　也曾无心入眠,
　　我听到他随旷野高飞,
醒来发现,农庄永远逃离无儿无女的土地。
哦,我也曾青春年少,蒙受他的恩宠,
　　时光握住我的青翠与死亡
　　纵然我随大海般的潮汐而歌唱[16]。

Fern Hill

Now as I was young and easy under the apple boughs
About the lilting house and happy as the grass was green,
    The night above the dingle starry,
        Time let me hail and climb
    Golden in the heydays of his eyes,
And honoured among wagons I was prince of the apple towns
And once below a time I lordly had the trees and leaves
        Trail with daisies and barley
    Down the rivers of the windfall light.

And as I was green and carefree, famous among the barns
About the happy yard and singing as the farm was home,
    In the sun that is young once only,
        Time let me play and be
    Golden in the mercy of his means,
And green and golden I was huntsman and herdsman, the calves
Sang to my horn, the foxes on the hills barked clear and cold,
        And the sabbath rang slowly
    In the pebbles of the holy streams.

All the sun long it was running, it was lovely, the hay

Fields high as the house, the tunes from the chimneys, it was air

    And playing, lovely and watery

        And fire green as grass.

    And nightly under the simple stars

As I rode to sleep the owls were bearing the farm away,

All the moon long I heard, blessed among stables, the nightjars

    Flying with the ricks, and the horses

        Flashing into the dark.

And then to awake, and the farm, like a wanderer white

With the dew, come back, the cock on his shoulder: it was all

    Shining, it was Adam and maiden,

        The sky gathered again

    And the sun grew round that very day.

So it must have been after the birth of the simple light

In the first, spinning place, the spellbound horses walking warm

    Out of the whinnying green stable

        On to the fields of praise.

And honoured among foxes and pheasants by the gay house

Under the new made clouds and happy as the heart was long,

    In the sun born over and over,

  I ran my heedless ways,

   My wishes raced through the house high hay

And nothing I cared, at my sky blue trades, that time allows

In all his tuneful turning so few and such morning songs

   Before the children green and golden

    Follow him out of grace,

Nothing I cared, in the lamb white days, that time would take me

Up to the swallow thronged loft by the shadow of my hand,

  In the moon that is always rising,

   Nor that riding to sleep

  I should hear him fly with the high fields

And wake to the farm forever fled from the childless land.

Oh as I was young and easy in the mercy of his means,

   Time held me green and dying

  Though I sang in my chains like the sea.

注释

[1] 1945年9月,狄兰在威尔士卡马森郡(Carmarthenshire)布兰库姆(Blaencwm)写下这首缅怀纯真年代的《羊齿山》,也伴随成长过程的感伤,同年10月发表于《地平线》。"羊齿山"指安·琼斯姨妈位于斯旺西的农庄,原文"Fern Hill"拆分自"Fernhill"(弗恩希尔),一个英国化的地名。

[2] 原文"now as I was"(此刻我重回),一种句法的悖论,糅合此刻与往昔的开场白;"now"(这时,此刻)可用来讲故事或过去的事情。"young and easy"(青春,悠然),仿自习语"free and easy"(自由自在),用"young"代替"free",意谓青春年少才能无忧无虑,才能获得充分自由。"under the apple boughs"(苹果树下)典出《圣经·旧约·雅歌》8:5,一种表达男女情爱的委婉语,也是"青春与情欲"的象征。

[3] 原文"lilting"(欢快的,轻快的[曲调]),一种通感的修辞,小屋的气氛仿佛音乐般美妙,让读者感受到那种快乐的童年时光。

[4] 原文"happy as the grass was green"(幸福如青翠的青草),典出《圣经·旧约·诗篇》103:15,与第五节"happy as the heart was long"(幸福似爱心长相随)一样,"幸福"是一种抽象的、难以再现的心境,与具体可感的"青草"、"爱心"巧妙地联结。

[5] "时光"(time),全诗关键点,驾驶迎送的马车,男孩欢呼雀跃。

[6] 原文"golden"(金黄)紧随第二行的"green"(青翠)。"green"

贯穿全诗，共出现七次，突显诗歌的主题。如果说"green"代表生机盎然的春天，"golden"则代表收获成熟的秋天。

[7] 原文"once below a time"是"once upon a time"（从前）的镜像句，一种超常规的词语搭配，这种错位与倒置也符合儿童的心理（参见《从前》里的注解）。

[8] 猎手和牧人（huntsman and herdsman），与山岗上的狐狸（fox）、放牧的号角（horn）构成威尔士的风景。

[9] 安息日（sabbath），根据《圣经·旧约·创世记》记载，神在六日内创造天地万物，第七日（星期五日落至星期六日落）休息。犹太教谨守安息日为圣日，不许工作。基督教则以星期日为安息日。

[10] 原文"all the sun long"（阳光泼洒一整天）及同诗节中的"all the moon long"（月光泼洒一整夜），都是一种超常规、偏离语法规则的搭配。

[11] "烟囱腾起旋律"（the tunes from the chimneys），一种通感修辞，烟雾升腾仿佛乐音变幻。

[12] 原文"nightjar"（夜鹰），也叫"欧夜鹰"（fern owl）。

[13] 原文"Adam and maiden"（亚当和少女），"maiden"不一定是夏娃（Eve），也可指巴比伦异教传说中的"狸狸女神"（lilth），强调儿童的天真无邪。

[14] "颂扬的旷野"（the fields of praise），实指"羊齿山"农庄里的草坪，虚指基督教世界的伊甸园，也指古希腊传说中的埃律西昂田野（the Elysian Fields），异教徒心目中的极乐世界。

[15]　"栖满燕子的阁楼"(the swallow thronged loft),夏末燕子准备迁徙,象征着一个时代的结束。

[16]　原文"Though I sang in my chains like the sea"(纵然我随大海般的潮汐而歌唱),"chains"指的是受月亮引力牵制而形成的潮汐,也有人理解为"锁链"。

解读

1945年夏天诗人狄兰·托马斯回到父母的家乡威尔士卡马森郡布兰库姆度假,9月写下这首田园诗杰作《羊齿山》,缅怀纯真年代在他姨妈安·琼斯的羊齿山农庄里度过的美好时光。

此刻我重回青春,悠然回到苹果树下,
身旁是欢快的小屋,幸福如青翠的青草
Now as I was young and easy under the apple boughs
About the lilting house and happy as the grass was green

《羊齿山》以讲故事的口吻开始他的童年之旅,开篇出现的"苹果树"是童真的象征,指向伊甸园里的禁果,"苹果树下"(under the apple boughs)典出《圣经·旧约·雅歌》8:5,"苹果树下,我把你唤醒",一种表达男女情爱的委婉语。开篇"now as I was"(此刻[这时]我重回)是一种句法的悖论,此刻与往昔相融共存的开场白,衔接起纯真年代逍遥、童真的美好,却引导一句不符合传统语法的句子,在第一、第二及最后诗节重复出现。诗行中层出不穷的倒置、省略、词性转换等手法,别出心裁地打破理性的语言思维模式。第一诗节第七诗行还出现一句超常规的词语搭配"once below a time"(从前),那是"once upon a time"(从前)的镜像句,这种错位与倒置也符合儿童的心理,"below a time"暗示诗人的意图,时光主宰一切,涵盖无忧无虑的童年,突出诗中所要歌颂的童年时光的永恒与美好。童年因为童真而无限美好,因为纯真而令人向往,寄托了诗人对纯真童年的无限回忆,也蕴含他对生命与死亡、青涩与成熟、时间与永恒的哲理思考。这首诗是狄兰巅峰时期荣归故里的作品,字里行间时而透露的忧伤与其说是他对童年的留恋,倒不如说是诗人对故乡宁静山水的自然回归。

第一、第二诗节回忆年少时在苹果树下的美好,无忧无虑,自由自在。第一诗节第二行诗句"happy as the grass was green"(幸福如青翠的青草),典出《圣经·旧约·诗篇》103∶15"他的日子如草,像野地的花,烂漫一时";译句"青翠的青草"是为了复原原文"grass was green"的头韵效果,诗行中的"happy as"(幸福如)与第五节"happy as the heart was long"(幸福似爱心长相随)都是一种抽象的、难以再现的心境,但诗人用具体可感的"青草"、"爱心"巧妙地联结在一起。童年的快乐既有视觉上的美好,"一路雏菊和大麦,/沿岸是为风吹落的阳光",也有听觉上的美妙,"牛犊唱和/我的号角,山岗上狐狸的吠声清越又清凉,/而安息日的钟声/缓缓地漫过圣溪的鹅卵石"。

第三、第四诗节则描写"我"入眠后的梦想和觉醒的过程,完成诗人从童年向成年的蜕变。第三诗节中出现的"all the sun long"(阳光泼洒一整天)、"all the moon long"(月光泼洒一整夜)都是偏离语法规则、超常规的词组搭配,但用它们替代正常习语的"all the day long"与"all the night long",恰恰符合儿童的认知方式,这种语法偏差恰如其分地突出儿童期的自然、单纯,表达诗人祈求永恒童真的美好愿望;而选择具体的客观事物指代时间的观念,也揭示出永恒的时间主题。这种童年的美好经由一个失去童年的成年人说出颇具伤感,时光带来青翠如青草的好时光,也带来成熟期所蕴含的感伤。因为远离故乡,所以怀念家园;因为失去童真,就此感伤流年;幸运的是还可再从梦想中找回童真,与绿色的大自然同在。

第五、第六诗节以老年人的口吻叹息人生短暂,韶华易逝。诚然,人如草木生长,收割并储藏在死亡的谷仓;时光赐"我""青翠"与"金黄",继而握住腐朽与死亡。全诗以重归无忧无虑的童年开始,又在童真期萌发死亡的种子时结束,既从儿童的视角描写一个充满儿童情趣的童话般神奇的世界,又以成人的眼光咏叹时光短暂、童年难驻,揭示成长与衰亡同在、生死并存的矛盾进程。

细读《羊齿山》,发现"green"(青翠)贯穿全诗,六个诗节中前后出现七次,突显诗歌的主题,不仅定下了全诗绿色的基调,青草是绿色的,树叶是绿色的,马厩是绿色的,孩子像青草一样充满活力,就连火苗也是有着青草的芳华的,绿色呈现纯真年代无忧无虑、生机勃勃的状态,也表达青葱、稚嫩、青涩的含义。绿色的童年、绿色的大自然,它们是人类两个永恒的家园。随之,与此相呼应的"golden"(金黄)出现四次,代表生命的全盛期,蕴含金色年华之意。如果说"green"代表的是生机盎然的春天,"golden"则代表的是收获成熟的秋天,随着时光的流逝,大自然与人生均从青葱步入金黄,继而生死相随;代表生命力的"青翠"与"金黄"又是与死亡共存的,且为时间所主宰,生命从诞生起就孕育着死亡。在诗人狄兰看来,宇宙万物永远是在一个生死相随的运动中,生命从诞生那一刻就意味着死亡,在永恒的时光里,人生显得那么短暂,故而也显得那么美好;死亡又意味着新生的到来,死者在"淳朴的光诞生之后"获得新一轮的生死进程。最后,在这种生死进程中,伴随诗人纯真童年的意象终究是死亡的象征。"时光"不仅带给诗人欢乐的"青翠"与"金黄",也伴随着"死亡",纵然诗人带着人生的痛楚走向死亡,他依然会随大海般的潮汐而歌唱;末句中的"chains"有人理解为"潮汐",如威尔士的诗学研究者约翰·古德拜,有人理解为"锁链",如台湾的杨牧,"且戴着锁链歌唱如大海",两人均喻音韵节律。

时光握住我的青翠与死亡

纵然我随大海般的潮汐而歌唱。

Time held me green and dying

Though I sang in my chains like the sea.

纵观诗篇六大诗节 54 行,音韵紧凑,结构相似,原诗押"abcddabcd"不工整韵,在谐韵或半谐韵中迂回推进;每个诗节先由两个 14 音节的长诗行开始,随后是 9 - 6 - 9 音节的三个短诗行,随后又是两个 14 音节长诗行,最后两个短诗行音节数略有变化,第一、二、六诗节各为 7 - 9 音节,第三、四、五诗节为 9 - 6 音节。在第一、二、六、七长诗行中,前面往往是一连串次重音,然后才出现主重音,共有七个重音,为七步抑扬格;而第三、五、八或九短诗行,往往为三步抑扬格;各个诗节出现的头韵、半谐韵节律,起起伏伏,如头韵"happy as the grass was green"(幸福如青翠的青草)、"barked clear and cold"(吠声清越又清凉);而前两节选用大量相同元音或双元音创造节奏明朗轻快、声音悦耳的半谐韵效果,例如"now"、"boughs"、"about"、 "house"、"green"、"trees and leaves"、"night"、"time"、"climb"、"eyes"、"I"、"light"、"hail"、"trail"等，精心地营造童年生活里欢快跳跃的节律，烘托诗人童年生活的快乐与美好，遗憾的是译诗难以一一呈现。全诗长短诗行交替，长诗行占满行，短诗行居中，使得诗节呈羊齿蕨叶状排列，且每一诗节均出现跨行的诗句，也是诗人所为，例如，首节意图营造动态的伊甸园般的田园景象——苹果树环绕的农庄，"幽谷之上星星布满夜空"，马车成群，"一路雏菊和大麦"，小河两岸阳光随风而落；长短诗行的交替与音韵的杂糅恰是诗人内心快乐童年与青春消逝伤感交织的写照。

静静地躺下,安然入睡[1]

静静地躺下,安然入睡,受难者[2]
喉咙的伤口火烧火燎。彻夜漂浮
在寂静的海面[3],我们听到了
一阵轰鸣传自盐帆[4]包扎的伤口。

我们在一哩外的月光下瑟瑟发抖,
倾听大海奔流,仿佛鲜血流出喧闹的伤口,
当盐帆在风暴般的歌声中崩裂,
所有溺水者的呼喊[5]逆风游动。

缓慢而忧伤的航行[6]打开一条通道,
顶着风敞开漂泊船队[7]的大门,
我的航行始于伤口又归于伤口,
我们听到大海的歌声,目睹盐帆的倾诉。

静静地躺下,安然入睡,嘴藏进喉咙,
我们抑或顺从,与你一起穿过溺水者。

Lie Still, Sleep Becalmed

Lie still, sleep becalmed, sufferer with the wound
In the throat, burning and turning. All night afloat
On the silent sea we have heard the sound
That came from the wound wrapped in the salt sheet.

Under the mile off moon we trembled listening
To the sea sound flowing like blood from the loud wound
And when the salt sheet broke in a storm of singing
The voices of all the drowned swam on the wind.

Open a pathway through the slow sad sail,
Throw wide to the wind the gates of the wandering boat
For my voyage to begin to the end of my wound,
We heard the sea sound sing, we saw the salt sheet tell.

Lie still, sleep becalmed, hide the mouth in the throat,
Or we shall obey, and ride with you through the drowned.

注释

[1] 写于1943－1944年,1945年6月首发于《今日文学与生活》。此时英国刚经历"大西洋海战"遭鱼雷攻击的灾难。此诗将二战的苦难与个人的苦痛交织在一起,从个人家庭的痛苦延伸到对人类苦难境遇的关怀。

[2] "受难者"(sufferer),有双重的背景,既指诗人的父亲患有喉癌,也指二战中"大西洋海战"遭鱼雷攻击而阵亡的水手。

[3] 原文"silent sea"(寂静的海面),典出英国诗人柯勒律治(Samuel Tayor Coleridge,1772－1834)的《古舟子咏》(The Rime of the Ancient Mariner):"我们是第一批闯入／这寂静的海面"(We were the first that ever burst ／ Into that silent sea)。

[4] 原文"salt sheet"(盐帆)指绷带,"sheet"语义双关,可指"风帆"、"帆绳"、"床单"、"纸页"等。

[5] 原文"the voices of all the drowned"(所有溺水者的呼喊),指古希腊神话中的海妖塞壬(Siren)或德国民间传说中的莱茵河女妖罗蕾莱(Lorelei),惯以美妙的歌声引诱水手,致使船只触礁而亡。"溺水者"(the drowned)典出《圣经·新约·启示录》20:13"于是海交出其中的死人",接受最后的审判而迈向新天新地,参见《心灵气象的进程》一诗的解读。

[6] 原文"slow sad sail"(缓慢而忧伤的航行)典出凯尔特传说中

仙女们将亚瑟王尸体移往阿瓦隆岛(Avalon)之旅。

[7] "漂泊船队"(the wandering boat)典出荷马史诗《奥德赛》中奥德修斯(Odysseus)的漂泊之旅。

解读

1933年9月12日,诗人狄兰·托马斯在笔记本里记下这首诗的雏形。两天前,他的父亲约翰·托马斯被送入伦敦的一家医院,因喉癌接受镭放射治疗。1935年10月27日,狄兰在写给姐姐南希的一封信中提及"爸爸的喉咙很疼"[1]。1945年夏,狄兰携夫人重访威尔士卡马森郡看望父母,重回故里的一抹浓浓亲情激发他修改这首旧作而成经典,先前手稿上的"静静地躺下,你必须入睡"(Lie still, you must sleep),变成了"静静地躺下,安然入睡"(Lie still, sleep becalmed)。此时英国刚经历"大西洋海战"遭鱼雷攻击的灾难,二战的苦难与个人的苦痛交织在一起,诗人最后定稿的诗篇融入古希腊神话、荷马史诗和凯尔特传说的历史沧桑感,从个人家庭的痛苦延伸到对人类苦难境遇的关怀,始于表现苦痛与焦虑,却渴求祥和与安宁,继而走出死亡的阴影,步入智慧的殿堂;诗人在传达不幸"溺水者的呼喊"的同时,也渴望诗篇的升华能给众多苦难的灵魂带来一丝慰藉。

这首十四行诗尾韵格律并不严谨,最多也只是一种跳韵式的节律,但原文和谐的头韵自然优美,虽然译句较难一一体现,例如,第一节的"silent sea"(寂静的海面)和"salt sheet"(盐帆),第二节的"sea sound flowing"(大海奔流)和"salt sheet"(盐帆),第三节的"slow sad

---

[1] Dylan Thomas. *The Collected Letters of Dylan Thomas.* ed. Paul Ferris. London: Dent, 2000, pp.202-229.

sail"(缓慢而忧伤的航行)和"wide to the wind"(顶着风敞开),"sea sound sing"(大海的歌声)和"saw the salt sheet tell"(目睹盐帆的倾诉)。诗人精心设计的头韵、行内韵效果似乎在效仿大海的流动与风浪的起伏,辅音"s"一再模仿流水的声音,相应的元音呈现风声的摇曳:

静静地躺下,安然入睡,受难者
喉咙的伤口火烧火燎。彻夜漂浮
在寂静的海面,我们听到了
一阵轰鸣传自盐帆包扎的伤口。

Lie still, sleep becalmed, sufferer with the wound
In the throat, burning and turning. All night afloat
On the silent sea we have heard the sound
That came from the wound wrapped in the salt sheet.

首末节重复出现的短语"lie still, sleep becalmed"(静静地躺下,安然入睡),"海水流动的'l'音与咝咝作响的's'音前后并置回荡、抑扬起伏"[1];诗篇依靠行内韵向前推进,我们从句二的"throat/afloat, burning/turning"、句三的"sea/we"、句四的"wound/wrapped"、句五的"mile/moon"、句六的"loud/wound"和末节的"hide/ride"中听到摇动

---

[1] William Greenway. *The Poetry of Personality — The Poetic Diction of Dylan Thomas*, Introduction, e-book. Lanham: Lexington Books, 2015, p.1164.

的风声,从首句的"still/sleep"、句三的"sea/sound"和句十二的"salt/sheet"中听到成对带头韵的"嗞嗞作响"。

  一个身患喉疾的年迈父亲,因喉咙里的伤口疼得火烧火燎;"我们"在祈祷他能"静静地躺下,安然入睡";但是,"我们"看到更多受难的水手整夜漂浮在寂静的海面,从他们绷带包扎的伤口听到鱼雷爆炸的轰鸣;血腥的海战让"我们"在月光下发抖,包扎的绷带在风暴中崩裂,而诗歌却穿越纸页容纳这一切,从那流血的伤口倾听大海的奔流,传递"溺水者"的呼救,夹杂着美妙的致命歌声——那是来自希腊神话的海妖塞壬(Siren)抑或来自德国莱茵河传说中的女妖罗蕾莱(Lorelei)。一种久远的痛楚弥漫诗篇"寂静的海面",父亲喉口彻夜痛苦的呻吟已被"所有溺水者的呼喊"所覆盖。万顷波涛之上,"受难者"要随荷马史诗《奥德赛》中奥德修斯的"漂泊船队"逆风前行,开启寻求最后拯救的大门,或是展开凯尔特传说中一次"缓慢而忧伤的航行"——随仙女们将亚瑟王及其勇士的尸体送往阿瓦隆岛。"我的航行始于伤口又归于伤口",也许死亡本身也是一剂最好的良药,"静静地躺下,安然入睡",似乎在祈求"受难者"在寂静的海面安息,从而"穿过溺水者",一起接受最后的审判,从而获得灵魂的救赎而走向新天新地。

不要温顺地走进那个良宵[1]

不要温顺地[2]走进那个良宵[3],
老年在日暮之时应当燃烧与咆哮;
怒斥,怒斥光明的消亡[4]。

虽然智者临终时方悟得黑暗公道,
但因所立之言已迸不出丝毫电光[5],
不要温顺地走进那个良宵。

善良的人,翻腾最后一浪,高呼着辉煌,
他们脆弱的善行本该在绿色的港湾跳荡,
怒斥,怒斥光明的消亡。

狂野的人,抓住并诵唱飞翔的太阳,
尽管为时已晚,却明了途中的哀伤,
不要温顺地走进那个良宵。

肃穆的[6]人,濒临死亡,透过刺目的视线[7],
失明的双眸可像流星一样欢欣闪耀,
怒斥,怒斥光明的消亡。

而您,我的父亲,在这悲恸之巅,
此刻我祈求您,用热泪诅咒我,祝福我[8]。
不要温顺地走进那个良宵。
怒斥,怒斥光明的消亡。

Do Not Go Gentle into that Good Night

Do not go gentle into that good night,
Old age should burn and rave at close of day;
Rage, rage against the dying of the light.

Though wise men at their end know dark is right,
Because their words had forked no lightning they
Do not go gentle into that good night.

Good men, the last wave by, crying how bright
Their frail deeds might have danced in a green bay,
Rage, rage against the dying of the light.

Wild men who caught and sang the sun in flight,
And learn, too late, they grieved it on its way,
Do not go gentle into that good night.

Grave men, near death, who see with blinding sight,
Blind eyes could blaze like meteors and be gay,
Rage, rage against the dying of the light.

And you, my father, there on the sad height,

Curse, bless, me now with your fierce tears, I pray.

Do not go gentle into that good night.

Rage, rage against the dying of the light.

注释

[1]　写于 1951 年 5 月，同年 11 月发表于《博特奥斯克》(*Botteghe Oscure*)。这首诗是诗人狄兰写给病重的父亲的，旨在唤起父亲勇敢面对死亡、与命运抗争的力量。

[2]　原文"gentle"(温和的，温顺的)，此处兼具副词和形容词的用法。

[3]　原文"good night"是将"goodnight"(晚安，再见)拆开来用，兼具晚间或睡前道"晚安"与"良夜"的语义双关，是值得父子铭记的"良宵"，又可看作诗人对"死亡"的一种委婉语表达，借此减少失去父亲的心中之痛；更重要的是，"良宵"体现出狄兰"进程诗学"的核心，即生死相融、生死转化的自然观。

[4]　此行译诗改自巫宁坤先生的佳译："怒斥，怒斥光明的消逝。"

[5]　原文"words had forked no lightning"(所立之言已迸不出丝毫电光)，出自习语"forked lightning"(叉状闪电)。

[6]　原文"grave"是"严肃的，肃穆的"与"坟墓，死亡"的双关语；"grave men"(肃穆的人)与"gravamen"(不平，冤情)构成双关语。

[7]　原文"blinding sight"语义双关，既指"刺目的视线"，也指发出"刺瞎眼睛的光芒"；他父亲最后几年逐渐失明(参见《挽歌》一诗)。

[8]　"诅咒我，祝福我"(curse, bless, me)为一种矛盾修辞法，典出

英国诗人布莱克(William Blake, 1757-1827)的《蒂丽儿》(Tiriel),"他的祝福是残忍的诅咒。他的诅咒也许是一种祝福"(His blessing was a cruel curse. His curse may be a blessing);也常见于《圣经》,既希望父亲坚持本色的性格,又祈望他接受死亡即将到来的现实。

解读

  这是诗人狄兰·托马斯在1951年写给病重父亲的一首诗,首节三行诗的第一行与第三行直抵主题,旨在唤起父亲勇敢面对死亡、与命运抗争的力量;随后四节三行诗列举老年人几种对待死亡的态度,以维拉内拉(Villanelle)诗体向前推进,交替出现首节第一行与第三行的诗句,直至末节以叠句的形式重现;而这两行诗的关键词形成鲜明的对比:"gentle"(温顺)与"rage"(怒斥),"good"(良)与"dying"(消亡),"night"(宵)与"light"(光明)。无论是一个"智者"、"善良的人",还是"狂野的人"、"肃穆的人",都不应该温顺地步入死亡。诗人虽然明白父亲最终难逃死神的追逼,却反复地强调"不要温顺地走进那个良宵";诗行原文"good night"是将"goodnight"(晚安,再见)拆开来用,兼具"晚安"与"良夜"的双关语功能,既是在向人生道晚安,又是带着一丝慰藉,从容地走向生命必然的终点,而告别之夜也是值得父亲和儿子永远铭记颂赞的"良宵",又可看作诗人对"死亡"的一种委婉语表达,借此减少失去父亲的心中之痛;更重要的是,"良宵"体现出狄兰·托马斯"进程诗学"的核心,即生死相融、生死转化的自然观。难怪2014年英国诺兰兄弟联袂编剧/导演的电影《星际穿越》一再选用这首诗的画外音烘托影片的主题。希望父亲不要被动地屈从,殷殷劝诫他保持愤怒的本色,"怒斥,怒斥光明的消亡",要以愤怒来回应光阴的消逝,以生之激情和勇气与死亡抗争,也鼓励或启迪人们不要放弃与命运的抗争,只有体会到"怒斥,怒斥光明的消亡"之后,一个人才能从容地走向生命的终点。这首诗并非写给即将辞世的父亲的悼词,而是提醒活着的人们,人终有一死,却要借此了解人生的意义。

1952年12月16日,狄兰·托马斯的父亲去世,诗人写下另一首维拉内拉体《挽歌》初稿:

傲然不屑死去,失明而心碎地死去
以最黑暗的方式,不再转身,
一位冷峻勇敢的善良人,极度孤傲
Too proud to die, broken and blind he died
The darkest way, and did not turn away,
A cold, kind man brave in his burning pride

1953年11月9日,诗人不幸英年早世,使得这首诗成了永久的残片。1956年2月发表于杂志《邂逅》(*Encounter*)时却有40行,前17行为原稿,后23行是诗人的朋友弗农·沃特金斯(Vernon Watkins)根据诗人生前的创作意图整理的,一直为多家出版社采纳,包括2003年美国新方向出版社推出的最完备的《狄兰·托马斯诗歌》诗集。

他如此的天真,害怕死时会
恨上帝,清楚自己是怎样一个人:
勇敢而善良,垂暮而孤傲。

屋里的手杖是他的;书是他的珍藏。

他打小就不爱哭;
此刻他也不爱哭,除了自身的隐痛。

……

哦,至深的痛,莫过于他会死在
那最黑暗的日子。哦,他的眼睛
竟然能藏得住眼泪,傲然不屑哭泣。

直到我死去,他都不会离我而去。

狄兰·托马斯生前的手稿留有的创作意图如下:

(1)虽然他傲然不屑死去,却还是走了,以最痛苦的方式失明死去,但他并不畏惧死亡,而是勇敢地以死亡为傲。

(2)他在天真无邪的时期,自认为憎恨上帝,弄不清楚自己是怎样一个人:一个善良的老人,极其地自傲。

(3)此刻他不会离我而去,尽管他已去世。

(4)他母亲说,他打小就不爱哭,老了更不爱哭;他哭,也只因其自身的隐痛——失明,但也从不大声地哭。

现保存于美国奥斯汀德克萨斯大学哈利·兰塞姆(Harry Ransom)人文研究中心的一份手稿是17行,据2000年重印出版的《狄兰书信集》[1]推算应是1953年1月的手稿,更接近19行维拉内

---

[1] Dylan Thomas. *The Collected Letters*. ed. Paul Ferris. London:Dent, 1985 (repr.2000).

拉体,1988年沃尔福德·戴维斯与拉夫·莫德(Walford Davies & Ralph Maud)编辑出版狄兰·托马斯《诗集 1934–1952》就用了17行的"挽歌",并续写了2行诗,为威尔士研究者约翰·古德拜教授所采纳,收录于2014年版英国韦-尼(Weidenfeld & Nicolson)出版社和2017年版美国新方向(New Directions)出版社的《狄兰·托马斯诗集》。它与前一首《不要温顺地走进那个良宵》不同的是,要"镇定,奔赴你受难的山岗",可惜诗人因早逝未能完成:

镇定,奔赴你受难的山岗,我说
空气已离他而去。
Go calm to your crucifixed hill, I told
The air that drew away from him.

诗人创作的两首"挽歌"均采用16世纪从意大利传入法国(同为罗曼语族)、19世纪再传入英国的维拉内拉诗体,一种结构优美的19行双韵体诗,由五节三行诗和一节四行诗构成,首节诗的第一行与第三行押韵,然后轮流出现于其余四节三行诗的第三行句尾,并同时出现在尾节的最后两句句尾。韵式为 aba / aba / aba / aba / aba / abaa。在文艺复兴时期,维拉内拉诗一开始并非一种定型的诗体,维拉内拉词源为意大利语(*villano*,村夫,再上溯到拉丁语 *villanus*,农夫),一种源于意大利的乡村歌舞,常以乡野生活为主题。当初这种牧歌或民谣式维拉内拉诗在法国诗人手中并不遵守任何特定的体式、韵律或叠句,其音乐般的节奏并不依赖于一种押韵格式,而是通过半谐韵或跨节押韵等途径实现，直到19世纪末才被法国诗人西奥多尔·德·邦维尔(Théodore de Banville, 1823 – 1891)定义为一种固定诗体，当时在法国并不流行，传入英国后却日益盛行，绝佳例作就是诗人狄兰·托马斯创作的这首《不要温顺地走进那个良宵》。这首诗的韵式如下：

night——day——light　　　　［aba］
right——they——night　　　　［aba］
bright——bay——light　　　　［aba］
flight——way——night　　　　［aba］
sight——gay——light　　　　［aba］
height——pray——night——light　［abaa］

现当代诗人难以严守文艺复兴以来的固定诗歌形式，放宽了其关于叠句的要求(此处韵式的汉译也未能完全做到)。伊丽莎白·毕肖普(Elizabeth Bishop)的《一种艺术》(One Art)是另一首广为人知的佳作，其他著名的诗人也曾写过几首维拉内拉诗，如奥登(Wystan Hugh Auden)、王尔德(Oscar Wilde)、谢默斯·希尼(Seamus Heaney)、大卫·夏皮罗(David Shapiro)和西尔维娅·普拉斯(Sylvia Plath)。当代留学德国、因病去世的诗人张枣也曾挑战过这一诗体，写过《维昂纳尔：追忆似水年华》，但也放宽了韵脚。笔者发现在更年轻一代的诗人中存在"一个被普遍认同的原则：韵不宜押得过多、过于一致和过于顺口，最好是不规则地进行押韵，多使用险韵，并且尽量在一首诗中换韵"。[1] 2017年去世的美国著名汉学家华兹生(Burton Watson, 1925－2017)主张以尾韵的无韵诗形式处理诗歌韵律的翻译,他认为:"韵律这样的格式在二十世纪的美国英诗中几近舍去。今日在美国的英诗中几乎没有了韵律的形式,事实上,苛求生硬的韵律被认为是诗歌表现的厚腻、不自然、多余,甚至敌意。最好的表现方式就是简单的押韵或部分押韵。"[2] 笔者在翻译这首诗的时候一度也想复制原文的韵脚,也知道有翻译家做到过,但实际效果并不如意,所以与其凑韵害义,还不如采取斜韵(slant rhyme)的策略,这也符合诗人狄兰常用的诗写风格——善用非全韵来谐韵,包括元音韵(assonant rhyme)、辅音韵(consonant rhyme)、头韵(alliteration)、半韵(half rhyme)。

这首诗更大的亮点体现在诗人狄兰的语言偏差,即违反常规使用的语言艺术特色,可见语音偏差、句法偏差和语义偏差。这首诗中的语音偏差体现在诗人所追求的语音规律化上,也就是他采用的语音修辞,即头韵、尾韵的谐韵和半谐韵的使用,例如,"do not go gentle into that good night"所体现的头韵,其中的辅音[g-dʒ]重复了三次,而且该句诗行,包括诗题在内,在全诗中重复出现了五次;清浊辅音[g-dʒ]的发音强劲有力,突出了诗人呼唤父亲心中顽强抗争的力量,不仅确切表达了诗的主题,也强化了全诗强有力的基调。这首诗的尾韵显然有两个,即[ɑi]与[ei],如上所示的"night, light, right, bright, flight, sight,

---

[1] 一行:《论分行:以中国当代新诗为例》,见哑石主编《诗镌》丛书《诗蜀志》(2016卷),成都时代出版社,2016年,第246－290页。
[2] [美]华兹生:《论中国古典诗词之英译》,见《译苑》(西安),2011年第3期,第3－6页。

height"和"day,they,bay,way,gay,pray"。首先,尾韵[ɑi]与[ei]恰好是"night"与"day"中元音的发音,"night"代表死亡,"day"代表生命,正如黑夜是死亡的隐喻,光明也是生命的隐喻,阐明此诗的主题即生与死。其次,每个诗节中[ɑi]与[ei]押韵出现的地方,都是一个双元音[ei]夹在两个或三个双元音[ɑi]之间,也就是说,生受到死的挤压,死的力量看似超过生的力量。正是因为生的难能可贵,诗人更要鼓励父亲振作起来,与死抗争,争取生的力量,表现了诗人对父亲的鼓励,更体现了诗人的生死观——即使生命的力量抵不过死亡的逼迫,但正因为这样才显出生命的可贵。因此,这首诗体现了诗人对生命的认识与思考。[ɑi]与[ei]谐元韵的密集使用出现在第三节与第五节上:

Good m*e*n, the last w*a*ve by, crying how br*i*ght

Their fr*ai*l deeds m*i*ght have danced in a green b*ay*,

R*a*ge, r*a*ge against the d*y*ing of the l*i*ght.

Gr*a*ve m*e*n, near death, who see with bl*i*nding s*i*ght,

Bl*i*nd *eye*s could bl*a*ze l*i*ke meteors and be g*ay*,

R*a*ge, r*a*ge against the d*y*ing of the l*i*ght.

句法偏差最明显地体现在"gentle"一词上,该词会给读者带来一点点困惑。按常规的句法规则,"go"是行为动词,后面应跟副词,常规的表达应该是"go gently"而不是"go gentle",然而诗人偏偏选择了系表形容词"gentle",但细究起来,诗人的选择也不无道理,且暗合诗歌的主题。诗人笔下的"gentle"兼有副词和形容词的用法。此处的"go gentle"可以理解为"become gentle",结合此诗的背景更易理解。那时诗人的父亲正步入弥留期,意志逐渐消退,而诗人的父亲以前却是个性格强势、意志坚定的人。想到此,诗人便呼唤父亲不要消沉,振作起来,勇敢面对死亡,这正是该诗要表达的主题。因此,此处句法的偏差给全诗带来意想不到的效果,一开始便奠定了全诗的基调。

　　语义偏差,即语义逻辑上的不合理,如隐喻(metaphor)、转喻(metonymy)、提喻(synecdoche)和矛盾修饰法(oxymoron)、谐音造词法(homophonic coinage)等。此诗中最明显的语义偏差是最后诗节中出现的一对矛盾词"curse"(诅咒)和"bless"(祝福)。这是一种矛盾修辞法,典出英国诗人布莱克(William Blake,1757－1827)的《蒂丽儿》(Tiriel),"他的祝福是残忍的诅咒。他的诅咒也许是一种祝福"(His blessing was a cruel curse. His curse may be a blessing)。诗人希望父亲坚持本色的性格,又祈望他接受死亡即将到来的现实。从语义的角度分析,这一对词词义相反,连用只会造成语义逻辑上的失当;从修辞学上分析,属于一种矛盾修饰法。诗人故意联用一对矛盾词,看起来矛盾,分析起来却有意义,结合此诗的语境分析便易理解。此时诗人的父亲正是弥留之际,为了挽留父亲,为了鼓励父亲,即使父亲诅咒诗人,诗人也无怨,因为如果父亲还能诅咒诗人,则至少证明诗人的父亲还活在人世,这对诗人来说就是祝福,由此可见诗人对父亲真挚的情感和不舍,而诗人的这种情感非得通过这对矛盾词的语义偏差才能传达出来。此外,我们也能自然联想到《圣经》中上帝的"诅咒"与"祝福"及其常见的反义平行的句式(参见下一首《序诗》的解读)。

《诗集 1934–1952》序诗[1]

此刻白昼随风而落
上帝加速了夏日的消亡
在喷涌的肉色阳光下,
在我大海摇撼的屋内,
在鸟鸣和果实、泡沫、
笛声、鱼鳍和翎毛[2]
缠绕的峭岩上,
在树林舞动的树根旁,
在海星浮动的沙滩,
与渔娘们一起穿梭海鸥、
风笛手、轻舟[3]和风帆,
那儿的乌鸦乌黑,挽起
云彩的渔夫,跪向
落日下的渔网,
行将没入苍天的雁群、
戏闹的孩子、苍鹭和贝壳
述说着七大洋[4]
永恒的水域,远离
九天九夜的城邦
周遭的塔楼

像干草高高的茎梗

随信仰之风陷落,

我的歌声,在脆弱的和平[5]下

献给你们陌生人(歌唱

虽是一种炙热亢奋的行为,

但我锯齿般扩展的歌声

就是众鸟的烈火

席卷大地的森林),

透过这些拨弄大海的叶片,

仿佛树叶般

飘起又飘落,

迅然破碎又不灭,

步入三伏天的夜晚。

肉色的太阳舔着大海落下,

无言的天鹅拍蓝

我轻拍海湾的薄暮,此刻我

砍劈这不同形态的喧闹

为了让你知晓

我,一位编织手[6],如何

赞美这一星球,鸣禽喧嚣,

大海诞生,却为人撕咬,为血祈福。

听:我吹奏喇叭颂扬这世界,

从游鱼到跃动的山岗!看:

我建起一叶怒吼的方舟,
倾注我最美好的爱,
当洪水涨起,
从恐惧的源头
赤色的愤怒、生存的人类
熔化为山涧的泥石流[7],
越过休眠的伤口,
白羊遍野的空旷牧草地

抵达我怀抱里的威尔士。
嗬,守护城堡的猫头鹰,
你歌王般颂唱,月光般扫视
幽谷中闪烁的奔跑,
俯掠毛茸茸的小兽[8]!
嗬哈,在笔直的山岗[9],
哦,我那受惊的斑鸠,
声声鸣叫,几乎与威尔士
和恭敬的秃鸦一样黝黑,
咕咕地唱起林中的颂辞,
在月下的鸟窝倾诉忧郁的音符
撒向成群的麻鹬!
嘿,叽叽喳喳的鸟群
在闲聊的海岬之上,

张大嘴[10],叼起了悲哀!

嗨,从隆起的山岗

窜出一只飞奔的野兔!

这一道弧光,听到我洪荒之舟的

铿锵声,我的砍伐和击打[11]

(一阵铁砧的撞击

一种马勃菌吹奏出

我胡闹喧嚣的曲调)

但动物们稠密如贼

踉跄在上帝粗犷的原野

(向他的兽盔们致敬)。

嘘,野兽们稀疏地安睡

在陡峭的山林!垒起草垛的

农场空空荡荡,

一片水域咯咯作响,

谷仓顶上公鸡齐鸣!

哦,邻里的王国,长鳍的、

长皮的和抖动羽翼的,瞬间扑向

我拼合的方舟,月光[12]闪烁

海湾边醉酒的挪亚[13],

带着兽皮、鳞片和绒毛:

惟有深溺的羊铃

教会的喧嚣,

脆弱的和平随夕阳西下
黑暗驶入每片圣地的沙洲。
我们独自安然地渡过，
在威尔士的星空下，
呼喊，成群的方舟！穿过
波涛倾覆的陆地，
它们敞开爱的怀抱，前行
仿佛木制岛屿，翻越重重山岗。
嗬嗬，我那昂首鸣笛的鸽子！
啊嗬，越过大海的年迈狐狸、
托马斯[14]雀、戴维[15]鼠！
我的方舟唱响在阳光下，
上帝加速了夏日的消亡
此刻洪水盛开如花。

Prologue to Collected Poems 1934 – 1952

This day winding down now

At God speeded summer's end

In the torrent salmon sun,

In my seashaken house

On a breakneck of rocks

Tangled with chirrup and fruit,

Froth, flute, fin and quill

At a wood's dancing hoof,

By scummed, starfish sands

With their fishwife cross

Gulls, pipers, cockles, and sails,

Out there, crow black, men

Tackled with clouds, who kneel

To the sunset nets,

Geese nearly in heaven, boys

Stabbing, and herons, and shells

That speak seven seas,

Eternal waters away

From the cities of nine

Days' night whose towers will catch

In the religious wind

Like stalks of tall, dry straw,

At poor peace I sing

To you, strangers, (though song

Is a burning and crested act,

The fire of birds in

The world's turning wood,

For my sawn, splay sounds),

Out of these seathumbed leaves

That will fly and fall

Like leaves of trees and as soon

Crumble and undie

Into the dogdayed night.

Seaward the salmon, sucked sun slips,

And the dumb swans drub blue

My dabbled bay's dusk, as I hack

This rumpus of shapes

For you to know

How I, a spinning man,

Glory also this star, bird

Roared, sea born, man torn, blood blest.

Hark: I trumpet the place,

From fish to jumping hill! Look:

I build my bellowing ark

To the best of my love

As the flood begins,

Out of the fountainhead

Of fear, rage red, manalive,

Molten and mountainous to stream

Over the wound asleep

Sheep white hollow farms

To Wales in my arms.

Hoo, there, in castle keep,

You king singsong owls, who moonbeam

The flickering runs and dive

The dingle furred deer dead!

Huloo, on plumbed bryns,

O my ruffled ring dove

In the hooting, nearly dark

With Welsh and reverent rook,

Coo rooing the woods' praise,

Who moons her blue notes from her nest

Down to the curlew herd!

Ho, hullabaloing clan

Agape, with woe

In your beaks, on the gabbing capes!

Heigh, on horseback hill, jack

Whisking hare! who

Hears, there, this fox light, my flood ship's

Clangour as I hew and smite

(A clash of anvils for my

Hubbub and fiddle, this tune

On a tongued puffball)

But animals thick as thieves

On God's rough tumbling grounds

(Hail to His beasthood).

Beasts who sleep good and thin,

Hist, in hogsback woods! The haystacked

Hollow farms in a throng

Of waters cluck and cling,

And barnroofs cockcrow war!

O kingdom of neighbours, finned

Felled and quilled, flash to my patch

Work ark and the moonshine

Drinking Noah of the bay,

With pelt, and scale, and fleece:

Only the drowned deep bells

Of sheep and churches noise

Poor peace as the sun sets

And dark shoals every holy field.

We shall ride out alone, and then,

Under the stars of Wales,

Cry, Multitudes of arks! Across

The water lidded lands,

Manned with their loves they'll move,

Like wooden islands, hill to hill.

Huloo, my prowed dove with a flute!

Ahoy, old sea-legged fox,

Tom tit and Dai mouse!

My ark sings in the sun

At God speeded summer's end

And the flood flowers now.

注释

[1] 写于1952年3-5月,诗人编完意欲留世的《诗集1934-1952》而写的"序诗",也是他生前留下的最后一首诗,1952年11月10日发表于《倾听者》。这首序诗的诗体形式源自中古威尔士诗歌及法国普罗旺斯诗体的实验性探索。

[2] "鸟鸣和果实、泡沫、/笛声、鱼鳍和翎毛"(chirrup and fruit, /Froth, flute, fin and quill),一种提喻(synecdoche)手法,化抽象为各种具象。

[3] 原文"cockles"语义双关为"轻舟"与"鸟蛤"。

[4] 原文"seven seas"(七大洋),指北冰洋、南冰洋、北大西洋、南大西洋、北太平洋、南太平洋及印度洋。

[5] "脆弱的和平",此时为1952年,正值冷战时期。

[6] 原文"a spinning man"为"编织手"与"虚构者"的双关语。

[7] 此句"熔化为山涧的泥石流"(molten and mountainous to stream),指诗人所恐惧的核大战结局。

[8] 原文"deer"(小兽,小动物),为古语。

[9] 原文"bryns"(山岗),为威尔士语。

[10] 原文"agape"(张嘴;圣爱),为希腊语源的双关语。

[11] 表面上描写造船的过程,实则象征诗歌创作的艰辛。

[12] 原文"moonshine"为"月光;私酿酒"的双关语。

[13] 挪亚(Noah),《圣经》中的人物。据《圣经》记载,挪亚是拉麦

的儿子,活了950岁,曾用歌斐木建造方舟,拯救生灵。《圣经·旧约·创世记》9:21记载"他喝了园中的酒,就便醉了"(when he drank some of its wine, he became drunk),喜酗酒的狄兰此处将自己的诗歌创作比作挪亚建造方舟。

[14] 原文"Tom"为"Thomas"(托马斯)的缩略语。

[15] 原文"Dai"为"David"(戴维)的缩略语。

解读

1952年诗人狄兰·托马斯于威尔士海滨小镇拉恩编定意欲留世的《诗集1934-1952》后写下一篇序诗,也是他生前留下的最后一首诗。这首气势宏阔、节奏雄浑、色调绚丽的序诗给读者传递一种异样的颤栗与惊喜。一切从这里开始,又从这里结束:

此刻白昼随风而落　　　　　　This day winding down now
上帝加速了夏日的消亡　　　　At God speeded summer's end
在喷涌的肉色阳光下,　　　　In the torrent salmon sun,
……　　　　　　　　　　　　……
白羊遍野的空旷牧草地　　　　Sheep white hollow farms

抵达我怀抱里的威尔士。　　　To Wales in my arms.
……　　　　　　　　　　　　……
我的方舟唱响在阳光下,　　　My ark sings in the sun
上帝加速了夏日的消亡　　　　At God speeded summer's end
此刻洪水盛开如花。　　　　　And the flood flowers now.

开首的诗行与收尾的诗行构成一种上下平行的对应关系,形成一个又一个回旋的高潮,汇成了一曲对自然、生命、爱的颂歌,余音袅袅。诗人将自己看作《圣经·旧约·创世记》中的挪亚,把自己的诗歌创作比作大洪水中拯救人类的挪亚方舟,借此称颂自然,拯救人类,"我建起一叶怒吼的方舟,/倾注我最美好的爱……抵达我怀抱里的威尔士",要用"成群的方舟"拯救威尔士乃至世间所有的生灵。另一方面,他孜孜不倦地打造自己的诗歌方舟,以其不拘常规的现代诗歌语言,试图拯救英国的诗歌传统。

诗人狄兰·托马斯为这首序诗设立了一种繁复的"英雄双韵体"变体韵式。据诗人1952年11月10日写给博兹曼(E.E. Bozman)的信件,这首序诗的诗体形式源自中古威尔士诗歌及法国普罗旺斯诗体的实验性探索,"我似乎好傻,竟然为自己设立了一个很富挑战的技术活:序诗分上下两阕,各为51行诗句,韵式正好相反,上阕首句与下阕末句押韵,第二句与倒数第二句押韵,以此类推",[1]直到全诗102行中间两行第51句与第52句押韵,成为最后的对句。大洪水、方舟、平行体句式……自然地让人联想到《圣经·旧约·创世记》(6:10-9:19)里的大洪水图式[2],颇具《圣经》希伯来语诗律的平行体特色:上一句与下一句对应,却不讲究押韵和音步,前后形式和意义关联呼应,像我们的对联,上联跟下联讲的是一件事情,往往上一句为启,下一句为应,表达一个整体的思想,但后一句似乎更为重要;只有完全了解与掌握平行体的性质,才能更好地了解整节诗的内容,更明白地理解整首诗的意义。

---

[1] Dylan Thomas. *The Collected Letters*. ed. Paul Ferns. London:Dent, 2000, p.251.
[2] 黄朱伦:《雅歌注释·绪论》,上海三联书店,2013年,第69页。

《创世记》：洪水(6:10-9:19)

A 挪亚(6:9)

B   闪、含、雅弗(6:10b)

C   方舟(6:14-16)

D   宣布洪水泛滥(6:17)

E   与挪亚立约(6:18-20)

F   方舟内各种食物(6:21)

G   吩咐进方舟(7:1-3)

H   等候(7天)洪水降临(7:4-5)

I   等候(7天)洪水降临(7:7-10)

J   挪亚进入方舟(7:11-15)

K   上帝把他关在方舟里(7:16)

L   (40天)洪水泛滥(7:17a)

M   水往上涨(7:17b-18)

N   高山淹没了(7:19-20)

O   (150天)洪水浩大(7:21-24)

P   上帝顾及挪亚(8:1)

O'   (150天)洪水渐消(8:3)

N'   高山现出来(8:4-5)

M'   水又消散(8:5)

L'   (40天)过了(8:6a)

K'   挪亚开了方舟的窗户(8:6b)

J'   乌鸦与鸽子离开方舟(8:7-9)

I′　　　　　　等候(7 天)再放鸽子(8：10－11)

H′　　　　　　等候(7 天)再放鸽子(8：12－13)

G′　　　　　　吩咐出方舟(8：15－17)

F′　　　　　　方舟外各种食物(9：1－4)

E′　　　　　　与所有活物立约(9：8－10)

D′　　　　　　宣布不再有洪水(9：11－17)

C′　　方舟(9：18a)

B′　　闪、含、雅弗(9：18b)

A′　挪亚(9：19)

（黄朱伦《雅歌注释·绪论》）

1753 年,英国学者娄斯(Robert Lowoth)研读《圣经》时最先提出发现了这种平行句式。他在讲解《希伯来语圣诗》(*De Sacra Poesi Hebraeorum*)时就"平行句"(*parallelismus membrorum*)作出如下定义:"凡一节或一行与另一节或另一行彼此对称的,可称为平行句。至于先提出一个命题,而又从中导出第二个命题,或使第二个命题归属于第一个命题,或在意义上彼此相合,或在文法结构上彼此相似的,都可称为平行词。所谓平行词,就是指在对称句内,单词或片语是对应的。"[1] 他继而把《圣经》诗歌中的平行与对应分为同义平行句、反义平行句和综合平行句,即同义平行与反义平行。在过去的两百年

---

[1] Robert Lowth. *Lectures on the Sacred Poetry of the Hebrews* (from the original Latin by G. Gregory. Boston：Crocker & Brewsters. New York：J. Leavitt, 1829).

里,这些通用的术语为新旧约学者广为接纳与采用。

20世纪80年代,哈佛大学库格尔(James Kugel)教授、加州大学伯克利分校的奥特(Robert Alter)教授和耶鲁大学哲学博士川普·朗文(Tremper Longman Ⅲ)对于这种综合平行句作出了进一步的阐述。库格尔在其划时代著作《圣经诗理》(*The Idea of Biblical Poetry: Parallelism and its History*, 1981)[1]中开创了圣经诗歌文体研究的新纪元,认为诗歌文体中的平行句,通常上句为启发句,下句并非重复上句的意义,而是把上句的思想作充分的表达,进一步扩大和发展上句的意义,而且说明这不只是局限于单一的诗行里,而是借着好几行、整个段落加以表达。而奥特在《圣经诗歌的艺术》(*The Art of Biblical Poetry*, 1985)中关于平行短句的"语义增强说"[2]深化了对平行句的理解,所谓下句对上句的"同义反复",大多属于递进、转折、聚焦而增强的关系,使之更富诗意的张力。库格尔和奥特的 A<B 比娄斯的 A=B 更为准确地指出了诗体平行句的特色。川普·朗文教授在《如何研读圣经诗篇》(*How to Read the Psalms*, 1988)一书中进一步分析了同义平行体、对立平行体、象征平行体、重复平行体、旋轴模式和交叉体六种常见平行体的特色。[3] 当代符号学的语义结构分析似乎更能准确、具体地指出平行句之间的语义关系,一般认为每个平行的句子不是以"语法结构"为其基本单位,而是以"语义结构"为其基本

---

[1] James Kugel. *The Idea of Biblical Poetry: Parallelism and Its History*. New Heavens: Yale University Press, 1981.
[2] Robert Alter. *The Art of Biblical Poetry*. NewYork: Basic Books, 1985.
[3] Tremper Longman III. *How to Read the Psalms*. IL: InterVarsity Press, 1988.

单位；一个平行的句子在语义上是平行和完整的，但在语法上这个平行的句子可能是一个片语、一个子句或一个主句，甚至是复合句。一个平行句的界限不是以语法来定，而是以语义上的次序和平行来定，故而，语义结构才是平行句的基本单位。

《圣经》希伯来语诗律在语义、句式和重音节奏三大层面建立起平行对应的关系，并辅之以一系列修辞手段，演化出丰富多彩的变体。平行句大多以意群为单位，一个词是一个音节、数个音节或重音的组合，一个词是一个意群的单位，一个片语也可为一个意群单位。《圣经》诗歌最常见到的一种表达方式为3+3意群单位，另外一种诗歌变体，即称为哀歌或挽歌，大多比较悲伤，则采用3+2意群；三长两短意群是典型的哀歌体裁。《圣经》希伯来语诗律的三大特点——平行对偶、三加三句式或三加二变体、遣词用句喜用象征性语言，显然在诗人狄兰这首晚期序诗中均有所体现，但是更准确地说，狄兰·托马斯是受英王"钦定版圣经"的影响，而非希伯来诗歌的启示，早期希伯来诗歌并不强调押韵，也许狄兰的诗歌韵律更多留有中古威尔士歌手的文化印记(参见《我梦见自身的诞生》一诗的解读)。

狄兰·托马斯出生于英国威尔士基督教新教家庭，小时候母亲常带着他去教堂做礼拜，虽然他并未成长为一位基督教徒，却从小就熟读《圣经》，深受英王詹姆斯"钦定版圣经"风格的影响。"钦定版圣经"也成为他从意象出发构思谋篇、构建音韵节律永不枯竭的源泉。他酷爱在教堂聆听牧师布道的声韵，喜欢把古老《圣经》里的意象写进他的诗篇，尤其喜欢琢磨词语的声音，沉浸于词语的联想。1951年，他曾写道："有关挪亚、约拿、罗得、摩西、雅各、大卫、所罗门等一千多个伟人故事,我从小就已知晓;从威尔士布道讲坛滚落的伟大音韵节律早已打动了我的心,我从《约伯记》读到《传道书》,而《新约》故事早已成为我生命的一部分。"[1]因此,他的诗篇会不时地出现"亚当"、"夏娃"、"摩西"、"亚伦"等《圣经》人物,经文典故信手拈来,其遣词用句、音韵节律早已渗入他的血液。

---

[1] Dylan Thomas. Poetic Manifesto. *Texas Quarterly* 4(Winter 1961), pp.45 - 53.

四十首狄兰·托马斯诗歌注读

森林美景[1]

寂静又陌生,此刻林中的夜晚,
路边的大树,雕刻绿色的穹顶,
岛屿幽暗无比,静卧在眼前,
夏日一天天地沉重,斜倚着秋。

大地熟透了。不见一丝波澜
沿着长长的蓝色海湾,海岬阴沉沉
沉睡在消退中的落日余晖里;
一切长眠于此,意志得意洋洋。

茫茫然,融入一片无垠中
消散,青色的幽暗更深,薄暮更重:
听!笑声与歌声——生活与爱情
仿佛影子一般,穿过美妙的林荫道。

---

[1] 1928年刊于威尔士斯旺西文法中学校刊,时年诗人14岁。

橡　树[1]

强烈的色泽逃离枝桠,
裹起凋零撒落的叶子,视而不见。

危险的倒影,浸泡在夜晚
升腾,令森林茫然,起伏不安。

掩饰些许朴素,些许不定,
树皮深处声声呼唤,乐音无声。

---

[1] 1929年刊于威尔士斯旺西文法中学校刊,时年诗人15岁。

一个宁静的夜晚[1]

一个宁静的夜晚,我打自听到他们

聊起生命里所有的奥秘

没有一丝声响,除了风

聊起死亡里所有的奥义,

我躺下一小时都无法入睡,

他们不寻常的闲聊困扰着我,

谈话声轻轻地钻进我的耳朵。

有个声音在说:一个女人没朋友,

站在海边,哭泣

她的寂寞越过空空的波涛

一次又一次。

每一个声音都在说:

遗忘一如无情;

遗忘一如无情。

随后又说:大地上的

孩子不懂得快乐,

他的眼神不见一丝亮光,

---

[1] 写于 1931 年 8 月 12 日,诗人中学毕业,成为《南威尔士晚报》的记者。一篇仿若英王詹姆斯时代的独白,竟然谈论死亡,时年他 17 岁。

他的灵魂不见一丝亮光。
遗忘一如瞎子。
遗忘一如瞎子,
我听见他们在黑暗之外闲聊
不聊别的,只聊死亡。

永不触及那忘却的黑暗[1]

永不触及那忘却的黑暗
也不去了解
任何他人或自己的烦恼——
否定铭记否定[2]，
光的空白处,发现黑暗被点燃——
梦魇已不再,
不再从睡梦的伤口流淌,
知识沾染破损的大脑,
一文不值,毫无点滴作用,
纵然徒劳争辩死后之事;
即便头撞南墙也无济于事
即便血液与躯壳找到甜美的空白,
这点脓扎根太深。
酒徒,你的红酒有毒,
散开来,沉积到渣滓
留下一抹腐败的色泽,

---

[1] 写于1931年10月26日的早期作品。此时诗人就职于《南威尔士晚报》,接触到生活的黑暗面,写出又一首英王詹姆斯时代的独白风格诗,处理更黑暗的性题材。
[2] 原文"negatives impress negation"(否定铭记否定),用双否定渲染肯定,预示未来的他使用更复杂的否定句式。

一抹裙沿下的锯木屑；

摊开手必逢邪恶

活着或死去，

泡沫或片刻的移动

所有掌控的一切，从无到无，

甚至连文字也是无

即便太阳转向盐，

虚荣只是一声陈旧的呼喊，

不曾改变，不曾更为陈旧，

纵然爱与困惑耗尽了你我。

我相爱又困惑，徒劳，徒劳，

爱与困惑，仿佛一位垂死之人

谋划美好的一切，尽管只是冬季，

但当春天到来，

黄水仙和喇叭花随之盛开。

我看见夏日的男孩[1]

1

我看见夏日的男孩在毁灭[2],

金色的家园[3]荒芜[4],

沃土冻结,不见一丝丰盈;

他们携着妙龄少女,

冰封的爱浇灭热情,

冬日波涛淹没满舱的苹果[5]。

光的男孩累积几多荒唐,

搅酸煮沸的蜂蜜;

手指在蜂巢[6]里拨弄霜柱[7];

---

[1] 写于1934年3-4月,同年6月发表于《新诗》,收录于首部诗集《诗十八首》(1934)。此诗的主题为生死两极间的成长与衰败的进程;诗题中的"boys"在南威尔士方言中指向各年龄段的"男子";末节生死主题分两个角色交替说话。
[2] 原文"in their ruin",为"毁坏,毁灭"与"堕落"的双关语。
[3] 原文"tithings"(什一税;什一奉献),转喻"家园"。
[4] 原文"lay ... barren"(荒芜),其中"lay"为"处于……状态"与"产卵"的双关语。
[5] "苹果"(apple),喻"苹果"样的乳房,性欲的象征。
[6] "蜂巢"(hives)指的是子宫。
[7] "手指……拨弄霜柱"(the jacks of frost they finger),指手淫。

他们在阳光下喂养神经,

一缕冰冷的幽暗和疑虑;

一轮信号月[1]凸显虚幻的零。

我看见夏日的孩子在母胎

拨开强壮子宫里的气象,

可爱的拇指划分夜和昼;

在日月切分的浓荫深处,

他们涂抹自己的堤岸,

像日光涂抹脱壳的头颅。

我看见男孩成无名的小卒,

随着种子渐渐转换,

激情的跳跃或让空气残缺;

酷暑涌动的光和爱

从心田进入喉口歌唱。

瞧,那冰雪中夏日的脉动。

2

但是季节须接受挑战或坠入

那钟声齐鸣之地,

---

[1] "信号月"(signal moon),指怀孕九个月。

我们叩响星星,死亡般准时;

冬日里男人昏昏欲睡

在夜晚扯动黑舌之钟[1],

她吹响,却吹不回午夜的月光。

我们是黑色的否定者,让我们

从夏日女人召唤死亡,

从痉挛的情人召唤强悍的生命,

从漂浮大海的漂亮尸体

召唤戴维神灯[2]亮眼的蠕虫,

从种植的子宫召唤稻草人[3]。

我们这群夏日男孩,在呼呼生风的旋转中,

海藻般的铁[4]绿色植物,

举起喧嚣的大海,击落海鸟,

采拾世间的波浪和泡沫,

让她的浪潮窒息沙漠,

---

[1] "黑舌之钟"(the black-tongued bells),隐喻死亡。
[2] "戴维神灯",指深海恶魔戴维·琼斯(Davy Jones)箱子上的神灯。据古老的水手传说,戴维·琼斯喜欢待在深海中,却常在暴风雨的夜晚出没在活人的船上。戴维·琼斯的箱子代表水手的安息地,即代表死亡。
[3] "稻草人"(the man of straw),典出艾略特(T.S. Eliot, 1888 – 1965)的《空心人》(1925):"我们是空心人/我们是稻草人"。
[4] "铁"(iron),在狄兰·托马斯的世界,金属、植物与肉体都是可相互转换的一体。

为扎花环,搜寻乡间的花园。

在春天我们前额缠上青枝[1],
嘿,还有血液和浆果,
快活的乡绅被钉上树干;
爱的润肌枯干而亡[2],
缺爱的采石场击碎了吻。
瞧,男孩终将经历两极[3]。

3

我看见你夏日男孩在毁灭。
蛆虫般的男子[4]荒芜。
男孩的精囊丰盈又陌生。
我长成你父亲般的男子。
我们是燧石和沥青的子孙。
瞧,他俩交错[5]时,爱情柱在亲吻。

---

[1] "青枝"(holly),替代荆棘缠成花冠,象征未来的重生。
[2] 原文"dries and dies"(枯干而亡),"dries"与"dies"之间相差一个"r"字母,如同《穿过绿色茎管催动花朵的力》里的"drives"(驱动)与"dries"(干涸)之间差一个"v"字母。
[3] "两极"(poles),指的是生死两极。
[4] "蛆虫般的男子"(man in his maggot),典出威廉·布莱克的《天堂之门》(*The Gates of Paradise*,1793),蛆虫长有婴儿的脸;另"蛆虫"(maggot)或"蠕虫"(worm)隐喻阴茎。
[5] 原文"cross"一词双关,蕴含"性交"与"十字架"之义。

当我敲敲门[1]

当我敲敲门[2],肉体任意出入,
以液态的手指轻叩子宫之前,
我像水一样飘忽无形[3],
汇成家乡附近的约旦河[4],
我是摩尼莎[5]女儿的弟兄,
我也是繁衍蠕虫的姊妹[6]。

我充耳不闻春天和夏天,
叫不出太阳和月亮的名字,

---

[1] 写于1933年9月6日,经修订,收入诗集《诗十八首》(1934)。这是一首表现生物形态进程中重要节点的"胚胎诗",融自身、凡夫俗子和耶稣基督的生死于一体,叙述从受精、怀孕、妊娠到分娩的进程。
[2] "敲门"(knocked),蕴含"性交;受孕"的性内涵,参见《时光,像一座奔跑的坟墓》注解。此处指"胎儿"的活动。
[3] 此句"我像水一样飘忽无形"(I who was shapeless as the water),描写精子的游动。
[4] "约旦河"(Jordan),源于叙利亚,向南流经以色列,在约旦境内注入死海,是世界上海拔最低的河。
[5] "摩尼莎"(Mnetha),出自英国诗人威廉·布莱克(William Blake, 1757–1827)诗篇《蒂丽儿》(Tiriel)的人物。据研究分析,"Mnetha"系拼缀希腊神话记忆女神摩涅莫绪涅(Mnemosyne)与智慧女神雅典娜(Athena)回文而成,她的女儿即是诗歌女神缪斯。
[6] 上下行典出《圣经·旧约·约伯记》17:14"我对墓穴说:你做我的父!称蠕虫为母亲、姊妹"(I have said to corruption, Thou art my father; to the worm, Thou art my mother, and my sister),蕴含生死循坏、更新替代的进程。

我感到肉体盔甲之下

砰然作响[1],尚未熔合,

天父[2]从穹顶挥下

雨点般的铁锤[3],铅星飞溅。

我知晓冬天的讯息,

冰雹纷飞,雪花如嬉,

寒风追逐我的姐妹;

风在我体内跳跃,恶露降生;

我的脉象随东方[4]气象流动;

未出生[5]我就知晓黑夜与白昼。

迄今尚未出生,我却饱经风霜;

噩梦折磨我,百合般的骨骼[6]

绞成一组活生生的密码,

而被肢解的肉体穿越肝区上

---

[1] "砰然作响"(thud),一种造人的节律。
[2] "天父"(my father),指的是上帝。
[3] "雨点般的铁锤"(the rainy hammer),液体和固体交融的对偶,灵与肉在子宫里的融合。
[4] "东方"(Eastern)指的是以色列圣地。
[5] 原文"Ungotten"等于"unbegotten"(未出生)。
[6] "百合般的骨骼"(lily bones),典出《圣经》故事,天使长加百利带着百合花向玛利亚报喜,此处将耶稣成长的骨骼与纯洁的百合花融为一体。

一排排绞刑的十字架[1],
穿越脑海里绞杀的荆棘。

在肌肤和脉管围拢井口前
我的喉咙早已知晓干渴,
井水和言词融为一体,
无穷无尽,直到血液发臭;
心感受到爱,胃饱尝饥饿;
我在自己的粪便嗅到蛆虫。

时光抛出我凡夫俗子的躯体
漂泊或沉没在大海,
熟悉咸潮奔涌的历险
却无法触及彼岸。
我啜饮时光的葡萄汁
愈加变得奢华富有。

我,出自灵和肉,非人
亦非灵,却是必死的灵。
我被死亡的羽毛[2]击倒在地。

---

[1] 此句耶稣被钉死于十字架的苦难与第一次世界大战战壕里的伤痛融为一体。
[2] "死亡的羽毛"(Death's feather),参见《假如我被爱的抚摸撩得心醉》一诗末节首句的注释。

我终将一死,最后
一口长长的气息捎给天父
捎去基督[1]临终前的口信。

你敬拜祭坛和十字架,
记住我[2],怜悯他,
误认我的骨和肉为盔甲,
两次穿越我母亲的子宫[3]。

---

[1] 原文"christ"小写,指作为普通人的"基督"。
[2] "我"(me),人间的耶稣基督。
[3] "两次穿越[欺骗]我母亲的子宫"(and doublecrossed my mother's womb),一次指的是圣灵进入玛利亚的子宫,第二次指的是耶稣的出生。

我的英雄裸露他的神经[1]

我的英雄裸露他的神经
主宰手腕直至臂膀,
剥开向我凡胎俯身的脑袋[2],
像个昏昏欲睡的幽灵,
那高傲的脊椎拒绝扭动。

这可怜的神经连线至颅骨
在失恋的纸笺上疼痛不已
我以狂放的草书拥抱爱
倾诉所有爱的饥渴
在纸页书写空虚的病痛。

我的英雄向我裸露一侧,看见
他的心[3],像赤裸的维纳斯,

---

[1] 写于1933年9月17日,收录于诗集《诗十八首》(1934),融写作与自淫于一体,难分诗写或性欲的焦虑,"penis"(阴茎)和"pen/is"(笔)构成一对双关语的意象,成为这一阶段的诗歌主题。1935年夏天,狄兰·托马斯取此诗的诗行扩成《忧伤的时光贼子》(*Grief Thief of Time*)的第二诗节。
[2] 原文"head"为双关语,既指"脑袋",也指"龟头"。
[3] "他的心"隐含天主教对"圣心"(Holy Heart)的崇拜。

踏着血肉之滨,舞动血红的发辫[1];

他向我剥开耻骨区的诺言,

允诺一次秘密的欢愉。

他握住这盒神经[2]的引线,

颂扬凡间的生死

错误,一对悲伤的无赖贼子[3],

和那饥渴的皇帝[4];

他拉动链子[5],水箱随之冲洗。

---

[1] "像赤裸的维纳斯,/踏着血肉之滨,舞动血红的发辫"(Tread, like a naked Venus, /The beach of flesh, and wind her bloodred plait),典出意大利画家波提切利的代表作《维纳斯的诞生》,狄兰最欣赏的画作,维纳斯的发型和发辫像心脏和血管。

[2] "这盒神经"(this box of nerves),指手、大脑或阴茎,即诗中的"英雄"。

[3] "一对悲伤的无赖贼子"(the two sad knaves of thieves),参见另一首《忧伤的时光贼子》的解读。

[4] "那饥渴的皇帝"(the hunger's emperor),指"阴茎",即诗中的"英雄"。

[5] 原文"pull the chain"(拉动链子),蕴含"冲洗厕所"之意,仿自俚语"pull the wire"(手淫);后半句中"cistern"([储]水箱),在他早年习作中也曾写过"cistern sex"(储性池)。

在你脸上的水[1]

在你脸上的水一度为我螺杆[2]

转动的地方,掠过你枯干的灵魂,

死者的眼睛上翻[3];

在鲛人一度撩起头发穿越

你冰层的地方,刮过干枯的风

穿越盐卤、草根和鱼卵[4]。

在你绿色的绳结一度下潜潮汐

缚住船索的地方,走来

那绿色的解缚者,

剪刀抹上油,松弛的刀片下悬,

从源头切断他们的通道,

摘下湿漉漉的果实。

---

[1] 写于1934年3月18日,同年3月25日发表于《周日推荐》,又一首蕴含"进程诗学"的诗篇,却与《心灵气象的进程》相反。诗题"Where once the waters of your face"出自《圣经·旧约·创世记》1:2 的"the face of the waters"(大水的表面),但做了翻转的字面游戏;"the waters of your face"也可理解为"你脸上的泪"。

[2] 原文"screw"可理解为"螺杆"、"螺旋桨"乃至"性交"等多层涵义。

[3] "眼睛上翻"(turn up its eye),仿自习语"turn up one's nose"(翻鼻子;看不起)。

[4] "盐卤、草根和鱼卵"(salt and root and roe),象征"繁殖力"。

来去无踪,潮升汐落
拍打水草丛生的爱情之床;
爱的水草枯萎而亡;
孩子的身影晃动在岩石的四周,
他们在各自的空隙,向着
海豚游弋的[1]大海呼喊。

尽管干枯如墓穴[2],你斑斓的眼睑
绝不会垂闭,圣贤施展魔力
滑过大地和天空;
你的床笫将铺满珊瑚,
你的潮汐将游动起蛇群,
直到所有大海的信念[3]消亡。

---

[1]"海豚游弋的"(dolphined),可联想到弥尔顿与叶芝诗篇里的"海豚"。
[2]最后一节的"墓穴"(tomb),在狄兰笔下可随时更新到"子宫"(womb)。
[3]"大海的信念"(sea-faiths),"大海"暗喻"子宫","大海的信念"指"生命"。

我们的阉人梦见[1]

1

我们的阉人梦见光和爱,光影中
不见一丝籽核,内心一副暴脾气,
猛捶男孩的肢体[2],
她们脚缠床单和披肩,
打扮黑发新娘,夜晚时分的寡妇
搂紧在怀里。

尸布的气息弥漫,当阳光西沉,
女孩们的鬼魅与蠕虫分离,
男人的身骨[3]在床笫衰败,
为午夜的滑轮逐出坟墓。

2

在我们这个时代,枪手和他的姘头,

---

[1] 写于1934年3月,同年4月发表于《新诗》,一首融性幻想与社会革命为一体的诗篇。

[2] "内心一副暴脾气,/猛捶男孩的肢体"(the tempers of the heart,/Whack their boys' limbs),"temper"(脾气)与"tempter"(诱惑者)、"whack"(猛捶)与"wank"(手淫)谐音,看来是一场淫梦。

[3] 原文"the bones of men"(男人的身骨)在俚语中为"勃起"。

两个单维度的鬼影,在胶片上做爱,
在我们肉眼看来好怪异,
诉说子夜情欲高涨时的呓语;
收起摄影机,他俩匆匆赶往
当天院落[1]里的巢穴。

他们在弧光灯和我们的颅骨间跳舞,
强行拍摄[2],消磨夜晚的时光;
我们目睹影子亲吻或杀戮[3]的表演,
爱充满谎言,散发赛璐珞[4]的气味。

3

哪个是真实的世界?我们俩入睡
哪位将从睡梦中醒来,药剂及痛痒
养育这红眼的大地?
快乐的绅士,威尔士的富人,
打发日光的身影及古板的风范,
或挂上夜挡前行。

---

[1]"院落"(yard),指的是墓穴。
[2]原文"shots",为"拍摄"与"射击"的双关语。
[3]原文"kiss or kill"(亲吻或杀戮),狄兰童年时的一种游戏。
[4]"赛璐珞"(celluloid),英语本义为明胶,用来制作人造塑料,也可用来制作电影胶片。

相片嫁给了眼睛,

植入新娘单面皮肤的真相;

梦境吸走入眠者身上的信仰,

裹着尸布的男人带着骨髓飞翔。

4

这就是真实的世界:我们躺着

一样的衣衫褴褛,我们破衣

遮体,忠诚相爱[1];

梦境将掩埋的尸体踢出眠床,

让垃圾像生者一样受人敬仰。

这个世界承受翻转[2]。

因为我们将像公鸡一样啼鸣[3],

吹回往昔的逝者;我们的枪弹

击中碟中的影像;

我们定是顺应生活的伙伴,

活着的人们将开出爱的花朵,

颂扬我们远去的心。

---

[1] 现版本"我们破衣/遮体,忠诚相爱"(as we move/loving from rag to bone),前一版本为"loving and being loth"(尚能勉强相爱)。
[2] 现版本"这个世界承受翻转"(suffer this world to spin),前一版本是"就是这个世界。信心满满"(This is the world. Have faith)。
[3] "像公鸡一样啼鸣"(a shouter like the cock),公鸡啼鸣迎接黎明的到来。

尤其当十月的风[1]

尤其当十月的风

伸出霜寒的手指惩处我的头发,

蟹行的阳光挟持我火辣辣地走,

向地面投下影子,蟹一般爬行,

我在海边,倾听鸟群的喧鸣,

倾听乌鸦咳叫在冬日的枝头[2],

我忙碌的心一阵阵颤栗,当她

倾泻音节般的血,倾吐她的话语。

也被关进言词之塔,我标识[3]

女人,像一棵棵树在地平线行走[4],

她们的身姿喋喋不休,公园里

一排排孩子,星星般示意。

---

[1] 写于1932-1933年间,1934年10月24日修订后以《十月之诗》(*Poem in October*)发表于《倾听者》。此诗为诗人"生日诗"系列中的第一首,思考词与物、词与诗之间的关系。

[2] "乌鸦"(raven),不吉祥之鸟;"枝头"(sticks),借代鸟巢。

[3] 原文"mark"(标识)为双关语,大写"Mark"即为《马可福音》,下一行即福音内容。

[4] "像一棵棵树……行走"(walking like the trees),典出《圣经·新约·马可福音》8:24"我看见人了,好像一棵棵树在走动"(I see men as trees, walking)。

有些诗我用发元音的山毛榉[1]塑造你,

用橡树的声音,用荆棘丛生的

州郡的根须识别你的音符,

有些诗我塑造你,用水的言辞。

在一盆羊齿草后面摇动的时钟

告我时辰的话语,神经的涵义

盘旋于茎秆的花盘[2],啼鸣的雄鸡

宣告早晨降临,预报风标的气象[3]。

有些诗我用草地的符号塑造你;

草符告诉我知晓的一切,

透过眼睛破晓[4]蠕虫的冬天。

有些诗我来向你述说乌鸦的罪过。

尤其当十月的风

(有些诗我塑造你,拼读秋的咒语[5],

蜘蛛的话语,以及威尔士喧闹的山岗)

---

[1] "山毛榉"(beech)、"橡树"(oak)、"荆棘"(thorn)均为典型的威尔士树木。
[2] "茎秆的花盘"(the shafted disc),指钟摆的表盘。
[3] "风标的气象"(windy weather in the cock),即化用自"weathercock"(死亡的风标);此外"cock"为"雄鸡"与"鸡巴"的双关语。
[4] 原文"eye"(眼睛)谐音"I"(我)为双关语;"break"为"破晓"与"破裂"的双关语。
[5] "秋的咒语"(autumnal spells),指的是凯尔特文化中德鲁伊特教咒语,需要在威尔士的山岗大声地朗读。

握紧芜青般的拳头惩处大地，
有些诗我塑造你，用无情的言辞。
耗尽心血，拼写一股股奔流的热血，
预警狂怒的风暴即刻来临。
我在海边倾听鸟群发出黑色的元音。

当初恋从狂热渐趋烦恼[1]

当初恋从狂热渐趋烦恼[2],当子宫
从柔软的瞬秒渐趋空洞的分钟,
当胎膜随着一把剪子打开,
系上绿围裙哺乳的时光降临,
持续断奶之余,不见嘴舌骚动,
整个世界风雨过后,一片虚无,
我的世界受洗于一条乳白的溪流。
大地和天空融为一处虚幻的山岗,
太阳和月亮洒下一样的白色光芒。

从赤足的第一行脚印,举起的手,
散乱的毛发,
到非凡神奇的首轮话语,
从内心最初的秘密,预警的幽灵,
到第一次面对肉体时的默然惊愕,
太阳鲜红,月亮灰白,
大地和天空仿佛是两座山的相遇。

---

[1] 写于1933年10月14-17日,1934年10月发表于《标准》。此诗追溯一个诗人成长的过程,从胚胎成形到出生,从断奶、牙牙学语到走路,到思想的表达。
[2] "烦恼"(plague),因怀孕而"烦恼"。

身体渐趋成熟,牙髓长出牙齿,

骨骼在生长,神圣的腺体里

精液谣言般流窜,血液祝福心脏,

四面来风,始终如一地刮个不停,

我的耳朵闪耀声音的光芒,

我的眼睛呼唤光芒的声音[1]。

成倍增加的沙砾一片金黄,

每一粒金沙繁衍成生命的伙伴,

颂唱的房子呈现绿意。

我母亲采摘的梅子慢慢成熟,

她从黑暗的一侧生下男孩,

在光的膝下日趋强壮,

结实蓬乱,懂得腿脚的啼哭,

懂得发出声响,如同饥渴的声音,

渴望风和太阳的喧鸣。

从肉体的第一次变格[2]

我学会了说话,学会将思想扭成

脑海里冷酷的习语,

---

[1] "我的耳朵闪耀声音的光芒,/我的眼睛呼唤光芒的声音"(Shone in my ears the light of sound, /Called in my eyes the sound of light),典型的一种通感表达。

[2] "从肉体的第一次变格"(And from the first declension of the flesh),借用语言学术语"变格"(declension)描写身体与语言的成长。

遮蔽并更新前人遗留下的

片言只语,没有月光的大地

无需言语的温暖。

舌根在消耗殆尽的癌变中消亡[1],

空留虚名,只为蛆虫留下印迹。

我学会意愿动词,有了自己的秘密;

夜晚的密码轻叩我的舌面;

聚为一体的思想发出不绝的声响。

一个子宫,一种思想,喷涌某一事件,

一只乳房触发吮吸的狂热问题;

从分离的天空,我学会双重的涵义,

双重的世界转为一次评分;

万千意念吮吸一朵花蕾[2]

仿佛分叉我的眼神;

青春无比浓郁;春天的泪水[3]

在夏天和上百个季节里消融;

太阳和吗哪[4],带来温暖和养分。

---

[1] 1933年9月,狄兰的父亲因患上喉癌入院。
[2] 原文"bud"(花蕾,花苞),象征诱惑,参见《假如我被爱的抚摸撩得心醉》中的"花蕾"和《忧伤袭来前》中的"花苞"。
[3] "春天的泪水"(the tears of spring),象征青春期的苦涩。
[4] "吗哪"(manna),典出《圣经》古以色列人过荒野时所得的天赐食粮。

我,以缤纷的意象[1]

1

我,以缤纷的意象,大踏步跨上两级[2],
在人类的矿藏下,锻造[3]古铜色演说者,
将我的灵魂铸入金属[4],
赶紧[5]踏上这片双重世界的天平[6],
我半身灵魂披盔挂甲,在死亡的走廊[7],
悄悄紧随铁人而行。

始于花茎的毁灭,春天一散而开,
明亮如旋转的纺车,季节的疼痛
波及花瓣的世界;

---

[1] 写于1934年10月-1935年3月间,1935年8-9月发表于《新诗》,收录于诗集《诗二十五首》(1936)。一首通过成长、磨难、死亡、重生追求自我的诗篇,沿袭《时光,像一座奔跑的坟墓》一诗框架性意象"死尸"驱动的叙事风格。
[2] "两级"(two levels),指灵与肉的二重世界。
[3] 原文"forge"为"锻造"与"伪造"的双关语。
[4] 原文"metal"(金属)谐音双关"mettle"(勇气,气概)。
[5] 原文"on the double"为"赶紧"与"双重世界"的双关语。
[6] 原文"scales"为"天平"与"鳞片"的双关语,其中"天平"出自古埃及人的信仰,参见《假如我被爱的抚摸撩得心醉》一诗中"死亡的羽毛"的注释。
[7] "在死亡的走廊"(in death's corridor),即生命。

她串起树液与针叶,血液与泡沫
撒向松树之根,仿佛山峦托起人类
离开裸露的地幔。

始于灵魂的毁灭,奇迹弹起又跃回,
意象叠着意象,我金属的幻影
强行穿越蓝铃花,
树叶[1]和青铜树根[2]的人类,生生灭灭,
我在玫瑰和雄性动能的融合下,
创造这双重的奇迹。

此乃一个男子的命运:自然的险境,
高空作业的尖塔,骨围栏不见人影,
不见更自然的死亡;
于是无影男子或公牛和描绘的恶魔,
在一阵沉默中施行可恶的死亡:
自然的对应。

我的意象追踪树和树液倾斜的隧道,
没有更危险的行走,青色台阶和尖塔

---

[1] 原文"leaves"为"树叶"和"纸页"的双关语。
[2] "青铜树根"(bronze root),狄兰笔下一种植物与金属的有机融合体,下一行则为雌雄同体。

登上人类的脚步。

我伴着荨麻树上笨拙的树虫,

玻璃房内葡萄苗圃伴着蜗牛和花朵,

倾听气候的降临。

末日时节缤纷的男子,患病的对手[1],

顺时针驶离象征的港口去远航,

发现最终的水域,

在肺病患者露台,再次道声再见,

出发的冒险,开始扬帆启航,

朝着海风吹刮的终点。

2

他们攀登乡间山顶,

十二级狂风刮过牧场白色的牧群,

刮向山谷围栏下骑马看护的草地;

他们看着松鼠躲闪,

疾走蜗牛绕着花朵爬得晕头转向,

天气和树林刮起旋风吵个不休。

---

[1] 原文"the invalid rivals","invalid"为形容词"患病的"或名词"病人"的双关语,修饰"rival"(对手)。

当他们入水,尘埃落定,

死尸铺开了路,落灰厚厚地堆积,

在辽阔的海域水道,海豹和鲭鱼

铺开长长的海上干线,

转动一张汽油[1]脸无视敌人

在海峡之壁掀动无主乘骑的尸体。

(死亡也是工具,

裂开狭长的眼睛,螺旋上升的总管,

你拔钻形的坟墓聚集于肚脐和乳头,

在面具和乙醚下

他们在鼻孔内颈制造血腥

手术的刀盘,防腐的葬礼;

派出你黑色巡逻队,

庞大的官员和衰败的军队,

教堂的哨兵守卫在蓟丛,

粪堆上的一只公鸡

向拉撒路[2]啼鸣,晨曦是虚空,

---

[1] 原文"petrol"(汽油)谐音"petrel"(海燕),构成双关。
[2] 拉撒路(Lazarus),《圣经·新约·约翰福音》中住在伯大尼的病人,病危时没等到耶稣的救治就死了;四天后耶稣来到此处令其复活。

尘土必是你魔幻土地上的救世主[1]。)

当他们溺水,丧钟回荡
潜水者悦耳的钟声随塔尖浪花四溅
鸣响了死海的鳞片[2];
水波轻轻地拍打,海神摇曳而来,
淡黄鲸藻缠绕,他们在刽子手的木筏
听到咸玻璃的浪花和葬礼的表达。

(侧转大海之轴,
转动不平的大地,闪电般的唱针
令这音色在月光摇曳的台面眼花缭乱,
任蜡制的唱片说不尽
羞愧、潮湿的耻辱和废墟的刮擦声。
此乃你岁月的留声机。环行的世界默立。)

3

他们忍受不灭的海水及啃咬的海龟,

---

[1] "晨曦是虚空,/尘土必是你魔幻土地上的救世主"(the morning is vanity,/Dust be your saviour under the conjured soil),典出《圣经·旧约·传道书》12:7-8"尘土必仍归于地,灵必仍归于赐灵的上帝。传道者说:'虚空的虚空,凡事都是虚空'"。

[2] 原文"Dead Sea scale"(死海的鳞片)谐音双关"Dead C scale"(为逝者所写的C音阶)。

抵达屹立大海的灯塔,纤维任意缩放,
肉感的颅骨飞翔,
针箍分级的细胞;
他们忍受我混乱世界,双重的天使
像阿伦[1]之树,从石制的储物柜萌发。

被你的灵魂刺穿,他尖尖的金属箍,
黄铜和无形意象,一根花俏手杖
雅各的天使[2]立在星云,
烟雾山岗和瘾君子[3]山谷,
五寻高哈姆雷特站上父亲的珊瑚,
猛推拇指汤姆[4]幻影上了铁道几英里。

绿鳍残株旁,他们忍受幻影的冲击,
千帆之海冲断人类泊定的缆绳,
蒸烤骨头之旅下行
驶入失事的船骸;
恋人们,不再相拥,放弃海蜡的挣扎,
爱,像一片雾或一把火,穿越海鳗床。

---

[1]"阿伦"(Aran),指的是爱尔兰西海岸之外的"阿伦岛"。
[2]"雅各的天使"(Jacob's angle),典出《圣经·旧约·创世记》28:12"雅各梦见一个梯子立在地上,梯顶直达云天;看哪,一队队天使上上下下"。
[3]原文"hophead"为"瘾君子"和"酒鬼"的双关语。
[4]原文"拇指汤姆"(tom's thumb),有名的侏儒,也指早期的蒸汽机。

大海及航海工具伸出一对螯,

疯狂地循环攻击,留痕于时间的锁口[1],

小镇大雨倾盆唯有

我这伟大的热血之铁,

火辣辣在风中燃烧,没人更神奇,

我从亚当的青色摇篮,抓出条鳄鱼。

人类是片片鱼鳞、搪瓷上的死鸟、

尾巴、尼罗河、口鼻、急冲冲马鞍匠,

时光在永恒的屋内[2]

摇动大海孵化的头骨,

说起飞翔圣盘上的油脂和油膏,

每个空心人[3]为他的白外套[4]而哭泣。

人类戴上死尸[5]假面,披挂上斗蓬,

御风的主子是腐烂发臭的英寻,

我的灵魂在金属的海王星,

---

[1] 原文"nicked in the locks of time"(留痕于时间的锁口)戏仿习语"locked in the nick of time"(锁定在时间的豁口)。
[2] "在永恒的屋内"(in the hourless houses),指的是埃及的金字塔及墓葬。
[3] 原文"hallowed"(神圣的),与"hollowed"(空心的)谐音双关,蕴含木乃伊的制作及神圣化的过程。
[4] "白外套"(white apparel),指的是裹尸布。
[5] 原文"Cadaver"(死尸),拉丁语源解剖词汇,参见同时期《时光,像一座奔跑的坟墓》一诗。

在人类矿藏里锻造。
那是大海缤纷漩流中的初始之神,
我的意象咆哮,从天国的圣山升起。

魔鬼化身[1]

魔鬼化身为一条会说话的蛇,
他的花园伸展亚西亚中部的平原,
在时光成形时,蛰醒循环的周期,
在原罪成形之际,分叉蓄胡的苹果[2],
上帝,动了手脚的[3]守护人,打那走过,
从天国的圣山轻描淡写地贬下他的宽恕[4]。

当我们陌生地面对牵引的大海,
一颗手工月在云中略显圣洁,
智者告诉我花园里的众神
一株东方之树[5]结出孪生的善恶;
当月亮驾驭狂风升腾

---

[1] 最初写于1933年5月16日,1935年8月缩写后发表于《周日推荐》。诗题"魔鬼化身"既指向毁灭的撒旦,也指向救赎的耶稣,表达基督教神格一位论派思想。

[2] "蓄胡的苹果"(the bearded apple),伊甸园的"蓄胡的苹果"更具性的诱惑,出自比利时超现实主义画家雷内·马格利特(Rene Magritte,1898-1967)的画。

[3] "动了手脚的"(fiddling),指上帝操纵魔鬼撒旦毁了伊甸园,"fiddling"与末句中的"fiddled"构成双关语,指一条蛇在时光里"浪迹,无所事事"。

[4] "轻描淡写地贬下他的宽恕"(played down pardon),指以耶稣基督的肉身表达宽恕。

[5] "一株东方之树"(an eastern tree),指能辨善恶的智慧树,"eastern"(东方的)谐音"Easter"(复活节),构成双关语。

野兽般黑暗,苍白甚过十字架。

我们在伊甸园识别隐秘的看守
在大地无比非凡的早晨,
圣水无法冻结一丝寒霜;
在硫磺号角劈开神话的地狱,
在太阳整座天国的子夜时分,
一条蛇浪迹在成形的时光里。

今天,这条虫[1]

今天,这条虫,与我呼吸的世界,
我的象征既然向外拓展了空间,
拓展都市所见的时光,可爱
愚笨的中途时光,我就推动这判决[2],
我的信仰和故事分裂了意义,
摔下断头台,腥红的头和尾
双双见证伊甸园里这场谋杀
和绿色的创世。

这条虫必然是寓言的瘟疫。

这个故事的怪胎长有蛇的胎膜,
瞎扭成一团,逃离燃烧的外壳,
在花园的墙头丈量自身的长度,
最终在惊醒的太初里破壳而出;
一条鳄鱼即刻孵化,

---

[1] 最初写于 1930 年 12 月 18 日,1935-1936 年重写,收录于诗集《诗二十五首》(1936)。诗题"To-day, this insect"中的"insect"古词义为"蛇",主题介于宗教信仰与虚构故事间的诗性思索。
[2] 原文"sentence"为"句子"和"判决"的双关语。

翔飞的心骨即刻脱离了爱,

子孙的碎片像安息日的毛驴飞翔,

无畏地吹响伊甸园的耶利哥[1]。

这条虫的寓言必然是诺言。

死亡:哈姆雷特[2]之死,噩梦似的疯子,

一辆被空气吹动的木马风车[3],

约翰[4]笔下的野兽,约伯[5]的耐心,幻象的谎言,

爱尔兰海的希腊语[6],一种永恒的声音:

"亚当,我的爱",我狂热的爱绵绵不息,

露馅的情人绝无必然的结局,

一树的故事虚构所有传奇的恋人,

寓言的幕后藏匿我十字形的传说。

---

[1] "耶利哥"(Jericho),典出《圣经·旧约·约书亚记》6:20 吹角攻取耶利哥的故事。
[2] "哈姆雷特"(Hamlet),莎士比亚《哈姆雷特》中的人物。
[3] "一辆被空气吹动的木马风车"(an air-drawn windmill),典出《唐吉珂德》(Don Quixote)和《麦克白》(Macbeth)。
[4] "约翰"(John),《圣经》中有四个约翰,此处指写《新约·启示录》12:3 的圣约翰。
[5] "约伯"(Job),《圣经·旧约·约伯记》中的人物。
[6] "爱尔兰海的希腊语"(Greek in the Irish sea),指爱尔兰作家詹姆斯·乔伊斯运用希腊神话描写《尤利西斯》,化用自"all Greek to me"(一窍不通)。

在此春天[1]

在此春天，星星飘浮在天际；
在此乔装的冬季[2]，
骤降[3]赤裸的天气；
这个夏天掩埋一只春鸟。

象征选自岁月的符号
缓缓地环绕四季的海岸，
秋天讲授三季的篝火
和四只鸟的音符。

我该从树木辨识夏季，蠕虫
毕竟能辨别冬的风暴
或太阳的葬礼；
布谷声声，我该感知春意，
而蛞蝓教会我毁灭的意义。

---

[1] 写于1933年7月9日，后于1936年1月略作修订，收录于诗集《诗二十五首》(1936)，又一首描写季节生长与毁灭的进程诗。
[2] "乔装的冬季"(ornamental winter)，冬天的飞雪、暴风雪往往具有装饰的效果。
[3] 原文"Down pelts"为"骤降"与"剥皮"的双关语。

蠕虫比时钟更能预报夏季,

蚱蜢是时光的活日历;

如果永恒的昆虫[1]说世界消逝,

那它又向我预示着什么?

---

[1]"永恒的昆虫"(a timeless insect),典出古埃及圣甲虫(the Egyptian scarab)能达永恒,正如前文"蠕虫"、"蚱蜢"既代表毁灭、消逝,也蕴含重生、不朽的生机。

此　刻[1]

此刻

说不[2]，

人，干枯的人，

干枯的情人

开采死礁的基石,吹动花开的锚[3]，

假如他在尘埃里[4]绕着中心[5]跳跃,

傻子也会放弃持续的愤怒。

此刻

说不,

先生说不,

向着是说死亡,

向着死亡说是,唯唯诺诺地回答,

假如他用药剂分解他的孩子,

手锯上的姐妹就会失去弟兄。

---

[1] 写于1935年初,1936年收录于诗集《诗二十五首》。一首模仿《圣经》"一言创世"的小诗。
[2] "说不"(say nay)为魔鬼撒旦之言。
[3] "花开的锚"(the flowered anchor),花开总联想到湿润、生命与希望。
[4] "在尘埃里"(in the dust),即为生死尘埃。
[5] "中心"(centre),指的是子宫。

此刻

说不,

先生说不

赞成死者复苏,

影子似是而非,乌鸦落了地,

他平卧,耳朵成一片废墟[1],

小公鸡的浪潮从火中升起。

此刻

说不,

星星随之陨落,

地球随之衰亡,

随之解决神秘的太阳,光的伴侣,

阳光在花瓣上跳跃,跨越了零[2],

那骑手跌倒在花丛。

此刻

说不,

无花果

代表火漆,

---

[1] "他平卧,耳朵成一片废墟"(He lying low with ruin in his ear),指的是莎士比亚笔下的哈姆雷特(Hamlet)。
[2] 在诗人狄兰笔下,"零"(nought)代表女性,"太阳"(sun)代表男性。

死亡长出毛茸茸后跟,叩击林中的幽灵,
我们将我变得神秘,如同空中的手臂,
成双成对的血脉、包皮和云彩[1]。

---

[1]"包皮和云彩"(the foreskin, and the cloud),代表父亲与母亲。

太阳侍从多快[1]

太阳侍从多快

(明日先生注意)

就能揭开时光谜底,橱柜[2]石

(雾长有骨头

他吹响喇叭进入肉里)

掀开搁板,我所有的软骨穿起长袍

赤裸的卵竖直而立[3],

明日先生靠着海绵[4],

(伤口记录时光)

巨人的护士在一磅分割海盆,

(雾在小溪[5]旁

吸收缝制的潮水[6])

告诉你和你,我的主人们,

---

[1] 写于1935年5月,同年10月23日发表于《节目》,收录于诗集《诗二十五首》(1936)。此诗较晦涩,试图逃脱意义的构建,似乎在描写圣子(sun/Son)的受孕与诞生。
[2] "橱柜"(cupboard),指代子宫。
[3] "卵竖直而立"(egg stand straight),指的是诞生。
[4] "海绵"吸收海水一样的时光。
[5] 原文"spring",兼有"小溪"和"春天"的双关语。
[6] "缝制的潮水"(the sewing tides),缝接大海与陆地。

明日的陌路人吹透了食物。

所有的神经服侍太阳,
光的仪式,
我从鼠骨处质询一只爪子,
长尾的石头
我用线圈和床单来诱捕,
让泥土发出尖叫,我的牙齿锋利,
毛茸茸的死尸缓缓而出。

主,我的水准多快
(明日先生
在种子底部戳下两只水印)
就会升起一盏灯,
或激励一片云,
尸布下勃起[1]行走的中枢,
就会隐身于残桩

腿脚修长如同一棵棵树,
这位密友先生[2],

---

[1] "尸布下勃起"(erect ... in the shroud),兼具创造与毁灭的性意象。
[2] "这位密友先生"(this inward sir),"阴茎"的委婉语。

先生和主人,他的眼前一片漆黑,
子宫长眼呐喊,
所有甜美地狱,聋如时光之耳,
猛吹一声喇叭响。

耳朵在塔楼里听见[1]

耳朵在塔楼里听见

手在门上抱怨,

眼睛在山墙上看见

挂锁上的手指。

我该打开门还是独自

还是独自逗留

逗留到死去的那一天

也不让白房子里的

陌生人的眼睛看见?

手,你握住[2]的是葡萄还是毒药[3]?

远在一片瘦弱的血肉之海

和骨岸环绕的

---

[1] 写于 1933 年 7 月 17 日,1934 年 5 月 5 日发表于《约翰的伦敦周刊》,收录于诗集《诗二十五首》(1936)。此诗一方面从玄学派诗人约翰·多恩的小诗《没有人是一座孤岛》(*No Man is an Island Entire of Itself*)获取灵感,另一方面又坚持诗人写作秉持一种孤独的心态,"塔楼"(turret)即是孤独的诗人的象征。

[2] 全诗三处"hold"为双关语,兼具"握住"与"装载"之意。

[3] "葡萄还是毒药"(poison or grapes),代表"生还是死"。此处"葡萄",典出《圣经·旧约·雅歌》2:5 中女子相思成病说:"求你们给我葡萄增补我力,给我苹果畅快我心。"

岛屿[1]之外,

陆地静卧在尘嚣之外,

山岗淡出意念。

没有鸟儿或飞鱼

惊扰这片海岛的宁静。

耳朵在岛上听见

风像一团火掠过,

眼睛在岛上看见

船只起锚驶离了港湾。

我该奔向船只

任风撩起我的发梢,

还是逗留到死去的那一天

谢绝任何水手的到来?

船,你装载的是葡萄还是毒药?

手在门上抱怨,

船只起锚驶离了港湾,

雨敲打沙砾和石板。

我该放进那位陌生人,

---

[1] "一片瘦弱的血肉之海/和骨岸环绕的/岛屿"(this island bound/By a thin sea of flesh/And a bone coast),化用自约翰·多恩的小诗《没有人是一座孤岛》。

我该迎接那位水手,
还是逗留到死去的那一天?

陌生人的手,船只的货舱,
你握住[1]的是葡萄还是毒药?

---

[1] 原文"hold"为双关语,兼具"握住"与"装载"之意。

那只签署文件的手[1]

那只签署文件的手[2]毁灭一座城市；
五根至高无上的[3]手指课征呼吸税，
死者的世界成倍扩大，国土分成两半；
这五个王置一个王于死地。

那只强权的手伸向倾斜的臂膀[4]，
手指的关节因钙化而痉挛；
一枝鹅毛笔结束一场谋杀
结束一次谈话。

那只签署条约的手孕育一场热病，
饥荒蔓延，蝗虫四起；
伟大是那只统治人类的手
签下一个潦草的名字。

―――――――

[1] 写于1933年8月17日，发表于《新诗》(1935)时省去最后一节，收录于诗集《诗二十五首》(1936)。一首诗人狄兰不常见的政治诗。
[2] "手"(hand)，一种权力的换喻。
[3] 原文"sovereign"为"至高无上的"和"[旧时价值1英镑的]金币"的双关语。
[4] 原文"sloping shoulder"(倾斜的臂膀)蕴含双关语"arms"，指向"手臂"与"武器"。

这五个王[1]清点死者,却不抚慰
结痂的伤口,也不轻抚额头;
一只手统治怜悯,一只手统治天国;
两手无泪可流。

---

[1]"五个王"(the five kings),即掌权的五根手指。

忧伤的时光贼子[1]

忧伤的时光贼子随风出海，

月光牵引的墓穴[2]，阅尽海上的岁月[3]，

痛苦的无赖偷去

大海分摊的信念[4]，将时光吹落膝下，

老人们忘却哭喊，

时光斜倚潮头，风暴一次次狂啸，

呼唤海难漂泊者

在沉没的航道骑上大海的光芒，

老人们忘却悲伤，

剧烈地咳嗽，一旁盘旋的信天翁[5]，

追溯青春的骨骼，

泪水苦涩，跌落在她安卧的床头，

---

[1] 写于1935年8月，更早的版本见诗人1933年8月的笔记本，1936年发表于《彗星》。诗题"忧伤的时光贼子"(Grief Thief of Time)及第二诗节出自他两年前《我的英雄裸露他的神经》(My Hero Bares His Nerves)中的诗句"一对悲伤的无赖贼子"；"贼子"即时光，偷走一个人的青春期岁月，只留下忧伤的老年。

[2] "月光牵引的墓穴"(the moon-drawn grave)，实指"子宫"(womb)，在狄兰笔下，常与"墓穴"(tomb)成一对互换词。

[3] "海上的岁月"(the seafaring years)，指一个人具有冒险精神的青春岁月，喻作海上的漂泊。

[4] "大海分摊的信念"(the sea-halved faith)，指的是"婚姻"。

[5] "信天翁"(albatross)，代表"晦气、恶运"。

她曾在一段故事里掀起波涛，
躺着与那贼子相爱直到永远。

杰克[1]，我的父亲，放任面对时光的骗子，
此刻他的袖口闪烁着死亡，
多籽的袋囊装着抢来的泡沫，
潜入种马的坟墓，
击中歹徒穿越阉人的缝隙，
释放双重囚禁的忧伤，
没有银亮的哨声追逐他，一周又一周，
逼上日子的峰顶，逼近死亡，
这些失窃的泡沫留有蛇的咬痕
和亡灵[2]的齿印，
没有第三只眼睛探究彩虹之性[3]
搭起人间两性的桥梁，
一切残存在墓穴的深渊
铸成我父辈贼子的模样。

---

[1] 原文"Jack"（杰克），纸牌中的 J 牌；也指狄兰的父亲杰克·托马斯（Jack Thomas）。
[2] "亡灵"（the undead），兼具生与死双重的特性。
[3] "彩虹之性"（a rainbow's sex），也许是一种雌雄同体之性。

薄暮下的祭坛[1]（选二）

1

薄暮下的祭坛[2]，中途歇脚的客栈[3]，

绅士[4]憋着怒火朝向墓穴躺下：

永灭[5]裂自亚当[6]指头的甲刺，

腹股间有条狗在精灵间游荡，

尖嘴嗅出新闻，吃住在祭坛，

一口咬下风茄[7]，发出明日的尖叫。

绅士随之闭上眼，满身的伤痛，

---

[1] 写于1934—1935年圣诞节之间。原诗为十节反向的(6-8)准彼特拉克式十四行诗，狄兰·托马斯最晦涩的一组诗，此处选译的前二节叙述耶稣基督的诞生与婴儿期的生死主题，发表于《今日文学与生活》，后收录于诗集《诗二十五首》(1936)。

[2] "薄暮下的祭坛"(Altarwise by owl-light)，耶稣基督面向十字架祭坛降生，继而形成一种基督教体系。

[3] "中途歇脚的客栈"(in the halfway-house)，天堂与地狱之间是尘世，"子宫"(womb)与"墓穴"(tomb)之间的生死"客栈"。

[4] "绅士"(gentleman)，指的是耶稣。

[5] "永灭"(Abaddon)，地狱里的魔王，代表死亡，典出《圣经·新约·启示录》9：11。

[6] "亚当"(Adam)，在伊甸园里违拗上帝，犯了原罪，典出《圣经·旧约·创世记》3：17。

[7] "风茄"(mandrake)，又译"曼德拉"，其根人形，狗凭着嗅觉发现，拔出时发出一声尖叫，据称能催情，典出《圣经·旧约·创世记》30：14-16。

哪儿冒出的老鸡巴，天堂蛋[1]，

随风刮到中途就解开勃起的骨，

孵化自单腿立在风口的救赎，

蹭着我的摇篮在不断地倾诉，

那个夜晚是庇护基督的时光，

我是漫长人世的绅士，他说，

摩羯座与巨蟹座[2]分享我的床。

2

死亡隐喻一切，打造一段历史；

早晚吃奶的孩子迅速成长，

鹈鹕[3]循环传递的星相圈

断了血脉，断了性的地带；

混沌国度迸出火花的孩子

迅即点燃摇篮伸出的哨棒；

地平线有永灭的骷髅交叉骨，

黑色楼梯口的洞穴旁站起你们，

摇响骨头和刀片，垂直的亚当，

---

[1] "老鸡巴"（old cock），俚语中"cock"指阴茎。"天堂蛋"（the heaven's egg），指的是圣灵，神话故事讲上帝都是卵生的。

[2] "摩羯座与巨蟹座"（Capricorn and Cancer），前者即山羊座，代表色欲与出生；后者即癌，代表疾病与死亡。

[3] "鹈鹕"（pelican），据说鹈鹕缺少食物时就喂自己的血给幼崽，此处象征耶稣的自我救赎。

雅各[1]在子夜引导下升入星辰；
你们的头发[2]，空心人[3]随口说，
不过是荨麻的根、羽毛的须，
穿过地基上方的一条人行道[4]，
头顶毒芹进入气候多变的树林。

---

[1] "雅各"（Jacob），梦见顶天的梯子，典出《圣经·旧约·创世记》28：12。
[2] "你们的头发"（hairs of your head），典出《圣经·新约·马太福音》10：30"便是你们的头发，也已一根根都数过了"。
[3] "空心人"（hollow agent），指的是圣灵。
[4] "人行道"（pavement），双关语，也为耶稣被宣告有罪的"石铺台"（Pavement），典出《圣经·新约·约翰福音》19：13。

当我乡下人的五官都能看见[1]

当我乡下人的五官[2]都能看见,

手指将忘却精于园艺的绿拇指[3]

透过半月形的植物眼[4],留意

一手[5]黄道十二星座和新星的外壳,

标记霜冻下的爱意如何遭修剪过冬,

低语的耳朵目送爱随着鼓声远去,

沿着微风和贝壳飘向不规整的海滩,

山猫般灵活的口舌[6]抽打音节呼喊,

她[7]所钟情的伤口苦苦地愈合。

我的鼻孔察觉爱的气息灌木丛般燃烧。

---

[1] 修订于1937-1938年,更早的初稿已遗失,1938年8月发表于《诗歌》(芝加哥),收录于诗文集《爱的地图》(1939)。一首非典型的十四行诗,重塑手(触觉)、眼(视觉)、舌(味觉)、耳(听觉)和心(感知力)的五官感知力。

[2] 原文"five and country senses"(乡下人的五官),仿自莎士比亚《汉姆雷特》(3.3.123)的双关语"country matters"(乡野趣事;国家大事)。

[3] 原文"green thumbs"(嫩绿的拇指),仿自习语"have green fingers"(好园丁)。

[4] "半月形的植物眼"(the halfmoon's vegetable eye),"半月形"写孕妇肚子之形,肚脐为"眼","eye"(眼)又谐音"I"(我),表达文艺复兴时期植物、动物和精神构成灵魂的观念。

[5] 原文"handfull"为形容词,作"全手的,一手的"解,毕竟算命之"手"借着"黄道十二星座",预测人的"命运"。

[6] 原文"tongue",为"口舌"与"语言"的双关语。

[7] "她"(her),指的是爱。

我一颗高贵的心在所有爱的国度上
留有见证,必将摸索着醒来;
当失明的睡眠[1]降临到窥阴的感官,
心依然销魂荡魄,尽管五眼已毁。

---

[1] "失明的睡眠"(blind sleep),指的是死亡。

我们躺在海滩上[1]

我们躺在海滩[2]上,眺望黄色
而凝重的大海,嘲弄嘲笑者,
嘲弄那些随红河而下的人,
蝉影下掏空所有的话语,
这片黄色而凝重的大海和沙滩
随风传出渴望色彩的呼唤,
墓穴般凝重,大海般欢畅[3],
顺手枕着入了梦乡。
月色宁静,潮水无声,
轻拍寂静的运河,干涸的潮闸
肋守在沙漠和洪水间,
一色的沉静理当
治愈我们的水患;
沙滩上弥漫天堂般的乐音

---

[1] 写于1933年5月16日,1937年1月修订后发表于《诗歌》(芝加哥)。此诗描绘威尔士南部高尔(Gower)半岛风景,以红黄两色引发语言通感为特征。
[2] "海滩"(seabeach),指高尔半岛的"罗西里海滩"(Rhossili beach)。
[3] "墓穴般凝重,大海般欢畅"(grave and gay as grave and sea),头韵鲜明,前一个"grave"(凝重)为形容词,后一个"grave"(墓穴)为名词。

随急切的沙粒[1]响起,隐匿
凝重而欢快的滨海上
金色的山峦和宅邸。
心系至高无上的地带,
我们躺下凝望黄沙,渴望风
刮走层层海滨,淹没赤色的礁岩;
然而情非所愿,我们
也无法阻挡礁石的到来,
躺下凝望黄沙,直到金色的气象突变
哦,我的心在流血,仿佛心,仿佛山峦。

---

[1]"沙粒"(the grains),象征时间的流逝,典出布莱克(William Black)的诗篇《天真的预示》(*Auguries of Innocence*)中的"一沙一世界"(To see the world in a grain of sand)。

是罪人的尘埃之舌鸣响丧钟[1]

是罪人的尘埃之舌鸣响丧钟拍打着[2]我走向教堂，
此刻带着火把和沙漏[3]，像一身硫磺味的牧师[4]，
野兽般的脚跟在凉鞋里爆裂，
时光流痕，烙下的余烬点燃黑色的走廊，
忧伤伸出凌乱的双手撕碎祭坛上的幽灵，
而一阵风卷起火焰扑灭烛火。

在合唱圣诗的时刻，我听到整点时刻的诵唱：
时光珊瑚[5]般的圣徒和咸涩的忧伤淹没污秽的墓穴，
一股旋涡驱动祈祷轮前行；
月落远航的帝王[6]，苍白如潮水的流痕，
不经意间死亡，听到从塔尖俯冲而下的报时钟声
透过大钟敲响大海的时光。

---

[1] 写于1936年11月，1937年1月发表于《二十世纪诗歌》，后收入诗文集《爱的地图》(1939)。一场黑色的弥撒，交织着宗教的仪式，水/火与性的创造与毁灭的主题。
[2] 原文"clap"为"拍打"与"淋病"的双关语。
[3] "火把和沙漏"(torch and hourglass)，均为时光的标记。
[4] "硫磺味的牧师"(a sulphur priest)，指撒旦的时光。
[5] 原文"coral"(珊瑚)与"choral"(合唱)谐音构成双关语。
[6] "远航的帝王"(sailing emperor)，典出叶芝(W.B. Yeats, 1865 - 1939)的名诗《驶向拜占庭》(*Sailing to Byzantium*)。

无言的火焰下方，一阵喧嚣一片黑暗，

烟火般的气象夹杂风暴、飞雪和喷泉般的暴雨，

拔地而起的房屋教堂般宁静；

忧伤翻阅湿漉漉的圣书，烛光洗礼天使的时间，

伴随依然翠绿的钟声[1]；在风向标缓缓转动中

鸟儿在珊瑚上发出声声祈祷。

在黑皮肤的夏天，永恒的圣婴洁白无瑕，

从石头的警钟声中，从动植物的圣水池中

攀缘蓝色的灵魂之墙；

从渗漏空茫的冬天驶出身着彩衣的圣婴，

在巫师唤醒的蠕虫旁，身着掩埋的蟹样披肩，

摇动沉默的塔楼叮咚作响。

我是说在逐出的时刻，在激情汹涌的圣屋，

一张兽性的大床上，婚姻的小淘气在晚钟

破晓夜色时从妊娠的身躯降生；

此刻所有爱的罪人身着盛装去跪拜原初的圣像，

豆蔻、麝香和海欧芹供奉染上疫病的[2]新郎新娘，

顽童的悲伤就此降生。

---

[1] "圣书，烛光……钟声"(book and candle...bell)，原典出自罗马天主教的逐出教会仪式：诵读经文、鸣钟、合上圣经、熄灭烛光。"依然翠绿的钟声"(the emerald, still bell)，代表基督教"神学三德"之一的盼望。

[2] "疫病的"(plagued)，最初发表的版本是"clapped"(淋病的)。

葬礼之后[1]

(纪念安·琼斯)

葬礼之后,骡子般赞美,一声声驴叫,

风扇动帆形的双耳,裹起的蹄子踢跶

踢跶欢快地轻叩一只木钉[2]进入

厚实的墓基[3],眼帘垂下来,牙齿泛黑,

眼冒唾沫星[4],袖口拢起盐池塘,

早晨颇有几分铁锹惊醒睡梦之意,

惊动一个孤寂的男孩,在黑漆漆的棺材里

他割喉自尽,泪落如枯叶,

在房内与暴食的狐狸嗅着变味的羊齿草,

饱餐一顿泪盈盈的时光和紫蓟盛宴后,

破开一根白骨点亮尸布最后的审判[5],

---

[1] 最初写于 1933 年 2 月 10 日,悼念姨妈安·琼斯(Ann Jones)当日在羊齿山农庄去世,1938 年 3 – 4 月作了大幅度修改,同年夏天发表于《今日文学与生活》,后收于诗文集《爱的地图》(1939)。一首典型的威尔士吟游诗人悼念亲人去世的诗篇。

[2] "一只木钉"(one peg),指代棺材。

[3] "grave's foot"(墓基),化自习语"one foot in the grave"(风烛残年;一脚踏进坟墓)。

[4] "眼冒唾沫星"(spittled eyes),人造的词语似乎描写虚假的哀伤。

[5] "审判"(judgement),指向《圣经·新约·启示录》里最后的审判。

我独自站立,为了心中这份悼念,

抽泣着守护死去的驼了背安姨,

她兜着头巾的心泉一度跌入威尔士旷野

四周炎热的[1]水坑,溺死水中每一颗太阳

(尽管就她而言只是一个怪异的形象,赞美

过于盲目;她的死亡只是一滴寂静的水滴;

她并不希望我沉溺于她的善心

及其传闻所引发的圣潮;愿她默默地安息,

不必为她衰败的身子请德鲁伊特[2]到场)。

而我,安姨的吟游诗人[3],立于壁炉之上,

呼唤所有的大海来颂扬,她缄默的美德

像一枚浮标铃在赞美诗上空喋喋不休,

压弯满墙的羊齿草和狐媚的树林

她爱的歌声在飘荡,穿越褐色的教堂,

四只穿梭的飞鸟祝福一颗俯伏的灵魂。

她有牛奶般温润的肌肤,但她

面向天空的雕像,在湿淋淋的窗口,

扬起狂野的乳房和神圣高大的头颅,

---

[1] 原文"parched"(炎热的),与威尔士语"parchedig"(尊敬的……牧师)谐音双关。
[2] "德鲁伊特"(druid),古代凯尔特宗教的祭司。
[3] "吟游诗人"(bard),凯尔特人中擅长创作和吟咏英雄业绩的诗人和歌手,虽然在中世纪末就已衰落,但威尔士依然保留这个传统,每年还举办大型的诗歌和音乐大赛。

一间深切哀悼的灵堂,一段佝偻的岁月。
我知道她有一双洁净的手,酸痛而谦卑,
敢于握紧她的信仰,她潮湿的话语
倾诉如旧,耗尽她的心智,
她死去的面庞犹如握紧一轮痛的拳头;
安姨的石像可是一位年过七旬的老妇人。
这双浸透云雾的大理石手,这座纪念碑
表达出劈凿的声音、手势和赞美
在她的墓头永远激励着我
直到暴食的狐狸撑得肺腑痉挛,哭喊着爱,
昂首阔步的羊齿草在黑色的窗台播下种子。

那话语的音色[1]

那话语的音色

曾浸透我的书桌[2]，更丑陋的山坡一侧[3]

一所校舍静静地坐落在不起眼的[4]山野，

而一身黑白校服的少女们在嬉闹中成长；

我就必须打开海浪般轻轻滑动的话语[5]，

所有迷人的溺水者[6]在公鸡报晓时起身残杀。

我吹着口哨随逃学的男孩穿过一座水库公园[7]

---

[1] 写于1938年12月，1939年3月发表于《威尔士》。此诗呈现诗人狄兰1938年的诗风变化，诗人告别他的"进程诗学"，告别他上学时明亮多彩的生涯，转向主题更散漫忧郁的诗歌，但他早期"密集意象"的风格一直持续到1941年，多彩的"话语"风格显然一直持续到20世纪40－50年代。

[2] "话语的音色"仿佛是打翻了的墨水瓶，"浸透我的书桌"（soaked my table）。

[3] "更丑陋的山坡一侧"（the uglier side of a hill），诗人出生在威尔士库姆唐金大道5号（5 Cwmdonkin Drive），位于斯旺西市郊的一侧山坡上，山的另一侧为乡间的草地。

[4] "在不起眼的山野"（with a capsized field），"capsized"为双关语，既为"capsized"（帽子大小的，小小的），又为"倾覆的"山坡。

[5] "海浪般轻轻滑动的话语"（the gentle sea slides of saying）中的"sea slides"语义双关，既指"海浪般滑动的"，又指"海滨投影的幻灯片"，也指海边或公园里的滑梯，均指向早期的诗歌。

[6] "溺水者"（drowned），参见首篇《心灵气象的进程》的解读，典出《圣经·新约·启示录》20:13中使徒约翰话语及其包含的象征意义——接受最终的审判而走向新生，意谓"杀死"早期的诗体，激发一种新的诗篇。

[7] "水库公园"，水库与公园都在狄兰旧家的对面。

一起在夜间朝布谷鸟般的傻情人投掷石子
他们冻得搂紧松土和落叶的眠床,
树荫的色度[1]就是他们浓淡深浅的言辞,
而闪闪的灯火为黑暗中的穷人[2]闪亮;
此刻我的话语必将开启我的毁灭[3],
我像解开鱼线[4],解开每一枚石子。

---

[1] 此行两处"shade(s)"为双关语,既指"(树)荫",又指"色度"。
[2] "穷人"(the poor),既指冷的发抖的"情人",也指窘迫的诗人。
[3] "我的话语必将开启我的毁灭"(my saying shall be my undoing),"我"必将用尽以往的诗歌语言,毁灭自己的一切。
[4] 原文"reel"为双关语,既是渔夫在水库里钓鱼用的卷线,又与"real"(真实)谐音。

十月献诗[1]

   这是我迈向天国[2]的第三十个春秋
  醒来我听到传自港湾、毗邻树林里的声音
   传自贝壳聚首、苍鹭布道的
    堤岸上
    黎明的召唤
  海水在祈祷、海鸥和白嘴鸦在鸣叫
  千舸帆影声声敲打渔网密布的岸墙
    催促我起程
     那一刻
   小镇[3]依然沉睡,我却已起身。

   我的生日始于这片水鸟
  那林中翻飞的鸟群翻飞我的名字
   越过农庄和白色的马群
    我起身
    在这多雨的秋天

---

[1] 据称最早写于 1941 年——"第二十七个春秋",定稿于 1944 年夏,1945 年 2 月发表于《地平线》、《诗歌》,收录于诗集《死亡与人场》(1946)。这是一首写于拉恩(Laugharne)的由 7 节 10 行诗组成的生日诗。
[2] "天国"(heaven),在狄兰笔下有生与死双重的涵义。
[3] "小镇"(town),指拉恩,至今还保留着中世纪围墙的古迹。

走出户外,过往的岁月纷至沓来。

潮水高涨,苍鹭入水,我取道

  越过了边界

    而城门

依然紧闭,尽管小镇已醒来。

春天的云雀在云海翱翔,

道旁的灌木丛栖满呼啸的乌鸦

  十月仿佛夏日似的阳光

    照耀着

  这片崇山峻岭,

这儿气候宜人,甜美的歌声突然

在清晨飘入,我漫游其间,倾听

  雨淋湿嗖嗖

    冷风[1]

从我脚下刮向远处的树林。

苍茫的雨落在小小的港湾

淋湿海边那座蜗牛般大小的教堂

  它的触角穿越云雾和城堡

---

[1] 原文"the rain wringing / Wind"(雨淋湿嗖嗖/冷风),仿自习语"rain-bringing wind"(携雨的风)。

　　　　猫头鹰般褐黄

　　而所有的花园

在春夏季节某个故事里一起绽放

远在边界之外,云海云雀之下。

　　　　我在此赞叹

　　　　　　生日的

　　神奇,气候[1]却已开始翻转。

　　　从那片欢乐的国度转向

随另一片气流向下,蓝色变幻的天空

　　　再次流淌那夏日的神奇

　　　　　挂满苹果

　　　香梨、红醋栗

在此转换中,我如此清晰地看清

一个孩子遗忘的早晨,他和母亲

　　　走入太阳光[2]的

　　　　寓言

　　　走入绿色教堂的故事

　　再次讲述孩提时的乡野

---

[1]"气候"(weather),更指二战时局的氛围。
[2]原文"sun light",将"sunlight"(阳光)拆开来用,"sun"(太阳)在狄兰·托马斯笔下蕴含谐音词"Son"(圣子),指耶稣。

他的泪水灼热我的脸庞,惺惺相惜。

这就是森林、河流和大海

  一个男孩

在死者倾听的

夏日里向树林、石块和弄潮的鱼

低声倾诉他内心欢乐的真情。

  那一份神秘依然[1]

   生动地

在水中,在鸣禽中歌唱。

我在此赞叹生日的神奇

而气候开始转向。男孩在此长眠

  他欢乐歌唱的真情在阳光下

   燃烧。

  这是我迈向天国的

第三十个春秋,一个夏日[2]的正午

山下小镇的叶子,沾染十月的血色。

  哦,愿我的真情

   依然歌唱

这翻转时节高高的山岗。

---

[1] 原文"still",语义双关"依然"和"静谧"。
[2] 原文"summer"(夏日),这首诗出现春夏秋三季节诗性共存。

疯人院里的爱[1]

　　来了一位陌生人
要与我共享一室，脑子有点不正常，
　　来的女孩疯如鸟[2]

要用臂膀和翅膀[3]，闩住门内的黑夜。
　　束缚[4]于迷惘的病床，
她以涌入的流云，迷惑防天国的房舍，

她还漫游在噩梦似的房舍，迷离恍惚，
　　死尸般逍遥法外[5]
或者骑马，奔腾在男病房的想象海洋。

　　她来时就已着魔
任凭迷惑的光线，穿透反弹的墙壁，

---

[1] 写于1941年2-4月，同年5-6月发表于《诗歌》（伦敦），收录于诗集《死亡与入场》（1946）。一首关于婚姻的诗篇，视疯狂的爱情为逃离社会或战争的治愈良药。
[2] "来的女孩疯如鸟"（a girl mad as birds），指的是狄兰的妻子凯特琳（Caitlin）。
[3] "臂膀和翅膀"（her arm her plume），喻其为长翅膀的天使。
[4] 原文"straight"，即为"straitjackete"（紧身衣），引申为"束缚"。
[5] 原文"at large"，意为"在逃；逍遥法外"。

着魔于整个天空

她睡在狭小的卧槽[1],还在漫游尘世
　　随意胡言乱语
我流淌的泪水,侵蚀疯人院的床板。

久久地或最终被她怀中的灵光所虏,
　　我也许一定得
忍受最初的幻影,点燃万千的星云。

---

[1]"卧槽"(trough),此处指病床或墓穴。

公园的驼背老人[1]

公园的驼背老人
一位独居的先生
栖身在树林湖水间
打自园门闸锁[2]开启
任凭树木湖水涌入
直到周日昏黄的晚钟响起

吃着夹带在报纸里的面包
喝着一迭杯子盛出的水
孩子们在杯子里塞满沙砾
我在喷水池驾起纸船起航
他在夜间就睡在这狗窝里
但没人能拴得住他的心。

---

[1] 写于1941年6-7月,更早的版本见于1932年5月9日,1941年10月发表于《今日文学与生活》,收录于诗集《死亡与入场》(1946)。一首现实与想象交替的诗作,也是一首思乡的佳作,诗中的公园为诗人少时常去玩耍的库姆唐金公园(Cwmdonkin Park)。

[2] 原文"lock"为"铁锁"和"水闸"的双关语。

像公园的鸟儿早早到来[1]
像湖水一样坐下来
先生,他们喊,嘿先生
逃学的男孩打从镇里跑来
他清晰地听到他们跑过去
渐渐地没了声息

他们笑着跑过湖边跑过
假山庭园,他抖动着报纸
驼着背走路遭人讥笑
穿越柳林下嘈杂的动物园
一路躲避看园人
手拿枝条捡拾地上的落叶。

睡狗窝的驼背老人独自
在保育林[2]和天鹅间走动
男孩们在柳树林下
逼迫老虎跳出他们的视线
朝着假山石林吼叫
那片柳林因水手衫而忧郁

---

[1] 原文"like the park birds he came early"(像公园的鸟儿早早到来),化自谚语"早起的鸟儿有虫吃"(the early bird catches the worm)。
[2] 原文"nurses",指的是"保育林"。

晚钟响起前,他们整天虚构
一位完美无缺的女性角色
像一株小榆树婷婷玉立
他佝偻身骨更显她高挑身姿
即便落闸拴链之后
她依然伫立在夜色里

一夜间公园就恢复旧模样
护栏和灌木丛后面
鸟群草丛湖泊树林
野孩子,草莓般天真
尾随那位驼背老人
抵达夜色下的狗窝。

入了她躺下的头颅[1]

1

入了她躺下的[2]头颅,

他的情敌来到床头[3]

在略显沉重的眼皮底下,

穿越毛发遮掩涟漪起伏的耳膜[4];

此刻挪亚再次点燃无情的鸽子[5]

飞越造人的营地。

昨晚一波汹涌的强暴

鲸鱼[6]挣脱绿墓[7]的约束,

在喷泉原点放弃他们的爱,

---

[1] 写于1940年3-6月,11月发表于《今日文学与生活》,收录于诗集《死亡与入场》(1946)。诗题《入了她躺下的头颅》出自英国小说家兼诗人乔治·梅瑞狄斯(George Meredith, 1828-1909)的十四行诗集《现代爱情》(*Modern Love*, 1862)。

[2] 原文"lying down"(躺下,躺着),蕴含"躺倒认输"之意,还有"tell lie"(说谎)之意。

[3] "来到床头"(entered bed),蕴含"进入情敌的梦"。

[4] "涟漪起伏的[耳]膜"(the rippled drum),蕴含"阴道处女膜"之意。

[5] "挪亚……鸽子"(Noah's ... dove),典出《圣经·旧约·创世记》6: 8-12。

[6] "鲸鱼"(whale),象征生殖器崇拜,典出美国作家梅尔维尔(Herman Melville)的名著《白鲸记》(*Moby Dick*)。

[7] "绿墓"(green grave),蕴含从"子宫"(womb)到墓穴(tomb)的进程。

顺着她的纯真滑过

燃情的唐璜[1]和残暴青年李尔王[2],

　　凯瑟琳女王[3]赤裸哀嚎,

　　参孙[4]溺毙于一头毛发,

　　一部默片异常亲昵

楼梯口曾看见陌生人及其影子;

那黑色的刀锋和悲鸣的荡妇就此对着

　　干草床叹息,在拂晓公鸡啼鸣前,

　　　他带着一副镰刀状臂膀

　　　一次次地呼啸而行;

　　男人是她梦游的英格兰,炽烈迷人岛屿

　　　销魂她魅力无限的肢体,

一位新生儿腰间裹着叶子入睡,轻轻地诵唱,

他私奔的情人天真地置身落满橡子[5]的沙丘。

---

[1] 唐璜(Don Juan),诗人拜伦的诗体小说《唐璜》中的人物,生性风流,不受道德规范的约束。
[2] 李尔王(King Lear),莎士比亚名剧《李尔王》中的青年李尔王,荒淫无度。
[3] 凯瑟琳女王(Queen Catherine),在俄国历史上与彼得大帝齐名,但后人最关注的却是她的情史。
[4] 参孙(Samson),《圣经》里的悲剧人物,挡不住女色的诱惑,泄露超人神力的秘密,终因头发被剪,力量全失,受尽羞辱。
[5] "橡子"(acorn)是猪的食物,猪是性欲的象征,典出希腊神话女妖瑟茜(Circe)把奥德赛的水手变成猪的故事。

2

就此数不胜数的舌吻

她们因室内[1]男子的呻吟喘不上气,

他松开忠诚,绕着她飞翔,

黑暗在墙上挂起一篮又一篮毒蛇[2],

那是体魄魁梧,鼻息浓烈

接近完美的男子,

隐约地感觉他像极

她青春期的贼子[3],

早年的想象依稀可见

大洋般孤独的情人

嫉妒更不能因她而忘却,

他铺开罪恶之床,

尽享她的美好之夜。

身着白睡袍哭喊,从午夜月光下的舞台

走向层层轰鸣的潮汐,

她时近时远地宣告偷心的贼子

侵占她的身体已多年,

---

[1] 原文"room"(房室;内室),指"卧室"或"阴道"、"子宫"。
[2] "毒蛇"(snakes),象征"诡计"和"妒嫉"。
[3] 原文"the thief of adolescence"(她青春期的贼子),指狄兰的妻子凯特琳15岁时曾遭人强暴。

侵害者和破败的新娘

　　　　在她的一旁庆贺

一切血示的质询和消亡的婚姻,他因傲慢

　　　不曾不曾分享过点滴的美好

夜间布道的牧师扑动污秽的翅翼轻声低语

她神圣又非神圣的时刻与始终匿名的野兽同在。

3

　　　　两粒沙聚拢在床,

　　　头对头环绕天堂,

　　　　独自融入无比宽广的海岸,

　　大海不留一丝声息覆盖他们的黄昏;

每一枚基于泥土的半球形贝壳传出

　　　　一阵阵声响宣告

　　女人奄奄一息,而男人

　　　　喜欢好色背叛,

在水的遮掩下消融了金黄。

一只脆弱的雌鸟睡在一旁,

她恋人的翅翼收拢起明日的飞翔,

　　　　在筑巢的树杈间

　　　　向交尾的鹰诵唱

腐尸、天堂,我鲜亮的卵黄叽叽喳喳。

　　　　一叶草渴望融入草坪,

　　　　一粒石迷失囚禁于云雀的山岗。
　　　　　向着裸影开放,仿佛向着天,
　　　　　　哦,她孤独而宁静,
　　　　　　两性大战[1]的无辜者,
　　悄悄乱伦的兄弟在片刻之间延续了星星,
　　　　撕裂的男子独自在夜晚哀伤。
　第二批更恶劣的情敌,来自深深遗忘的黑暗,
　休眠自身的脉搏,掩埋死者于她不忠的睡眠。

---

[1] 原文"two wars",指的是"两性大战",并非两次世界大战。

死亡与入场[1]

在燃烧弹即将燃烧的前夕[2],
　　有人正濒临死亡
至少你最挚爱的一个人
　　总算明白必须告别
狮子和烈火[3]般飞扬的气息,
　　在你不朽的朋友中
有人愿扬起风琴,尽管视作尘土
　　勃发地诵唱对你的赞美,
一个[4]内心最深沉的人闭口缄默
　　永不沉没或终结
　　他无尽的伤痛
众多伦敦已婚夫妇渐渐疏离的悲伤。

　　在燃烧弹即将燃烧的前夕,

---

[1] 写于1940年8月,1941年1月发表于《地平线》。诗题《死亡与入场》典出多恩(John Donne,1572 – 1631)最后一篇布道书《死亡对决》(Death's Duell,1930),基于英国面临德军的空袭,担心从子宫趋于坟墓的死亡即将入场。
[2] "在燃烧弹即将燃烧的前夕"(On almost the incendiary eve),指德国对英国伦敦的空袭导致的大火。
[3] "狮子和烈火"(lions and fires),典出《圣经·旧约·士师记》14:5 – 6和15:4 – 5参孙搏杀狮子、火烧橄榄园的故事。
[4] 原文"one",指"一个"人或指一种死亡。

你的双唇和钥匙,

　　紧锁或打开[1],被害的陌生人迂回行进,

　　　　一个最不了解的人

你北极星上的邻居,另一街区的太阳[2],

　　　　会潜入他的泪水。

他在雄性的海洋濯洗他雨水般的血液

　　　　因你个人的死亡而大步疾走,

他用你的水线缠绕他的世界

　　　　让空壳的喉口塞满

　　　　每一声哭喊,自从

第一丝光亮闪过他霹雳般的眼睛。

在燃烧弹即将燃烧的前夕,

　　　　死亡与入场开启,

伦敦这波[3]远近受伤的亲人和陌生人,

　　　　寻找你单一的墓穴,

众敌手之一,熟知

　　　　你那颗明亮的心

黑暗中注目,颤动着穿越锁孔和洞穴,

---

[1] 原文"locking,unlocking"(紧锁或打开)及下节的"锁孔"(locks)均为双关语,也指大力士参孙的头发,他的力量所在,迷惑他的妓女大利拉(Delilah)解开他的长发,让人剃去,克制了他的力量。

[2] 原文"sun"(太阳),谐音同"Son",指圣子耶稣。

[3] "波"(wave),既指"轰炸",也指"电波"、"血汗"、"眼泪"。

终将扯起雷电

遮蔽太阳,插入,开启你幽暗的钥匙,

热浪[1]仅逼迫骑手后退,

直到至少还有挚爱的人[2]

逼近你黄道带上最后的参孙。

---

[1] 原文"sear"(烧灼;热浪),指的是二战时德国对伦敦实施空袭引发的大火。
[2] 原文"one loved least"(至少还有挚爱的人),死亡或上帝。

结婚周年纪念日[1]

撕破的天空横穿

俩人褴褛的周年纪念日

三年来[2]他们和睦相处

携手走过誓约长长的小道。

此刻爱已丧失

爱神和病人[3]在锁链下哀嚎：

从每个真理或弹坑[4]

死神挟来阴云，敲击着房门。

错误的雨中[5]，为时已晚

他们相聚相会，爱却已分离：

窗户倾入他们的心扉

房门在大脑中燃烧。

---

[1] 写于 1940-1941 年，1941 年 1 月 15 日首次发表于《诗歌》(伦敦)，后经修订，收录于诗集《新诗》(1943)和《死亡与入场》(1946)。
[2] "三年来"，狄兰夫妇的结婚纪念日是 1940 年 7 月 11 日。
[3] "病人"(patient)，一种隐喻性表达，似乎两人的爱情生活出现问题；二战期间大轰炸的恐怖要把人逼疯，参见另一首《疯人院里的爱》。
[4] "弹坑"(crater)，二战时德军轰炸机投弹留下的弹坑。
[5] 原文"wrong rain"(错误的雨中)，实写德军闪电战的炸弹密如雨下；另反向仿自习语"right as rain"(十分健康)，两人过得很不顺心。

处女成婚[1]

独自醒来情意绵绵,晨光惊愕于

她睁开一对彻夜的双眸

他金色的往昔在虹膜上沉睡

今日的太阳从她大腿间跃上天空[2]

童贞古老又神奇,像饼和鱼[3],

尽管瞬间的圣迹只是一道不灭的闪电

留有足迹的加利利[4]船坞掩藏一大群鸽子[5]。

震颤的太阳[6]不再渴望她深海般的枕垫

她在那独自成婚,她的心,

她的耳朵和眼睛,她的双唇俘获他雪崩般

---

[1] 一首融基督教徒精神与异教徒爱欲于一体的"玄学派"诗歌,写于1941年夏,更早的版本见于1933年3月22日,诗人期待姐姐南希成婚。1941年10月二战时发表于《今日文学与生活》,收录于诗集《死亡与入场》(1946)。
[2] "太阳从她大腿间跃上天空"(sunleapt up the sky out of her thighs),狄兰笔下的"sun"通"Son"(圣子),此句蕴含"耶稣基督降生"的圣经故事,典出《圣经·新约·马太福音》1:18-25。
[3] "饼和鱼"(loaves and fishes),蕴含"五饼二鱼"的圣经故事,典出《圣经·新约·马太福音》14:17-21。
[4] 加利利(Galilee),以色列最大的淡水湖,素有耶稣"第二故乡"之称,留有"五饼二鱼"、"耶稣在湖面行走"的圣迹,典出《圣经·新约·约翰福音》6:19。
[5] "鸽子"(doves),指"圣灵",天使报喜、爱与和平的象征。
[6] "太阳"(sun),此节的"太阳"指向希腊神话中的宙斯(Zeus)。

金雨之影[1],她水银般的身骨响彻[2]他潺潺的溪流,
他在她眼睑下的窗口扯动他金色的行囊,
一团火焰跃过他的沉睡之地,她在他的怀抱里
懂得另一轮太阳,难以匹敌的血液夹带嫉妒奔流。

---

[1] 原文"golden ghost",从希腊神话角度可解读为宙斯降下金雨密会达纳厄（Danaë)的"金雨之影",从圣经角度则可解读为"圣灵"。
[2] 原文"ring"语义双关,一为"响彻,回荡",二为成婚送的"戒指"。

空袭大火后的祭奠[1]

1

我[2]

和哀伤的人们

哀悼

大街上不停息的死亡

一位出生仅几小时的婴儿

一张吮吸的小嘴

烧焦在墓穴黑色的胸膛

母亲的胸乳[3],怀抱熊熊的烈火。

仪式开始

歌声

响起

燃起黑暗重回太初

---

[1] 一首悼念的祭奠诗,追悼二战时期一位死于空袭的孩子,1944 年 4-5 月创作/发表于《我们的时代》,收录于诗集《死亡与人场》(1946),诗人自称第三节为即兴演奏的音乐小品。
[2] 原文"Myselves"([复数的]我[自己]),诗人代表大街上所有伤心的人们表达哀伤。
[3] 原文名词的"dug"(乳房,乳头)与动词"dug"(挖)语义双关。

熊熊火舌盲目地点头

一颗星[1]击碎

孩子的世世代代

此刻我们哀悼,圣迹都无法救赎。

宽恕

我们宽恕

赐给

我们你的死亡,我和信徒们或许会

掀起大洪水承接

直到血液喷涌而出

尘埃如鸟儿欢唱

随谷粒飞扬,随你死亡生长,穿越我们的内心。

哭喊

你临终的

哭喊,

孩子越过了黎明,我们在大火毁灭的大街

颂唱飞扬的大海[2]漫入

---

[1] "星"(star),指炸弹,也是生命与宗教信仰的启明星。
[2] "飞扬的大海"(the flying sea)与上文"大洪水"(great flood)及第三节的"大海般的弥撒"(the masses of the sea)形成呼应,浇灭空袭引起的大火,抚慰心中的哀痛。

失去的生命。

爱是聊起的最后一道光。哦,

耻骨区黑色皮囊留下圣子的种子。

2

我不知道

是亚当还是夏娃,装扮圣洁的小公牛

还是洁白的母羊羔

或是选中的童女

裹在雪中[1],

伦敦的祭坛

率先化为

小小颅骨的灰烬,

哦,新郎和新娘

哦,亚当和夏娃一起

无声地长眠

在奠基石悲伤的怀抱

像伊甸园里

苍白的尸骨。

---

[1] "选中的童女/裹在雪中"(the chosen virgin/Laid in her snow),典出布莱克的诗篇《啊! 向日葵》(Ah! Sun-flower):"裹在雪中苍白的童女玛利亚"(the pale Virgin shrouded in snow)。

我知道

亚当和夏娃的传说

永不沉默,哪怕一秒钟

我追悼死去的婴儿

追悼那位孩子

是牧师是仆人,

是那言、歌手和舌头

小小颅骨的灰烬,

是那条蛇那一夜的堕落

仿佛太阳[1]的那枚禁果,

男人和女人的堕落,

捏碎太初重回黑暗

像旷野花园里

光秃秃的苗圃。

3

随同管风琴发出的乐音

飘向大教堂光亮的尖顶

飘入风向标炙热的尖嘴

荡漾在十二级风缠绕的中心,

飘入焚毁时刻的死亡钟点

---

[1] 原文"sun"(太阳),与"圣子"语义双关。

越过安息日的骨灰瓮

越过黎明飞旋的沟壑

越过圣子的小屋和烈焰下的贫民窟

以及弥漫在安魂弥撒曲中金色人行道

融入圣像的坩埚[1]

融入麦地火焰里的那块饼,

融入白兰地般燃烧的葡萄酒,

大海般的弥撒[2]

大海般的弥撒

弥撒曲弥漫孕育圣婴的大海

喷泉般迸发无穷无尽的欢呼

荣耀荣耀荣耀

创世[3]的轰鸣分离终极的国度[4]。

---

[1] "坩埚"(cauldrons),童话故事中巫师用来以施符咒的用品。
[2] 弥撒(mass),基督教纪念耶稣救赎的宗教仪式,也指圣咏的弥撒曲。
[3] 原文"genesis"(创世),典出《圣经·旧约·创世记》,小语境也指"怀孕与诞生"。
[4] "荣耀荣耀荣耀/创世的轰鸣分离终极的国度"(Glory glory glory / The sundering ultimate kingdom of genesis' thunder),典出《圣经·新约·马太福音》6:10-13"主祷文":"愿你的天国降临……因为国度、权柄、荣耀,皆属于你,直到永远"(Thy kigdom come ... For thine is the kingdom, / the power, and the glory, / for ever and ever)。16世纪后,天主教《圣经》不鼓励重复这两句,但在弥撒念完《天主经》后依然保留"天下万国,普世权威,一切荣耀,永归于你"。

从 前[1]

1

从前,
当我的肉身扣住灵魂量身裁衣
一口咬紧[2],
分期赊购[3]的西服
支付首期的困苦,
自我偿还自我奴役为时已晚,
一身为爱磨损的裤子和起泡的夹克
趴在啪啪作响的炉灰坑沿
我与鸟群劳作在洞穴,
獒犬套上颈圈
酒窖和小店装点流苏一新
或者妆扮一位吞云者[4],

---

[1] 1939年12月写于斯旺西,诗人回到家乡,回顾往日的青春岁月写下此诗,1940年3月发表于《今日文学与生活》。诗题 *Once Below a Time* 是 "once upon a time"(从前)的镜像句,一种超常搭配的讲故事或叙述过去的开场白,详见《羊齿山》一诗的解读。
[2] "一口咬紧"(bite),为第一节的关键动词。
[3] "分期赊购"(serial sum),一种购物方式。
[4] "吞云者"(cloud swallower),仿自"吞剑者"(sword-swallower)。

随后搭上汹涌海域里的软木瓶塞船,

水手,不合透视比例,

穿上普通的衣服,伪装片片鳞甲,,

像一位男神穿上涉水的裙摆,

我惊扰就坐的裁缝,

我回拨钟表面对裁缝[1],

随后卖弄一身浓密熊帽和燕尾[2],

抖动炙热的羽叶,

跳离袋鼠[3]涉足的土地,

那寂静寒冷的中心,

追踪寒霜侵蚀的织物,

穿越威尔士傻大个的硬皮[4],

我一跃而起惊起

---

[1] "我回拨钟表面对裁缝"(I set back the clock faced tailors),一种超现实的表达法,参见《忧伤的时光贼子》(*Grief Thief of Time*)中的"面对时光的骗子"(time-faced crook)。"裁缝"有一把"命运之剪",量体裁衣,缝制生命之衣,隐喻掌控生死的能力,参见《二十四年》、《时光,像一座奔跑的坟墓》的解读。

[2] "一身浓密熊帽和燕尾"(in bear wig and tails),指的是"一身黑高帽燕尾服"。

[3] "袋鼠"(kangaroo),典出劳伦斯(D.H. Lawrence, 1885-1930)的名诗《袋鼠》(*Kangaroo*)。

[4] "威尔士傻大个的硬壳"(the lubber crust of Wales),一种语义双关的文字游戏,"W(h)ales"蕴含"威尔士"与"鲸鱼","(b)lubber"蕴含"傻大个"与"鲸脂"。

下蹲人[1]闪亮的针形石[2],
简陋简洁商号[3]的叫卖人
名声显赫的漏针法[4]。

2

我傻傻的西服,几乎无法忍受,
随身带上运送棺木的
鸟人[5]或悬吊书中的阴魂。
猫头鹰兜帽,头蓬外套,
交叠的爪,腐烂的头藏进
洞穴,我相信,骗骗造物主,

裁缝主人栖息云间,神经替代棉线。
我拍动翅膀,在传说中的古老海域,
鹿角梳理毛发,哥伦布激情奋发,
我为偶像裁缝的眼神穿透,
怒目扫过鲨鱼面具,引航的船首,

---

[1] "下蹲人"(squatters),指的是裁缝。
[2] "闪亮的针形石"(the flashing needle rock),指的是针形灯塔。
[3] "简陋简洁商行"(Shabby and Shorten),一家虚构的裁剪赝品成衣商号,头韵体命名。
[4] 原文"stitch droppers"(漏针法),出自习语"drop a stitch"(漏织一针)。
[5] "鸟人"(birdman),双关语,"飞行员"与"单人飞行器"。

南森[1]冰冷的嘴,一满舱的奖章,

转向一位衣着平平的男孩,
聪明的伪装者,花花公子漂泊大海,
干枯的肉身,待装饰的土地和眠床。
淹没在附近预先订制的水域妙不可言,
戴上樱桃色耳环翠绿如海藻,
召唤孩子的声音传自蹼足的石块,
绝不绝不哦绝不因裂臂戴佩号角
而后悔,我在波涛下轰鸣。

此刻裸露一览无余,我愿意躺下,
躺下,躺下休息
生命静如尸骨。

---

[1] 南森(Fridtjof Nansen,1861-1930),挪威北极探险家、博物学家,1922年诺贝尔和平奖获得者。

当我醒来[1]

当我醒来,小镇开口说话。

鸟群、时钟和十字铃[2]

在簇拥的人群旁聒噪,

爬虫浪子在火焰里,

拨弄、掠夺人们的梦乡,

毗邻的大海驱散

蛙群、恶魔和恶运女子,

一个男人在门外拿起钩镰

朝着血涌的头颅,

切断整个早晨,

时光重重的温情血脉

和他雕自书卷的长须

猛劈最后那条蛇

仿佛一根魔杖或隐枝,

它的舌头蜕下一层叶子。

每天早晨,我,卧床之神,

---

[1] 写于 1939 年 6–9 月,1939 年秋发表于《七》,收录于诗集《死亡与入场》(1946)。一首预感二战爆发的诗篇。

[2] "十字铃"(cross bells),一种带有十字的铃铛,源自基督教的圣诞挂件。

在水面行走[1]后,

创造善与恶[2],

死亡窥探气息不匀的

猛犸和麻雀

落到众人的大地。

飞鸟如树叶飘荡,小船如水鸭漂浮,

今天早晨,我一觉醒来

听见一阵陡立的广播声

反向突破小镇的喧嚣,

我绝非先知的后裔,

哭喊我的滨海小镇即将毁灭[3]。

不见时钟定点报时,不见上帝敲响丧钟,

我拉下白色的尸布覆盖岛屿,

硬币遮盖我的眼睑,仿佛贝壳在歌唱。

---

[1] "在水面行走"(a water-face walk),典出《圣经·新约·约翰福音》6:19"耶稣在[加利利海]湖面上行走"的圣迹。
[2] 原文"I make, / God in bed, good and bad"(我,卧床之神,/创造善与恶)为前后句的谐音戏仿,但基于《圣经》的隐喻。
[3] 原文"breaking",为"毁灭"和"破晓"的双关语。

愿景与祈祷[1]（选二）

1

你

是谁

谁出生在

隔壁的房间里[2]

对我如此大声喧闹

我能听到子宫徐徐张开

黑暗弥漫圣灵和降生的儿子

隐匿在墙后瘦小犹如鹪鹩的身骨[3]？

在此血腥的出生地一点不为

燃烧的转向时光所知晓

---

[1] 写于1944年，次年1月发表于《地平线》，后收录于诗集《死亡与入场》（1946）。原诗由十二节组成，两组玄学派具象诗各六节。此处选译首节祭坛型（或开口子宫型）和末节圣杯型（或沙漏型），原文各有17行，汉译只能处理成15行。《愿景与祈祷》(Vision and Prayer)指向《圣经·新约·启示录》最后审判日的祈祷与天国的愿景，第一节是借基督的"胚胎诗"暗喻诗歌/诗人的诞生，最后一节则是一篇祈祷，两首具象诗中出现的儿子（son）和太阳（sun）语义双关，都指向基督，当然也可进行非基督教的阐释。

[2] "在隔壁的房间里"（In the next room），典出德国诗人里尔克（Rainer Maria Rilke, 1875—1926）的诗歌《哦，主啊，我的邻人》（*Du Nachbar Gott*）。

[3] "鹪鹩的身骨"（wren's bone），狄兰笔下的"骨"往往指向性与死亡。

人心神圣印迹绝不

为野孩子洗礼

黑暗独自

祝福

他

2

我翻到了祈祷文一角在太阳突然

降临的祝福声中燃尽了自己

以你那被诅咒者的名义

我想转身跑入隐地

但轰鸣的太阳

施洗命名

天空

我

终于

为人发现

哟让他烫伤我

溺我于世界的伤口

闪电回应我的哭喊之声

此刻我的声音在他手心燃烧

我迷失炫目于太阳咆哮结束祈祷

在约翰爵爷的山岗[1]

在约翰爵爷的山岗[2],

鹰映着夕阳[3]默然盘旋;

云雾升腾,暮色降临,鹰伸开利爪绞杀

锐利的视线靠近海湾上空翔集的小鸟,

尖叫的小孩与麻雀

戏斗[4]

他们在黄昏嘈杂的树篱天鹅般哀鸣[5]。

他们咯咯地欢叫

飞到榆树林上火热争斗的刑场[6]

---

[1] 一首貌似写给鸟群的挽歌,实为人类的生死作出最后的审判,"约翰爵爷的山岗"预设为行刑的法官,"鹰"为行刑者,诗人在悲悯迷途的"小鸟",祈求上帝的宽恕。写于1949年5-8月,12月发表于《博特奥斯克》,收录于诗集《梦中的乡村》(1952)。5诗节12行,音节数一律为5-6-14-14-5-1-14-5-14-5-14-14,诗篇原文押不规则脚韵 aabccbdeaedd,但含丰富的头韵、谐韵、半谐韵。

[2] "约翰爵爷的山岗"(Sir John's hill),可俯瞰拉恩的海岬,镇里可有一小道抵达镇树木繁茂的山顶,参见《十月献诗》。

[3] 原文"the hawk on fire",鹰并非"着火",而是映着夕阳之火盘旋,从夕阳西下、暮色苍苍到黑夜降临,一种动态延续的进程;也有研究者指冷战时期"核弹之火"。

[4] 原文"wars"(戏斗;大战),单独成句突显诗人恐惧新的一场世界大战。

[5] 原文"swansing",双关语,既是"天鹅般哀鸣",也与"Swansea"(斯旺西)谐音。

[6] 原文"tyburn"(刑场),出自英国伦敦老泰伯恩行刑场,"绞刑架"也叫"tyburn tree"。

入套的鹰[1]最后

一击,山下觅食的圣鹭悠然地潜行

在托依河[2],垂首于倾斜的墓碑。

一闪,羽毛飘散,

一顶寒鸦的黑帽

戴上公正的约翰爵爷山岗,一阵狂风

掠过托依河上的鱼鳍,鸣叫的鸟群[3]飞往

绞索口映着夕阳的鹰。

那儿

哀伤的鱼鹰涉水觅食在卵石密布的

浅滩和芦荡,

"好了,太好了",高飞的鹰在呼唤,

"快过来受死"[4],

我打开水上的页面,翻到圣歌那一节

影子四周沙蟹伸开利螯轻快地爬动

---

[1] "入套的鹰"(the noosed hawk),执行死刑的"鹰"也入了死亡之局。

[2] "托依河"(River Towy),位于狄兰后期居住的拉恩(Laugharne)小镇,与塔夫河(Afon Taf)一起汇入海口。

[3] 原文"gulled bird"(鸣叫的鸟群),一种同义双关反复的赘述;另"gulled"又是"鸥鸣的"和"易骗的"双关语。

[4] "dilly dilly, /Come and be killed"(好了,太好了,/快过来受死),出自一首著名的摇篮曲《邦得夫人》(Mrs Bond)。

阅读,在贝壳

死亡清晰如浮铃:

鹰眼的黄昏诵唱,赞美映着夕阳的鹰,

翅翼下沿垂下导火索那蛇信般的火焰,

赐福于海湾

年幼

稚嫩的鸡群以及咯咯欢叫的灌木丛,

"好了,太好了,快过来受死"。

我们哀伤,从此快乐鸟群离别榆树和石滩,

苍鹭和我,

我年轻的伊索[1],面对靠近鳗鱼谷的夜晚

讲述寓言,圣鹭赞美垂挂贝壳的远方

水晶般的湾谷

海船升起风帆[2],

水域停泊处,跃动的岸墙,白鹤亭亭玉立。

苍鹭和我站在审判者约翰爵爷榆树山岗,

揭密迷途的

鸟群

犯下不祥的罪孽,上帝听到一腔的哨声

---

[1] 伊索(Aesop),公元前6世纪古希腊著名的寓言家。
[2] 原文"cobbles"为双关语,既指中世纪的商船,也指鹅卵石铺设的船坞。

宽恕了它们,

在旋风的宁静中[1],标记麻雀的致意[2],

因灵魂之歌拯救它们。

此刻杂草丛生的岸边,苍鹭哀伤。透过

薄暮下的水窗,我看见侧身低语的苍鹭

映着河水,捕食

在托依河的泪水,

折断的羽毛雪花般飘舞。只有猫头鹰琢食

哀鸣在劫后的榆树林,一片草叶吹落手心,

此刻约翰爵爷山岗

不见

稚嫩的雄鸟或雌鸟在啼鸣。苍鸳走上

波光粼粼的洼地,

谱写所有的乐音;我倾听服丧期[3]的河水

缓缓地流动,

在夜晚袭来前,铭记时光摇曳的墓碑上

串串音符,为蒙难的鸟群之灵安然出航。

————————

[1]"[上帝]在旋风的宁静中"(God in his whirlwind silence),出自《圣经·旧约·约伯记》38:1。

[2]"标记麻雀的致意"(marks the sparrows hail),典出《圣经·新约·马太福音》10:29"然而麻雀一只也不会掉地上,若非你们天父允许"。"hail"其一为一群麻雀发出的叽叽喳喳的声音,其二是向死亡发出的"致意"。

[3]原文"wear-willow"化用自习语"wear the willow"(服丧期;[扎柳环]戴孝)。

白色巨人的大腿[1]

透过众多江河交汇的咽喉,一群麻鹬鸣叫着,
在受孕的月光下[2],在高高的白垩质山岗,
今晚,我走进白色巨人[3]的大腿,
卵石般贫瘠的女人们在此静静地[4]躺下,

渴望生育渴望爱,尽管她们躺下已久远。

穿过众多河流交汇的咽喉,女人们祈祷,
祈求种子漂进那条蹚过的河湾[5],
尽管雨水已洗去碑石上杂草丛生的名号,

---

[1] 1950年9月为一广播剧而创作,1950年11月发表于《博特奥斯克》(Botteghe Oscure),1951年5月定稿,收录于诗集《梦中的乡村》(In Country Sleep)(1952)。一首貌似写给不育女子欢乐的挽歌,却依然扣紧生死繁衍的主题,原诗采用内嵌的四行诗格式,诗行间内嵌丰富的凯尔特-威尔士头韵与谐韵节律。
[2] "受孕的月光"(the conceiving moon),典出罗马神话狄安娜(Diana)月亮女神。
[3] 原文"the white giant"(白色巨人),诗人选编《诗集》(1952)时注为"瑟尼阿巴斯威猛的巨人"(might giant of Cerne Abbas)。这是英国著名的白垩质草皮石刻裸露巨人像,横躺在多赛特郡(Dorset)乡村的山丘,据称是罗马神话中的大力神,是生育能力的象征。
[4] 原文"still",为"静静地"与"依然"的双关语。
[5] "蹚过的河湾"(the waded bay),指拉恩镇河谷入海处,退潮时可蹚到对岸,喻女人的子宫。

孤独地躺在无尽的夜晚,一样的弧线形,
她们操着麻鹬的舌头,多么渴望能够怀上
远古时代靠棍棒砍伐山岗的

儿子。她们在鸡皮疙瘩的冬天,在殷勤的小道
恋上所有的冰叶,或在烤肉般的阳光下,
坐在高高的马车成双成对,满载的干草
触及垂落的云彩,或与年轻人寻欢作乐,
躺在信仰点亮的星空下,月光如乳汁流淌,

她们在月影下,衬裙被大风高高地吹起,
或因粗野的男孩骑手而羞红了脸,
此刻抱紧我,向着大片林中空地上的谷粒[1],

她们打小即是绿色原野上一堵篱笆墙的欢乐。

时光荏苒,她们的尘土是猪倌暗地生根的血肉,
嫁进臭哄哄的猪圈,却因他双股冲刺的光芒
而燃烧,鹰一般张开四肢面对污秽的天空,
或在太阳的灌木丛中心,相伴果园情人,
狂野如母牛之舌,荆棘般猛烈颠摇奶酪般的

---

[1] 原文"grains"(谷粒),即种子、精子,与"groins"(腹股沟)构成谐音双关。

灵魂,夏日般不灭的热情如金钩直达肉骨,

或在小树林的月光下如丝般轻轻地波动,
白色湖面因玩一片石子的水漂游戏[1]琴瑟和鸣。

她们曾是长满山楂的暖房[2]如花盛开的路边新娘,
听到淫荡的求爱园淹没在即将到来的寒潮,
行色匆匆的小毛鼠,在紫蓟丛生的过道上
尖叫,天色渐渐暗了,白色的猫头鹰掠过

她们的胸乳,雌鹿寻欢跳跃,灵活的长角公鹿
窜入相爱的树林,狐狸间的一串火把[3]吐着白沫,
串起连环夜,所有的飞禽走兽喧闹又和睦,

鼹鼠的尖嘴笨拙地拱起向着穹顶的朝圣之旅,

或是黄油般肥肥的雌鹅,在蹦床[4]蹦跳,

---

[1] 原文"ducked and draked",一种"打水漂"游戏。
[2] 原文"the hawed house"(长满山楂的暖房)与"whorehouse"(妓院)构成谐音双关。
[3] "狐狸间的一串火把"(a torch of foxes),典出《圣经·旧约·士师记》15:4-5 参孙报复非利士人的故事。
[4] 原文"gambo"源自威尔士语,意为"农场的推车",但与"gambol"(蹦跳)谐音双关。

她们的胸乳溢蜜,在嘶嘶作响的牛棚里
遭受鹅王拍打翅翼追击,那片黑麦地
早已消逝,她们的木屐曾舞动在春天里,
她们萤火虫的发夹飞落,干草垛在周遭奔跑——

(但什么都没怀上,没有吮吸的婴儿抱紧
血脉的蜂巢[1],鹅妈妈[2]裸露的土地贫瘠荒凉,
她们带着质朴的杰克[3],都是卵石般的妻子)——

此刻麻鹬的啼鸣让我俯身亲吻她们的尘土之嘴。

她们的水壶和时钟上的尘埃来回飘荡,
此刻干草漂浮,羊齿草厨房锈迹斑斑,
仿佛钩镰的弧口,一再削低篱笆,
削剪鸟儿的枝条令游吟诗人汁液泛红。
她们在丰收跪地的房室将我紧紧相拥,
听到洪亮的钟声顺死者的礼拜而下,
雨水在颓败的院落里拧干自己的口舌,
教会我爱永葆青春,即便秋叶落满墓地,

---

[1] "血脉的蜂巢"(the veined hives),指的是乳房。
[2] "鹅妈妈"(Mother Goose),英美一本旨在培养儿童韵律节奏感的押韵童谣集,最早出版于1760年。鹅妈妈也是该集子的虚构作者名。
[3] "杰克"(Jacks),典出《鹅妈妈童谣集》(Mother Goose's Melody)中的一篇《杰克与吉儿》(Jack and Jill)。

阳光刷洗失陷于草丛十字架的基督，
女儿们不再有一丝悲伤，除了
早在狐狸生养的大街上的爱慕者，
或者在衰败的树林里持续地渴望：
山岗上的女人穿过求欢者的树林，
疯狂热恋那健壮不灭的死者，直到永远

黑暗女儿[1]依然像福克斯[2]篝火静静地[3]燃烧。

---

[1]"黑暗女儿"(daughters of darkness)，暗指莎士比亚的《李尔王》中的不孝女儿瑞根和贡纳莉(Regan and Goneril)。
[2]"福克斯"(Guy Fawkes)，1605年曾策划并实施伦敦爆炸案，试图炸掉英国国会大厦并引发叛乱，事后每年11月5日，英国人都会举办"福克斯之夜"，即大篝火之夜，庆祝挫败其阴谋。
[3]原文"still"，双关语，既指"依然"，又指"静静地"。

挽歌[1]（未完成）

傲然不屑死去，失明而心碎地死去，

以最黑暗的方式，不再转身，

一位冷峻勇敢的善良人，极度孤傲，

那一天最黑暗。哦，愿他就此长存，

终于轻松地留存，最终穿越了山岗，

在青草之下，永沐爱意，在那长长的

人群之中勃发青春，永不迷失

或在死亡无穷无尽的岁月里沉寂，

尽管黑暗中依然最渴望母亲的[2]乳汁，

---

[1] 1952年12月16日，狄兰·托马斯父亲的去世让诗人留下这首《挽歌》。1953年11月9日，诗人的不幸去世使得这首诗成了永久的残片，1956年2月发表于《邂逅》(Encounter)，共有40行，前17行是原稿，后23行是编辑弗农·沃特金斯(Vernon Watkins)根据诗人生前的创作意图整理，收录于1956年后的《诗集1934-1952》。现保存于美国德克萨斯州奥斯汀市的手稿为17行，更接近19行维拉内拉体(Villanelle)（参见《不要温顺地走进那个良宵》的解读）。威尔士诗学研究者古德拜(John Goodby)采纳1988年版沃尔福德·戴维斯与拉尔夫·莫德(Walford Davies & Ralph Maud)编辑的《诗集1934-1953》中的19行"挽歌"，收录于2014年版英国韦-尼(Weidenfeld & Nicolson)出版社推出的《狄兰·托马斯诗集》。

[2] "母亲的"(mother's)，指父亲的母亲，也指地母。

安息并归入尘土,在仁慈的大地上
死亡是最黑暗的公义,失明而不幸。
任其无法安息,只能重生、重返人世,

屋内悄无声息,在他蜷缩的内室,
失明的病榻旁,我祈祷
在正午、夜晚和破晓前的那一刻,

死亡之河流入我握住的不幸之手,
我透过他消逝的眼睛看到大海之根。
镇定,奔赴你受难的山岗,我说

空气已离他而去。

【附录】

狄兰·托马斯：诗艺札记[1]

A. 1934年10月11日，诗人狄兰·托马斯在《新诗》发表有关诗歌的"问答"；1954年收录于他的散文集《有天清晨》。2014年收录于英国韦-尼出版社出版的《狄兰·托马斯诗集》附录四。

1. 您写诗希望对自己还是对别人有用？

　　于人于己都会有用，诗歌有节奏，难免也会有叙事，从层层包裹难以琢磨转向视而可见，取决于你在诗歌创作中所付出的艰辛。我写诗于己有用或应该有用的一大原因在于：它记录了我个人在黑暗中努力寻求光明的过程，而个人努力的所获依然是想看清和了解具体记录下的缺点和些许价值。我写诗也对别人有用或应该有用，就因为它具体地记录了他们必须了解的共同努力。

---

[1] Dylan Thomas. Preface "Note on the Art of Poetry". *The Poems of Dylan Thomas*. ed. Daniel Jones. New York：New Directions, 2003, pp.xv-xxii; Dylan Thomas. Appendices iv：Answers to questioinaires. *The Collected Poems of Dylan Thomas*. ed. John Goodby. London：Weidenfeld & Nicolson, 2014, pp.223 – 228.

2. 您认为叙事诗如今还有用吗？

是的，叙事是必不可少的，当今许多平庸、抽象的诗没有叙事的变化，几乎毫无点滴叙事变化，结果了无生机。每一首诗都必须有一个渐渐发展的走向或主题，一首诗越主观，叙事线就越发清晰。从广义上讲，叙事必须满足艾略特谈到"意义"时所强调的"读者的一个习惯"，让叙事依照读者的一种逻辑习惯渐渐发展开来，诗的本质就自会对读者起作用。

3. 写诗前，您会有一种等待内心自发的冲动，如果会，这种冲动会是词语的表达还是视觉的？

不会，写诗，对我而言，就是一项体力和智力的挑战，借此构筑起一个严密的词语水密舱，更可取的一点是可移动的支柱（即叙事），支撑起创造性大脑和身体的一些真实的动机和力量。这种动机和力量似乎始终存在，始终需要具体的表达。就我而言，所谓诗的"冲动"或"灵感"，往往只不过是手艺人构筑能力突然所需的体能。最懒的匠人会获得最少的冲动，反之亦然。

4. 您是否受到过弗洛伊德的影响？ 您对他评价如何？

是的，任何隐藏的一切总会暴露，一旦被剥离黑暗就会干净，剥开黑暗即为净化。诗歌记录个人剥离黑暗的过程，必然将光投向隐藏太久的东西，就此净化赤裸裸暴露的东西。弗洛伊德将光投向一些他所暴露的黑暗，有利于看清光，了解隐藏起来的本相，诗歌必定比弗洛伊德所能认识到的更深入地进入光所净化的本相并了解到更多隐藏的缘由。

5. 您有无任何政治立场或政治经济派别的信仰？

　　我能接受任何革命团体的立场，主张人人平等、公正，有权共享大家所支配的生产资料和劳动成果，因为唯有通过这样一种基本的革命团体，才有可能获得一种公共的艺术。

6. 作为诗人，您认为自己与普通人的区别在哪？

　　我只用诗歌这一媒介，表达一切人类所共有的动机和力量。

B. 1951年夏，诗人狄兰·托马斯在拉恩接待一位威尔士大学生，试图回答他提出的五大诗歌问题。1961年冬经人整理成一篇诗艺札记，以"诗歌宣言"为题发表于美国《德克萨斯季刊》(第4期)，透泄诗人特有的幽默、善良和真诚。当时他显然未能完全表达出所有的思想，但已开始认真地加以思考，随后在1952－1953年四次赴美多达70多场诗歌朗诵前的演讲中作出了相应的回答；1971年收录于《早期散文集》；2003年以"序言：诗艺札记"为题收录于美国新方向出版社修订出版的诗集《狄兰·托马斯诗歌》。[1]

你想知道我最初为何并如何开始写诗的，最初受到哪些诗人和哪类诗歌的影响或感动。

　　先回答问题的前半部分。我该说当初写诗是源自我对词语的热

---

[1] B部分译文曾参阅傅浩译文《带着被文字感动的神秘返回》，见王家新、沈睿编《二十世纪外国重要诗人如是说》，河南人民出版社，1992年，第43－50页。

爱。我记忆中最早读到的一些诗是童谣,在我自个能阅读童谣前,我偏爱的是童谣的词,只是词而已。至于那些词代表什么、象征什么或意味着什么都是无关紧要的;重要的是我第一次听到这些词的声音,从遥远的、不甚了解却生活在我的世界里的大人嘴唇上发出的声音。词语,对我而言,就如同钟声传达的音符、乐器奏出的乐声、风声、雨声、海浪声、送奶车发出的嘎吱声、鹅卵石上传来的马蹄声、枝条儿敲打窗棂的声响,也许就像天生的聋子奇迹般找到了听觉。我不太过分留意词语说些什么,也不太关心"杰克和吉尔以及鹅妈妈"后来遇到些什么。我留意那些词语命名和描述行为时在我的耳朵里构成的声音形态;我留意那些词语投射到我双眸时的音色。我意识到自己常常浪漫化地回望那些纯诗中简单而美丽的词语;坦诚地说,那只是我的美好回忆,而时间早已篡改了我的记忆。我对词语一见钟情——这是我能想到的唯一表达方式——至今依然任由那些词语摆布,虽然我现在对其习性已略知一二,且自认为能产生些许影响,甚至学会了如何不时地敲打它们并令其欣然接受。我立时为词语所着迷,当我能读懂童谣,继而又读懂别的诗歌或谣曲时,我明白已找到至今最为重要的东西。词语就在那儿,貌似了无生机,白纸黑字构成黑白两色的存在,却生发出喜爱、恐惧、怜悯、痛苦、奇迹以及其他所有暧昧的抽象概念,令我们短暂的生命随时变得危险、伟大或勉强为之,随之生发一阵阵风声、呼噜声、打嗝声、傻笑等人间寻常的乐趣;尽管词语自身所蕴含的意义非常有趣,对我而言那就更为有趣,那是几乎遗忘殆尽的词语形态、深浅、大小以及它们所哼唱、弹拨、蹦跳和疾驰而去的喧闹声。那是个天真无邪的时代;词语带有春天般的自我,清新无比,仿佛伊甸园的露珠从天而降。它们突然涌现又灿烂发光,构成自身最初的联想。词语"骑上木马去往班伯里十字架"曾经一直在我心头萦绕,我不懂木马指的是什么,也根本不在意"班伯里十字架"指向何方,很久以后,当我初次读到约翰·邓恩的诗句"去揽一颗流星,让曼德拉草根生籽",我也不懂其中的涵义。随着我的阅读量不断地放大,阅读的内容也不全是诗行,我对词语真实生活的热爱也不断地增强,有一天我终于明白必须要和词语生活在一起或生活在它们之中。我明白自己必须要成为一位词语写作者,除此之外别无他法。第一件要做的事是去感受和了解词语的声音和实质;随后是我要用那些词语做些什么,我将如何利用它们,我将通过它们说些什么。我明白自己必须熟悉词语所有的形式和语调,它们的沉浮、变迁和需求(此处恐怕我会谈得稍稍模糊些,我不想谈词语这一主题,因为我常使用劣词、错词、陈词和朦胧词。我喜欢对待词语如同手艺人面对木头、石头或其他什么的,斧劈、石刻、铸模、盘绕、抛光、刨平以求声音表达的赋格、花样、序列和刻纹,我必须努力达到和实现某种抒情的冲动、某种精神的疑惑或信念及某种朦胧间意识到的真理)。那是在我很小的时候,刚上学,在父亲的书房里做那永远做不完的功课前,我开始体验到一种写作,一种好的或坏的写作。我当初感到最大的自由就是能够阅读我所关心的一切。我不加选择地阅读,过足了眼瘾。我做梦也想不到在书籍封面间竟然藏有如此这般有趣的人间事、如此这般的词语沙尘暴或冰雹、如此这般的尔虞我诈、如此难以置信的和平、如此巨大的笑声、如此众多耀眼明亮的光破晓刚刚觉醒的心智,星星点点洒满书页,全都是词语、词语、词语,每一词、每一字都带有各自的欢乐、荣耀、奇异和光芒，永生不息(我必须力求写下这些有益处的札记，不像我的诗歌本身那样令人费解)。我的诗歌写作不断地模仿自己，尽管我从来不认为它们只是仿制品，相反是非常精彩的原创，好像老虎产下的一窝崽。它们也许是那时我碰巧阅读模仿的作品：如托马斯·布朗爵士、德昆西、亨利·纽波特、布莱克、男爵夫人奥希兹、马洛、意象派死党、《圣经》、爱伦·坡、济慈、劳伦斯、莎士比亚、佚名。一堆大杂烩，你瞧，胡乱想起的。我几乎每一种诗体都尝试过。如果不曾亲身体验，我怎能学到其中的诀窍？我意识到坏把戏很容易学会，好把戏有助于你以最有意义、最动人的方式说出你想说的话，我还得继续学习(但在严肃的场合，你必须采用别的名称来称呼这些把戏，例如，技巧方式、诗法实验等)。那么，影响我早期诗作和小说的作家，简单而真实地说，就是我当时阅读的所有作家，正如你从上述列表页面所看到的，从写中小学男生历险记的作家，到像布莱克那样无与伦比、难以企及的大师，也就是说，在我写作起步时，糟糕的作品对我写作的影响竟然与优秀作品的影响一样大。后来我一点儿一点儿地剔除那些阴影、那些回声，通过反复尝试错误，透过喜悦、厌恶和疑虑，力图消除那些不良的影响；我日益热爱那些词语，憎恨肆意打击它们的辣手，讨厌失去众多口味的厚舌，讨厌专事毫无色泽、平淡无奇粘贴的无趣拙劣的雇佣文人，更讨厌像他们自身一样死气沉沉、高傲自大的迂腐学究。真的要我说，最初让我喜欢上词语，想要深入其中并为之写作的是童谣和民间故事、苏格兰民谣、几行赞美诗、最负盛名的《圣经》故事和《圣经》节律、布莱克《天真之歌》和当初上学时听到、读到或几近糟蹋莎士比亚的高深莫测、神奇迷人的雄文与荒唐之言。

你接着问，影响我发表散文和诗歌的三大主要因素是不是乔伊斯、《圣经》和弗洛伊德。

（我特意谈到"发表的"散文和诗歌，正如先前一直谈论对我最初的不曾出版的少时作品的影响）。我不曾说过深受乔伊斯的"影响"，尽管我非常欣赏他和他创作的《尤利西斯》，我也曾大量阅读他早期的短篇小说。我想之所以出现这个乔伊斯问题，是因为有人撰文评论我的短篇小说集书名《青年狗艺术家的画像》与乔伊斯小说的书名《青年艺术家的画像》非常接近。如你所知，无数艺术家给他们的肖像画起名为"青年艺术家的画像"——一个完全直截了当的标题，乔伊斯最先拿绘画标题用作文学作品的标题，我自己只是对这绘画标题开了个狗玩笑而已，当然，我丝毫不曾有参考乔伊斯之意。我认为乔伊斯与我的写作没有任何关系，当然，他的小说《尤利西斯》也是如此。另一方面，我不否认我的某些"画像"故事的塑造可能多少归功于乔伊斯的短篇小说集《都柏林人》，那时《都柏林人》是短篇小说界一部开拓性的作品，从那时起罕有成功的短篇小说家不多少从中受益。

说到《圣经》，我在设法回答你第一个问题时就已提及，有关挪亚、约拿、罗得、摩西、雅各、大卫、所罗门等一千多个伟人故事，我从小就已知晓；从威尔士布道讲坛上滚落的伟大音韵节律早已打动了我的心，我从《约伯记》读到《传道书》，而《新约》故事早已成为我生命的一部分，但我不曾坐下来尽心研究过《圣经》，也从未有意识地仿效过它的语言；实际上，我与大多数有教养的基督徒一样对它知之甚少。我在作品中使用的《圣经》典故都是打小就记下的，是所有在英语社区里成长的人共同的财富。我所有的写作,对有文化修养的人来说,的确无处不在使用司空见惯的知识。我的早期诗作的确使用了一些难词,但是也易查阅,并且无论如何都已被扔进我希望放弃的一种青少年卖弄的诗作中。

这样就把我引向第三个"主要影响":西格蒙德·弗洛伊德。我熟知和发现弗洛伊德理论的唯一途径就是透过他的病历记录所激发的小说家作品和通俗小报之流的科学快餐读物;我所能想象的是他的著作已然被庸俗化到面目全非,此外还透过包括奥登在内的一些现代诗人的作品,他们在某些诗歌作品中尝试使用精神分析术语和理论。我只读过一本弗洛伊德的书——《梦的解析》,不记得曾受到过任何方式的影响。再说,今日诚实的作家无一幸免地受到弗洛伊德的影响,并透过他在无意识领域的开创性工作以及他同时代人在科学、哲学和艺术作品上挖掘影响;然而,无论如何并非一定得透过弗洛伊德自身的写作来实现。

至于你提出的第三个问题——我是否在写作中有意利用押韵、节奏和构词法等技巧。

我一定得马上答复你,当然是。我是一个勤勉、认真、专心、狡猾的文字匠,尽管常常出现失败的结果,也许我误用了某种技术工具,但还是充分利用一切手段,力求我的诗歌朝着理想的方向移动:旧把戏、新花样、双关语、混成词、悖论、典故、谐音双关、拼写双关、词语误用、俚语、谐韵、叠韵、跳韵等。只要你愿意,语言中的每一种手段你都可以用。诗人有时非得享受一番,词语的缠绕与回旋、创新与设计是实足的快乐,也是痛苦的、自愿承受的劳作。

你下一个问题要问我"以超现实主义方式"利用文字组合创造新的东西是否依照一套准则还是自发的。

这儿的混淆之处在于超现实主义的准则往往是一种非预设的并置。

让我尽可能说得更清楚一点,超现实主义者(即超写实主义者,或从事现实主义的工作者)指20世纪20年代一群在巴黎的画家与作家,他们不信奉有意识地选取意象。换言之:他们那一帮艺术家,既不满于现实主义者(大致说,那些试图用颜料和文字记录或真实地表现他们想象自身生活其中的真实世界),也不满于印象主义者(也大致说,那些试图给出他们想象中的真实世界的印象)。超现实主义者想要跳入意识表层之下的潜意识,不借助于逻辑或理智从中挖掘意象,不合逻辑、不合理智地用颜料和文字记录下来。超现实主义者断言意识的四分之三是处于湮灭的状态,艺术家的功能就是从意识那块最大的湮灭处,而不是从四分之一的意识,仿佛从潜意识海洋中冒出的冰山一角,搜集他的素材。超现实主义者在诗歌中运用的一大方法就是并置那些毫无理性关联的词语和意象,希望借此获得一种潜意识或梦幻般的诗歌,比起那种依赖观念、实物和意象的理性与逻辑关系的意识诗歌更为真实地接近大多湮灭在意识中的真实而想象的世界。

此乃超现实主义粗略的信条,我对此完全不予认同。我不在乎一首诗的意象自何处打捞而来:如果你喜欢,就可从隐藏自我的大海最深处打捞它们;但是在抵达稿纸之前,它们必须经过才智所有理性的加工;另一方面,超现实主义者却将从混沌中浮现出来的词句原封不动地记录到稿纸上;他们并不修整这些词语或按一定的秩序加以整理,在他们看来,混沌即形式和秩序。这对我而言似乎太过自以为是;超现实主义者想象无论从潜意识的自我中捞出些什么,并以颜料或文字记录下来,本质上就存在一定的趣味或一定的价值。我否定这一点。诗人的一大技艺就在于让人理解潜意识中可能浮现的东西并加以清晰地表达;才智的一大重要作用就在于从潜意识杂乱无章的意象中选取那些最符合他想象目标的东西,并写出他最好的诗篇。

第五个问题是,上帝啊,我给诗歌下怎样的定义?

我读诗只是出于乐趣,我只读我喜欢的诗。当然,这就意味着,在我找到喜欢的诗之前,我不得不读很多我不喜欢的诗;但是,一旦我确定找到所喜欢的诗时,我只能这样说,"找到了",就此自得其乐地读吧。

读你喜欢读的诗。不要担心它们是否"重要"或是否将流传下去。诗歌是什么,这点要紧吗?如果你想要一个诗歌的定义,就说:"诗是让我笑、让我哭或让我打哈欠的东西,是让我的脚指甲闪亮的东西,是让我想干这、干那或什么也不想干的东西。"就让它去吧。诗歌最重要的一点在于享受其乐趣,尽管它可能是悲剧的。最重要的是诗歌背后流动着的永恒,人类悲哀、愚行、虚伪、狂喜或无知那巨大的暗流,无论诗的意旨崇高与否。

你不妨撕开一首诗,看看有何技艺令它滴答作响,在面前摊开元音、辅音、音韵或节奏这些构件时,你会自言自语道:"是,就是这个。

这就是为什么这首诗打动我的理由,也是这些技艺的所在。"但是,你又回到了你开始的地方。

你带着为词语感动的神秘回到原点,最好的技艺总会在诗歌的构件中留下空隙和缺口,以便诗外之物可以悄悄地爬入、爬行、闪光或轰鸣。

诗歌的乐趣和功能现在是、曾经是对人的赞美,也是对上帝的赞美。

(海岸 译)

"他的族群之清脆合唱":狄兰·托马斯的影响力[1]

约翰·古德拜

一

狄兰·托马斯给 20 世纪英语诗歌的编年史学家和评论家出了一个难题,尤其是他属于威尔士诗人还是英格兰诗人,至今尚无定论。这一难题太大,因而近四十年来,经典缔造者和历史学家基本上都冷落他,最多把他视为一位引人注目而微不足道的诗人,有的甚至把他贬成靠诗歌行骗的骗子。因此,从《奥登一代》(*The Auden Generation*, 1976)、《三十年代的英国作家》(*British Writers of the Thirties*, 1988)和《20 世纪 40 年代以来的英语诗歌》(*English Poetry Since 1940*, 1993)至今,英格兰评论家一直排挤、边缘化或者高人一等地对待他。在威尔士,20 世纪 60—90 年代,约翰·阿克曼(John Ackerman)、沃尔福德·戴维斯(Walford Davies)、拉尔夫·莫德(Ralph Maud)以及詹姆斯·戴维斯(James A. Davies)严肃认真又机

---

[1] John Goodby. "The Liquid Choirs of his Tribes": The Influence of Dylan Thomas. In *Dylan Thomas: A Centenary Celebration*. edited by Hannah Ellis. London: Bloomsbury, 2014.

智地认可了托马斯的业绩,但在托尼·康兰(Tony Conran)的《盎格鲁-威尔士诗歌前沿》(*Frontiers in Anglo-Welsh Poetry*, 1997)、温·托马斯(M. Wyn Thomas)的《相关文化》(*Corresponding Cultures*, 1999)以及威尔士评论家的最新作品中,他们显然不太愿意评论他的诗歌,或只是一笔带过而已。这表明狄兰·托马斯出的难题并非源于其饱受诟病的"晦涩难懂"——正如威廉·燕卜荪(William Empson)所言,一旦知道他那些早期诗歌基于几个基本的理念,解读起来并不难,另外还有许多狄兰·托马斯诗歌难点的注释可供参考——而是源于关于确认他属于什么类型的作家以及如何界定他的老问题。

截至20世纪70年代中期,狄兰·托马斯不仅是大众读者的宠儿(至今依然如此),也是评论家的宠儿。这是因为他可以被贴上"浪漫主义"诗人的标签,对此诗歌评论界可以接纳,尽管大卫·霍尔布鲁克(David Holbrook)、运动派的作家以及利维斯(F.R. Leavis)的追随者等发出一些抗议的声音。然而,起始于1976年前后,来自英格兰的这些微弱反对打破了这种共识,就像当时其他的战后共识被打破一样,而新秩序无法为狄兰·托马斯这样一位富有"诗意"的诗人提供容身之所。20世纪的英格兰诗歌由牛津剑桥学派的新生代主导,崇尚奥登的叙事方式,无情地将他拒之门外,同时以威尔士为中心的盎格鲁-威尔士诗歌也冷落他。狄兰·托马斯诗歌遭此厄运是因为他的诗歌跨越了边界,融合了英格兰和威尔士元素(以及爱尔兰、美国和欧洲元素等)。在身份政治的新时代,他具有多重性。主流(一些不具有代表性的选集除外)认为他太难,先锋派认为他太主流,英格兰人认为他太威尔士,威尔士人认为他太英格兰,文化精英认为他太平民化(而不是太流行)。因此,他淹没在了自己的传奇中,没有获得一位严肃作家应有的关注。

然而,即使在20世纪50-60年代评论狄兰·托马斯的全盛时期,给他贴上"浪漫主义"的标签一直都不准确,连他的拥护者也没有真正明白这一事实。因此,1976年,克什纳(R.B. Kershner)宣称,他的诗歌"本身就是其方向的一个终点,就像《芬尼根守灵夜》一样,并不能促进进一步发展"。[1] 这个观点失之偏颇,但发人深省。事实上,一方面《芬尼根守灵夜》带来了许多成果,但另一方面把狄兰·托马斯和乔伊斯归为一类能让我们注意到他的现代主义起源。[2] 从这方面看,"终点"的说法至关重要。因为事实上狄兰·托马斯在其死后对英国诗歌产生了潜移默化的巨大影响。我希望阐明这一点,为了重塑他在20世纪英国诗歌中的重要地位,我接下来将阐述他对20世纪50-60年代的后起诗人产生深远的影响。我认为,狄兰·托马斯影响的独特之处在于对英国诗歌的两种流派都产生了影响。这两种流派就是所谓的"主流"和"非主流"(又可称为"实验派"、"新现代主义派"和"语言创新派")。这种影响的广度反而成为了后期关于他的评论作品减少的原因,因为他横跨两大分支,扰乱了各分支站稳自身脚跟对抗另一个分支的努力,正如他使定义到底是"英格兰"诗歌还是"威尔士"诗歌的努力成为一个难题一样。从这个意义上来说,他身陷后20世纪90年代

---

[1] R.B. Kershner Jnr. *Dylan Thomas: The Poet and His Critics*. Chicago: American Library Association, 1976, p.128.

[2] 同理,大卫·戴希斯(David Daiches)指出"(他)并非像庞德和艾略特一样可以给其他人提供经验教训"。详见Kershner, *Poet and His Critics*, p.128。

英国诗歌和文化的分支中,在中间地带游荡,主流诗人和评论家也会偶尔认可他,这反映了一种难以摆脱的认识:他至关重要。但他们终究无法接纳他,因为狄兰·托马斯一定程度上代表了英国后荒原时代诗歌的现代派,接纳他需要认可这一备受压制的流派。[1]

二

在过去二十年间,日益明显的是狄兰·托马斯诗歌巧妙脱离常规的现象并不少见,只是按自身规律出现而已。《诗十八首》(1934)中的"进程风格"令他同时代的诗人震惊不已又印象深刻,当前对于现代主义多样性更深刻的理解为这种"进程风格"的起源提供了解释。这种风格巧妙地融合了艾略特现代主义的原则、乔伊斯的双关语和劳伦斯的性爱生机论,同时借用了奥登及其追随者塞西尔·戴·刘易斯(C. Day Lewis)、斯蒂芬·斯彭德(Stephen Spender)和路易斯·麦克尼斯(Louis MacNeice)重新启用的传统形式,这一点已经日益明显。1933年夏至1934年春,狄兰·托马斯按照标准句法的规则安排现代主义拼接式意象的顺序,并继承了诗歌分节的形式、格律和尾韵。这种手法形成了一种前所未有、令人不安的混合风格,脚踏现代主义和传统主义两大阵营,具有强烈的修辞效果。

---

[1] 关于英国诗歌,因篇幅有限,我只讨论英格兰诗歌、盎格鲁-威尔士诗歌以及苏格兰格雷厄姆(W.S. Graham)的诗歌。这方面的研究刚刚起步,最近的一个案例研究,详见笔者论文。"Bulbous Taliesin": Macneice and Dylan Thomas, in Fran Breartonand Edna Longley (eds). *Incorrigibly Plural: Louis MacNeice and his Legacy*. Manchester: Carcanet, 2012, pp.204-223.

这种手法融合了似乎互相排斥的元素,在《诗十八首》(1934)和《诗二十五首》(1936)中体现得淋漓尽致。例如,在《我看见夏日的男孩》一诗中,有这样一行诗"瞧,他俩交错时,爱情柱在亲吻"(O see the poles are kissing as they cross),但这"爱情柱"到底是在满怀爱意地亲吻还是受虐地亲吻显然不清楚,"cross"一词指十字架、反对、性交或愤怒,显然也不清楚。换言之,大多数英国诗歌将现代主义的力量作为自由人文疗养和象征性宽慰项目的一部分,而狄兰·托马斯对此不感兴趣;相反,他试图增加矛盾,把它们当作存在表现主义的哥特派怪诞现代主义的一部分。这种现代主义的背后还隐藏着莎士比亚无韵诗的浑厚、玄学派诗人的自负以及最为重要的威廉·布莱克(William Blake)的空想和反律法主义诗学。他的主题是抒情诗歌传统的基本主题——生死爱欲和信仰,其中死亡(永生)的主题尤为突出。尽管关注空想和梦幻的状态,他的诗歌也体现了20世纪30年代初历史危机中令人焦头烂额的矛盾,涉及神话、生物和宇宙各个层面,与当时纯粹反映社会表象、更明显的"政治"诗形成对比。那连字符连接、矛盾的盎格鲁-威尔士条件让狄兰·托马斯成为了一位可以似乎互相排斥的方式写诗的诗人并获得了不容忽视的成功。读《羊齿山》和《薄暮下的祭坛》时,我们或许不禁会问:如此截然不同的诗歌怎会出自同一诗人之手?

三

或许狄兰·托马斯影响双重性的最显著例子在美国(尽管事实

证明最短暂),正如埃里克·霍贝格(Eric Homberger)指出,"狄兰·托马斯之后再无英国诗人对美国的品味产生重大的影响"。[1] 20世纪50年代初,自由的知识界依然受麦卡锡主义压迫,狄兰·托马斯给了异常沉寂的美国诗歌文化重重一击,让它重新焕发出了活力。狄兰·托马斯渴望美国,同时美国也渴望他,这都是因为他处于非英格兰的中间地带。他对美国的渴望促使他对美国诗歌着迷,令他的作品深受惠特曼的影响,兼具哈特·克兰(Hart Crane)的音韵风格。他的作品最先于1940年在美国问世,马歇尔·斯蒂尔斯(Marshall W. Stears)和大卫·艾弗斯(David Aivaz)等美国评论家率先评介了狄兰·托马斯诗歌。而他成为了连接大西洋两岸的纽带,在20世纪40年代中期,向牛津大学里"崭露头角的(英格兰)诗人"介绍了理查德·威尔伯(Richard Wilbur)、艾伦·泰特(Allen Tate)、罗伯特·佩恩·沃伦(Robert Penn Warren)、约翰·克罗·兰瑟姆(John Crowe Ransom)以及华莱士·史蒂文斯(Wallace Stevens)的作品,当时他们的作品都还默默无闻。[2] 20世纪50年代初,在美国巡回诗歌朗诵期间,他结交了许多其他诗人,尤其值得一提的是,几位年轻的非裔美国诗人——鲍勃·考夫曼(Bob Kaufman)、克莱德·哈姆雷特(Clyde

---

[1] Eric Homberger. *The Art of the Real: Poetry in England and America Since 1939*. London and Totowa, NJ: Dent and Rowman and Littlefield, 1977, p.180.

[2] John Wain. *Sprightly Running: Part of an Autobiography*. London: Macmillan, 1962. Cite from: James Keery. "Menacing Works in My Isolation: Early Pieces". In *The Thing About Roy Fisher*, John Kerrigan and Peter Robinson (eds). Liverpool: Liverpool University Press, 2000, p.79.

Hamlet)、史蒂夫·克勒特(Steve Korrett)、阿尔·杨(Al Young)——体会到狄兰·托马斯是以局外人的身份和他们述说。[1]临终前,他不再扮演凯尔特野蛮人的角色,而是近乎成为了一位荣誉美国诗人。

狄兰·托马斯的影响主要在于他影响了"熟的"和"生的"诗歌践行者。他那强烈的抒情方式影响了罗伯特·洛威尔(Robert Lowell)的《楠塔基特岛上的贵格会教徒墓地》(*The Quaker Graveyard in Nantucket*, 1945)和约翰·贝里曼(John Berryman)的《向布雷兹特里特夫人致敬》(*Homage to Mistress Bradstreet*, 1953),而《穿过绿色茎管催动花朵的力》的植物脉络帮助迪奥多·罗赛克(Theodore Roethke)脱离了奥登和艾略特,让他通过对植物生命进行弗洛伊德式的想象,获得了重大突破,创造出了"温室诗"。不那么明显的是,20世纪50年代初纽约派诗人的超现实主义走的就是狄兰·托马斯近20年前走的路。[2]尽管据说弗兰克·奥哈拉(Frank O'Hara)为了避开"那些威尔士唾沫"故意找借口躲开狄兰·托马斯的朗诵,他也崇拜狄兰,正如约翰·阿什伯里(John Ashbery)指出的那样,"狄兰·

---

[1] 狄兰·托马斯在美国结交的朋友包括理查德·威尔伯、罗伯特·洛威尔、伊丽莎白·毕晓普、德尔莫尔·施瓦茨、迪奥多·罗赛克、W.S. 默温;在学术圈外,他还结交了各类作家,比如肯尼斯·雷克斯雷斯、鲁滨逊·杰弗斯、威廉·福克纳、肯内特、帕切、雷·布莱伯利和亨利·米勒以及非文学艺术家,比如马克斯·恩斯特、约翰、凯奇、查理·卓别林和安迪·沃霍尔。

[2] John Berryman. *Collected Poems 1937–1971*. London: Faber, 1991, pp.138, 146,147. 参见: Philip Coleman. "An unclassified strange flower": Towards an Analysis of John Berryman's Contact with Dylan Thomas. In Glyn Pursglove, John Goodby and Chris Wigginton (eds), *The Swansea Review*, pp. 22–33. Louis Simpson, *A Revolution in Taste*. New York: Macmillan, 1978, p.38.

托马斯更加放荡的一面"正是奥哈拉为自由表达而精挑细选的基础之一。[1] 肯尼斯·雷克斯雷斯(Kenneth Rexroth)以不那么温文尔雅的方式为狄兰·托马斯作了一首愤怒的挽诗《你不应该死》(*Thou Shalt Not Kill*, 1854),该诗成为了艾伦·金斯堡(Allen Ginsberg)《嚎叫》(*Howl*)的主要模型。20世纪50年代末,约翰·马尔科姆·布林尼(John Malcolm Brinnin)在《狄兰·托马斯在美国》(*Dylan Thomas in America*)一书中所描述的狄兰私人琐事成为了自白派诗人自我伤害的诚实之典范,正如狄兰·托马斯放荡不羁的行为被作为典范来支撑"垮掉的一代"的自白一样。[2]

狄兰·托马斯这方面的影响可以推导出更多他对先锋创作非决定性的影响。他"劈"的形式似乎与查尔斯·奥尔森(Charles Olson)"投射诗"中的"开放式创作"大不相同,但不单单是共同的时代精神将狄兰与奥尔森的观点联系起来。奥尔森认为,应该用"耳朵而非眼睛"来衡量诗歌;诗人应该"充分利用口语","通过其喉咙的运作到达

---

[1] 詹姆斯·舒勒(James Schuyler)在"诗歌之晨"中提到了奥哈拉不愿听朗诵。参见: James Schuyler. *Collected Poems*. New York: Farrar, Strauss and Giroux, 1998, p.286. 关于阿什伯里,参见: *The Collected Poems of Frank O'Hara*, ed. Donald Allen. Berkeley: University of California Press, 1995, p.viii.

[2] 1954年,在一次雷克斯雷斯组织的每周一次的例行研讨会上,金斯堡第一次听说了这首诗,该诗称资产阶级态度和资本主义价值观要为谋杀艺术家负责,发表于1956年的《嚎叫》也这样宣称。另一位"垮掉的一代"的领袖诗人对于狄兰·托马斯的称赞,见: Lawrence Ferlinghetti. "Palinode for Dylan Thomas". In *These are my rivers: New Selected Poems 1955 – 1933*. San Francisco: New Directions Books, 1994, pp.42-43.

呼吸的发源地、呼吸以及兴奋的始发地,同时也正好到达所有行为的起源地"。[1] 尽管狄兰·托马斯并不是典型的投射主义者,但他和奥尔森一样关注语言的重要性,把"声音"提升到了几乎不可思议的地步。在两人都拒绝平实风格的基础上,他们都注重表达、生理机能、不断的变化和语言的重要性,这表明了其他相似的特点。同理,罗伯特·邓肯(Robert Duncan)写了一篇《青年狗艺术家的画像》的书评,充满了仰慕之情,文中的论述似乎与狄兰·托马斯在《平衡》(*Equilibrations*)一文中描述诗歌应该如何"从"词语开始而非"面向"词语如出一辙:

诗歌并不是一股意识流,而是一个创作领域,我可以随意利用里面的东西。只有词语会进入该领域。声音和创意。引导音调的元音,辅音的各种打击声。重音和音节数量的安排……韵、设计中对于形式的强调以及双关语会令该领域变得复杂……一个词在他手上有一块真正石头的重量。一个元音的音调有一只翅膀的颜色。[2]

---

[1] Charles Olson. "Projective Verse". In Paul Hoover, ed., *Postmodern American Poetry: A Norton Anthology*. New York: Norton, 1994, pp.613-621. 20 世纪 30 年代中期后,托马斯一直强调诗歌根植于声音产生的生理机能,坚持认为"诗歌是通过大脑后发自内心创造出来的",攻击随意的阅读风格;"这缺乏听觉价值……贬低了这门主要依赖富有音乐性地融合元音和辅音的艺术"。参见: Dylan Thomas. *Early Prose Writing*, ed. Walford Davies. London: Dent, 1971, p.166.

[2] Paul Hoover. *Postmodern American Poetry*. New York: W. W. Norton & Company, 1994, pp.621-626, 626-628.

这里邓肯好像在回忆《那话语的音色》:"我像解开鱼线,解开每一枚石子。"约翰·凯奇(John Cage)也以更加奇特的方式响应狄兰·托马斯的精神:"不相似的东西互相共存;多样性;众多中心;'劈开棍子便是耶稣'";"畅通无阻与互相渗透;无因果关系"——此类警句从主题上不仅让我们想起进程诗学,还让我们想起,与凯奇一样,狄兰·托马斯的技艺只是手段而已,用于实现随心所欲的优雅,创造出可以不断被建构的文字作品,"因而可以随时接受偶然的奇迹,让一件精心制作的作品成为一件艺术品"。[1] 尽管有人可能对这种联系提出异议,但这些诗人和狄兰·托马斯一样都抵制"诗歌体现现实和依靠模仿的观点",攻击加拿大诗人史蒂夫·麦卡弗里(Steve McCaffrey)所谓的"指涉谬误"(referential fallacy)以及试图"让一个字素的直接实证经验代替一个文字的能指通常试图释放的东西(能指和所指)"的努力。[2] 他们共同的目标,正如艾弗斯于1945年评论狄兰·托马斯作品时所言,是"让诗歌脱离起源、宗教和死亡的束缚","不单单把独一无二的个体塑造成受害者,也塑造成拥有选择权的行动者;不仅仅是历史创造的产物,也是历史的创造者"。[3]

---

[1] Dylan Thomas. *Quite Early One Morning*. New York: New Directions Press, 1954, p.152.

[2] Steve McCaffre. 'Diminished Reference and the Model Reader'. *North of Intention: Criticial Writings 1973 – 1986*. New York: Roof Books, 2000, pp.13–29.当然,这个观点并不否认意义的重要性,而是通过意识形态加以干预,导致能指的过程和语言本身变成了隐形。

[3] Robert Horan. 'In Defence of Dylan Thomas'. *The Kenyon Review*, VII: 2.

四

在更加保守的英国诗歌文化中,狄兰·托马斯的影响没有在美国那么明显,但更加根深蒂固,更加持久。在威尔士,他对20世纪40—50年代一批年轻诗人的早期作品产生的影响是清晰可见的,这些年轻诗人包括莱斯利·诺里斯(Leslie Norris)、约翰·奥蒙德(John Ormond)和丹尼·阿布斯(Dannie Abse);首部重要的盎格鲁-威尔士诗选还以《欢快的小屋》(*The Lilting House*)命名。[1] 然而,大体而言,威尔士诗人很快便开始谨慎地对待狄兰·托马斯。有些诗人,比如威尔士语诗人彭纳尔·戴维斯(Pennar Davies),毫不隐藏自己的敌意("一位富有天赋的艺人、20世纪宣传历史中的杰出人物……一位有趣而微不足道的诗人");大多数诗人意识到在狄兰·托马斯的影响下不可能出现原创风格。正如彼得·芬奇(Peter Finch)在1967年时所言:"生活在威尔士,//嘟嘟囔囔/ 狄兰·托马斯的化身/ 以各种伪装的方式。"然而,讽刺的是,狄兰·托马斯对于威尔士诗歌惊人的影响并不是直接影响,而是产生了反面影响——与他相对,催生了后运动派的平实风格,R.S.托马斯(R.S. Thomas)强化了这种风格,让诗歌注重表述而非风格或者关注根源、土地、宗教和家庭,遗忘狄兰·托

---

[1] "*The Lilting House*"取自狄兰·托马斯的名诗《羊齿山》,诗中开篇有一行"About the lilting house and happy as the grass was green"——译注。

马斯代表的、雄心勃勃又略带现代主义的起源。[1] 直到最近,在 21 世纪,罗伯特·明希尼克(Robert Minhinnick)的作品底气十足地采用了游吟诗人、先知的声音,继承了狄兰·托马斯的一些遗产,让它们获得了回归。

一定程度上来说,英国对于狄兰·托马斯广泛积极的接受从一开始就弥补了这种反面影响。阿尔·阿尔瓦雷斯(Al Alvarez)的《新诗》(*The New Poetry*, 1962)驳斥了运动派的狭隘性并界定了十几年来诗歌朗诵的听众,专门将泰德·休斯(Ted Hughes)挑出来盛赞了一番,认为狄兰·托马斯是泰德·休斯和 D.H.劳伦斯之间的一条纽带。[2] 这降低了狄兰·托马斯自身的重要性,但正如詹姆斯·克里(James Kerry)辩称,不可否认,"许多(休斯)对于英语自然诗的改写都与一句令人激动的诗句有内在的联系",这句诗就是"穿过绿色茎管催动花朵的力"。[3] 尽管评论界普遍认为 20 世纪 40 年代是"极其糟糕的十年",让人难以追查到这种连续性,休斯本人却毫无顾虑地炫耀它:《在约翰爵爷的山岗》一首诗就不仅为《喜乐》(*Gaudete*)提供了"云雀在我耳畔丝丝地叫/像一根导火索",为"美洲豹"提供了"他的眼睛自上向下搜索",还为"风"提供了"黑/背鸥"。克里幽默地指出,狄兰·托马斯的诗句"一阵狂风/掠过……飞往/绞索口映着

---

[1] Pennar Davies. "Sober Reflections on Dylan Thomas". *Dock Leaves*, 5: 15, 1954, pp.13 – 17.

[2] A. Alvarez. *The New Poetry*. London: Penguin, 1962; repr. 1966, p.23.

[3] James Keery. "The Burning Baby and the Bathwater", *P.N. Review* 171, 33: 1 (September — October), 2006, p.59.

夕阳的鹰"感觉更像是泰德·休斯的诗句而非狄兰·托马斯的。[1]大体而言,许多泰德·休斯的诗与狄兰·托马斯一样都关注人类生存,通常剖析内部和外部世界,由区分人类与自然世界的自我意识激发而来但又批判这种自我意识。

休斯的评论者对此有意见在意料之中。基思·萨加(Keith Sagar)表示,1954年的泰德·休斯"太受狄兰·托马斯的影响了",不过他没有提是如何影响的,也没有提20世纪40年代启示派和新浪漫主义对泰德·休斯的深远影响。[2] 其实,萨加想批判运动派的单调乏味,同时又不想违背其基本审美原则:诗歌应该毫无章法而言,靠的是经验,能够表达稳定的自我。无论怎么论述泰德·休斯自己遵守了这些审美原则,狄兰·托马斯和20世纪40年代的诗歌在泰德·休斯打造自己风格的阶段塑造了他。正如克里所言,泰德·休斯的传记作者伊莱恩·费因斯坦(Elaine Feinstein)既可以说提到了这一点,也可以说忽略了这一点。伊莱恩写道,"泰德·休斯剑桥大学的导师……坦言她从他那里学到的关于狄兰·托马斯的东西比他从她那里学到的关于约翰·多恩(John Donne)的东西要多",但她并没有注意到这个事实的重要性。[3]

若泰德·休斯会把狄兰·托马斯的诗歌介绍给一位诗人,这位诗人非西尔维娅·普拉斯(Sylvia Plath)莫属,要是她不像他一样了解狄

---

[1] James Keery. "The Burning Baby and the Bathwater", *P.N. Review* 171, 33:1(September — October), 2006, p.59.
[2] 同上注。
[3] 同上注。

兰·托马斯诗歌的话。高中的时候,普拉斯已经开始"模仿并崇拜"狄兰·托马斯了;上大学的时候,她写了一篇关于他的论文并在一次以他命名的写作大赛中获得了优胜奖。若《钟形罩》(*The Bell Jar*)表明了什么,那就是表明了她还花了许多空闲的时间阅读他的作品。的确,她"爱狄兰·托马斯……几乎胜过生命",还因"就狄兰·托马斯的死是否是布林尼的错与其相识很久的男朋友争论不休"而和他分手。[1] 评论者认为,西尔维娅·普拉斯把泰德·休斯视为"第二个狄兰·托马斯",这是他的许多魅力所在。这对夫妇玩的一个游戏是,泰德·休斯说出"狄兰·托马斯或者莎士比亚的一行诗",西尔维娅·普拉斯紧接着说出整首诗。泰德·休斯的魅力在于平易近人、著作颇丰。西尔维娅·普拉斯的诗歌与狄兰·托马斯的诗歌具有紧密的互文性;事实上,在加里·洛讷(Gary Lane)看来,"狄兰·托马斯是西尔维娅·普拉斯《巨人》(*The Colossus*)中直言不讳的巨人"。有这样一个极端的例子:在《荒野上的雪人》(*The Snowman on the Moor*)一诗中,狄兰·托马斯的风格中途闯入诗中,一改前半部分"相当僵化的诗歌语言",通过引用一大堆《一个冬天的故事》、《白色巨人的大腿》和《入了她躺下的头颅》中的典故,隐约表明女主人公渴望一种更加阳刚的力量。《所有逝去的亲人》(*All the Dead Dears*)这个诗名取自《乳林下》(*Under Milk Wood*)中的"我所有逝去的亲人",是狄兰·托马斯进程诗学的典范,生死交织,世代交替。这首诗中海底的详细

---

[1] John Gordon. "Being Sylvia Being Ted Being Dylan: Plath's The Snowman on the Moor". *Journal of Modern Literature*, 27: 1/2(Fall 2003), p.188.

描述源自猫船长的海底对话:"他们如何不畏艰难紧握我们／死去的藤壶!……直到我们离开／每一位带着骷髅旗的格列弗／充满鬼魂,躺着／与他们僵持着,像基石一样牢固。"[1]另外,更加重要的是,西尔维娅·普拉斯在描写怀孕的诗歌——《庄主的花园》(*The Manor Garden*)、《你是》(*You're*)和《尼克与烛台》(*Nick and the Candlestick*)——中发展了狄兰·托马斯有关怀孕、出生和与胎盘对话的诗歌,比如《如果我的头伤着一丝发根》。

与狄兰·托马斯一样,西尔维娅·普拉斯也是20世纪中期为数不多的、同时关注大众文化的"严肃"诗人之一。她在《小姐》(*Mademoiselle*)和《17》(*Seventeen*)杂志上发表过鸡仔文学,同时也在《泰晤士报文学增刊》上发表过诗歌,与狄兰·托马斯一样,并没有受到市场的刁难。此外,她与文化机构有联系,和狄兰·托马斯一样,也是一个杂合体,"轻而易举又几乎违背道德地跨越了文化差异的界限"[2]。值得一提的是,当时的评论者通常把大众文化视为女性文化,进而对它不屑一顾;这有助于解释评论者对待西尔维娅·普拉斯和狄兰·托马斯传奇的方式。因此,两者出于类似的原因(太"歇斯底里",破坏质量差异)受到大卫·霍尔布鲁克的猛烈抨击绝非偶然;这凸显出了两者皆选择立足于高雅文化与大众文化之间的冲突点进行创作的事实,尽管与更加和蔼可亲的狄兰·托马斯相比,西尔维

---

[1] Sylvia Plath. "All the Dead Dears", *Collected Poems*, edited with an Introduction by Ted Hughes (London: Faber, 1991), pp.70-71. 其他三首诗,见: Plath, *Poems*, London: Faber, 1991, pp.125, 141, 240-242.

[2] Jacqueline Rose. *The Haunting of Sylvia Plath*. London: Harvard University Press, 1993, p.167.

娅·普拉斯"为消除这两者之间冲突提供的解决办法"更少。[1]

狄兰·托马斯与20世纪40年代新启示派和新浪漫主义派的现代主义-存在主义诗歌之间错综复杂的关系一直被掩盖着,但对于上世纪后半叶的其他英国诗人而言是一种具有重要意义的关系。杰弗里·希尔(Geoffrey Hill)最早期的诗歌写于牛津,狄兰·托马斯也一度在牛津生活,直到1949年5月才离开;从更加学术的层面来看,《创世记》(Genesis)和《上帝的小山》(God's Little Mountain)都受到了狄兰·托马斯的启发:"依赖血液我们活着,热的,冷的／破坏和拯救世界:／不流血的神话无法存在。"[2]埃德温·摩根(Edwin Morgan)也表示:"我刚开始写作的时候,狄兰·托马斯和戴维·加斯科因(David Gascoyne)等盎格鲁-威尔士和新启示派的诗人引起了我的兴趣。"[3]战后英国新现代主义诗歌最重要的先驱罗伊·费希尔(Roy Fisher)受到的影响则更深:

有趣的是……正是读狄兰·托马斯让我开始从事写诗。这好像一起天体事件,一个天体受到另一个天体的撞击,离开自己熟悉的轨道进入一个新轨道……我偶然读到了《燃烧的婴儿》(The Burning Baby),接着读了前两部诗集和《爱的地图》以及我搜集的一些超现实主义和新浪漫主义的作品。正是那些相当原始的奇特现象……某种

---

[1] Jacqueline Rose. *The Haunting of Sylvia Plath*. London: Harvard University Press, 1993, p.169.
[2] Geoffrey Hill. *Collected Poems*. Harmondsworth: Penguin, 1985, p.16.
[3] Interview with Edwin Morgan. *Angel Exhaust*, 10 (Spring 1994), p.53.

语言或者想象的岩浆、出人意料的内部结构、对于无人知晓其存在的禁忌的破除彻底改变了我的天真。就是这样。我已经几年没有重温狄兰·托马斯的作品,但它们依然是一种令人惊奇的现象,不太会分解成可见的元素——威尔士人、《圣经》、酒和睾丸素等——有些东西还是无法解释,或许给它找个安身之所很难。[1]

费希尔早期诗歌中最有影响力的诗《柠檬新娘》(*The Lemon Bride*, 1954)在很大程度上要归功于狄兰·托马斯的短篇小说《柠檬》(*The Lemon*, 1934),它为这首诗提供了"柠檬"、蜡、霜、树、酸、刀以及狄兰·托马斯的词组"室外天气"(outside weather)。狄兰·托马斯的小说讲述了一名疯狂的科学家、一个男孩、一个女孩以及一个柠檬,这个柠檬包含一种酸,既能杀人也能让人起死回生;而费希尔的诗展现了一个被强奸女孩的"无比愤怒"和完好无损,这个女孩在诗人看来备受20世纪50年代文化的困扰,但是两者都是创作神话的建构,费希尔在诗中借鉴了狄兰·托马斯对于性焦虑和哥特式野蛮威胁的阐释,这种阐释也是费希尔"真正的出发点"。[2]

然而,狄兰·托马斯对英国后期诗歌最重要的影响无法在费希尔身上体现,或许连在泰德·休斯和西尔维娅·普拉斯身上也无法体现。生于格陵诺克、定居于康沃尔郡的 W.S.格雷厄姆是托尼·洛佩

---

[1] James Kerry. "Menacing Works in my Isolation": Early Pieces. In *The Thing About Roy Fisher: Critical Studies*, John Kerrigan and Peter Robinson (eds). Liverpool: Liverpool University Press, 2000, p.51.

[2] 同上书,第50-51页。

斯(Tony Lopez)和丹妮斯·赖利(Denise Riley)等现代主义后期诗人的代表人物,因为主流评论家认为,他一直致力于把诗人从他们所谓的20世纪40年代的混乱局面中拯救出来[1]。然而,这种观点割断了W.S.格雷厄姆与狄兰·托马斯的联系,否认了他是20世纪40年代新启示派的成员,还质疑了他20世纪40年代的诗歌与其后期更加广泛认可的作品之间的连续性。格雷厄姆本人反对这种操纵,一生都坚持认为他早期的诗歌质量并不比其后期作品差。正如他1977年警告迈克尔·施密特(Michael Schmidt)时所言:

并不是这样的(摆脱了狄兰·托马斯的影响)。你对我的评论是一些陈词滥调,我对此很失望……我希望自己变得越来越好,但它并不像一条曲线——"他一开始不知道自己在做什么,接着经过了狄兰·托马斯阶段(我学到了许多东西),现在他在改善自我……"在称赞最新作品的同时,你这太贬低早期的诗歌了。诚然,我觉得有进步,但如果我现在把《我坐在旁边的椅子上》(*Here Next the Chair I Was*)(收录于《毫无怨言的笼子》,*Cage Without Grievance*,1942)拿出来,我也会感到自豪,"他们"也会很喜欢的。

洛佩斯令人信服地论证道,即便是较早期的诗,《七次旅行》(*The*

---

[1] 因此,在尼尔·科克伦(Neil Corcoran)看来,尽管一开始"无助地依赖狄兰·托马斯",W.S.格雷厄姆"这位于20世纪40年代开始出版作品的诗人可能对战后英国诗歌作出了最大贡献"。见:Neil Corcoran. *English Poetry Since 1940*. London:Macmillan, 1993, p.47.

Seven Journeys),"已经几乎包含了其主要作品中尚在酝酿的所有主题","W.S.格雷厄姆的发展……在其写作的最初阶段已初现端倪……这并不是在他摆脱年轻时受到的影响后才发生的"。[1] W.S.格雷厄姆与狄兰·托马斯私交甚笃,后者不仅鼓励他,还宣传他的作品,到格拉斯哥去拜访他,此外,在菲茨罗维亚也和他打过交道(他是第一位听到狄兰·托马斯朗诵《羊齿山》的诗人);但是令大多数人印象深刻的是他们诗歌之间的相似之处。[2] 在1946年的《苏格兰诗歌》中,我们发现W.S.格雷厄姆完全赞同典型的狄兰·托马斯观点:诗歌应该"从"词语开始运作,而不是"面向"词语运作,首先最重要的是"从词语开始"而不是促成一种表现或者社会诗学。[3] 在《七次旅行》中,W.S.格雷厄姆似乎系统地践行并拓宽了狄兰·托马斯的

---

[1] "His Perfect Hunger's Daily Changing Bread", review by James Kerry of *The Nightfisherman: Selected Letters of W. S. Graham*. In *P. N. Review*, 27:1 (September – October 2000), pp.35 – 38.

[2] 大卫·莱特(David Wright)在其诗《苏活区事件》(*Incident in Soho*)中纪念了这件事,这首诗描述了这次"不太可能创造的历史",而就在那时"在诺曼底创造了历史———一个大词"。莱特看到,但耳聋听不到,狄兰·托马斯在一个苏活区的酒吧里向格雷厄姆朗诵一首诗,随后还请他看一看:"他把那首诗给了我,随后转向了其他人:'对了,西德尼?'"首次朗诵《羊齿山》,参见:Tony Lopez, *Meaning Performance*. Cambridge:Salt, 2006, p.92。

[3] W.S.格雷厄姆写道,仿佛在重申狄兰·托马斯传授的经验:"最令我难以忘记的是,一首诗的产生是从词语开始,而不是产生于日益膨胀的心灵,充盈的灵魂或者敏感的观察。一首诗由词语组成,是由某种排列的词语组成的。孰优孰劣取决于其对于生活的意义而不是由通过想象如何或者为何或者什么人强加给它的其他价值观来判断的。"参见:*The Nightfisherman: Selected Letters of W. S. Graham*, Michael and Margaret Snow(eds). Manchester:Carcanet 1999, pp. 379 – 383. 参见:W. S. Graham. *New Collected Poems*, ed. Matthew Francis. London:Faber, 2004, pp.vxi, xviii.

这些方面,玩起了文字游戏,文本化了景观以及性爱和潜意识的文字表现,进而更加直截了当地探索了语言与自我或者语言与人类之间的关系。他在狄兰·托马斯身上发现了所需的比喻,因而《长腿诱饵谣曲》在《夜钓》(The Nightfishing, 1955)中以不那么疯狂的态度进行了修改,《马尔科姆·穆尼土地》(Malcolm Mooney's Land, 1970)中的探险者和极地的乳白天空取材于狄兰·托马斯的诗行"南森冰冷的鼻子贴在满载勋章的小船上"和描写雪景的《一个冬天的故事》。尽管这些文字和主题上的相似之处还有很多,但是它们并不是缺点;与泰德·休斯和西尔维娅·普拉斯一样,W.S.格雷厄姆积极地吸收狄兰·托马斯,并对他心怀感激。

在 W.S.格雷厄姆后期的一首诗《语言利用我们干什么》(What is language using us for, 1977)中,主人公讲述了在冰袋上与"鲸鱼之王"(The King of Whales)的一次邂逅,鲸鱼之王"非常想/和我聊一聊/我如何努力地冲破/巨大的障碍"。这个障碍当然是指语言,鲸鱼之王是"我的一个老叔叔/你的叔叔冲过盲区/我们之间的冰盖……呼唤他那失职的狗"。他的目的令人费解,但 W.S.格雷厄姆的主人公告诉我们他的目的"是寻找/一切可以让他通过的东西/ 出于习惯,哪一个是我可以求助的人/ 请他教我改善自我的方法"。[1] 换言之,"他"是诗歌方面的一位导师;鉴于格雷厄姆使用狄兰·托马斯最喜欢的威尔士(Wales)与鲸鱼(whales)的双关语,毫无疑问狄兰·托马

---

[1] W.S. Graham. *New Collected Poems*, ed. Matthew Francis. London:Faber, 2004, p.202.

斯正是所需的导师。[1] 不出所料,《新诗集》中没有提到这种联系,忽视了20世纪中期英国诗歌中最富有创意的关系之一。[2]

这样的误读在诗歌篱笆的另一面也有出现。1994年,尼格尔·惠尔(Nigel Wheale)痛批狄兰·托马斯"过于晦涩难懂,令人绝望",指责他的"写作兴趣无模式可寻"。这样的观点出现在一篇试图重塑利奈特·罗伯兹(Lynette Roberts)声誉的论文中或许显得有点奇怪。[3] 不过,最近理解有所增加。1991年,托尼·佩洛斯研究W.S.格雷厄姆时竭尽全力拉开W.S.格雷厄姆与狄兰·托马斯之间的距离;然而,他在《意义表现》(*Meaning Performance*, 2006)中调整了自己的观点,有效地驳斥了一些关于狄兰·托马斯的固有看法。[4] 事实上,最近致力于复兴20世纪40年代和狄兰·托马斯的评论家也是新现代主义的诗人,比如佩洛斯和凯奇。德鲁·米尔(Drew Milne)、杰拉尔丁·蒙克(Geraldine Monk)、玛吉·奥沙利文(Maggie O'Sullivan)、戴维·安恩(David Annwn)和贾尔斯·古德兰(Giles

---

[1] W.S. Graham. *New Collected Poems*, ed. Matthew Francis. London: Faber, 2004, p.127.

[2] 同上书,第202-203页。

[3] Nigel Wheale. "Lynette Roberts: legend and form in the 1940s". *Critical Quarterly*, 36: 3 (Autumn 1994), p.13.其实,罗伯兹的诗也以晦涩难懂著称。

[4] Tony Lopez. *Meaning Performance* (Cambridge: Salt, 2006), pp.92-94. 菲利普·拉金(Philip Larkin)富有激情地描述了狄兰·托马斯以及他1941年11月在牛津英语俱乐部的朗诵。通过引用拉金的这些描述,洛佩斯补充说:"请注意,狄兰·托马斯可以被描述成……一个普通的'家伙',也可以被认为是一位举世闻名的诗人,从他开的玩笑和读的模仿作品中可以看出,他非常清楚诗人的公共角色所带来的危险。运动派作家后来把他塑造成游吟诗人,但根据拉金的描述,他其实是游吟诗人的对立面。"

Goodland)的著作表明,英国先锋诗歌受到的狄兰·托马斯的影响可能比其意识到的要多。狄兰·托马斯出现在此类著作中可以追溯至很久以前,《成长中的诗人》(Poet in the Making,1968)的致谢引人注目地包含了拉尔夫·莫德对于杰米·普林(Jeremy Prynne)的谢意,"我曾多次运用他的眼睛来审视手稿"。[1]

五

最后,我们或许要阐述狄兰·托马斯在非英语世界的情况和影响力。威尔士诗人尤洛斯·博文(Euros Bowen)曾指出,狄兰·托马斯不属于威尔士英语诗人,而是一位其作品中蕴含欧洲特色的威尔士诗人。尽管这种观点对于狄兰·托马斯融合英语和盎格鲁-威尔士准则的手法过于轻描淡写,但它表明狄兰·托马斯是约翰内斯·波勃罗夫斯基(Johannes Bobrowski)和特里斯唐·查拉(Tristan Tzara)等截然不同的诗人的称颂对象,还表明评论俄罗斯诗歌的评论者应该这样论述:与写出《石板颂》(The Slate Ode)等诗歌的曼德尔施塔姆(Mandelstam)最对应的英语诗人就是早期的狄兰·托马斯。[2] 尽管有免责声明,但通过阅读《过渡》(Transition)杂志中的超现实主义作品、与超现实主义者交流(1936年6月,国际超现实主义展览会结

---

[1] Ralph Maud. *Poet in the Making: The Notebooks of Dylan Thomas*. London: Dent, 1968, p.43.
[2] Nathalie Wourm. "Dylan Thomas and the French Symbolists". In Tony Brown, ed., *Welsh Writing in English: A Yearbook of Critical Essays*, vol.5 (1999), p.27.

束后,他与保尔·艾吕雅一起朗诵了诗歌)以及通过阅读韦尔农·沃特金斯(Vernon Watkins)传递给他的里尔克、荷尔德林和洛尔迦等人的翻译作品,他对欧洲诗歌了如指掌。与偏狭的英语传统相比,狄兰·托马斯认为诗歌是一门检验和反复锤炼语言的艺术,这让他在非英语世界中成为了一位具有重要意义的作家,这种成名的方式是拉金对日常生存和格言的经验注解无法达到的。这从他的作品被翻译的程度中可见一斑——比如,已经被多次译成主要的欧洲语言,几乎被译成了所有欧洲小语种,此外还部分被译成了阿拉伯语、韩语、日语和中文;共被译成了43种语言,是那个时期英国诗人当中被译介最多的诗人(相比之下,奥登的作品被译成了32种语言)。事实上,他的作品难度反而增加了他的吸引力,与乔伊斯一样,狄兰·托马斯成为了检验可译性的一个例子。

在这方面,有一个例子特别值得一提,即罗马尼亚犹太族的保罗·策兰。詹姆斯·克里认为,保罗·策兰、狄兰·托马斯和新启示派的诗人都源于欧洲空想现代主义,他们采用相似语言表达的频率引人注目。比如,保罗·策兰的《给弗朗索瓦的墓志铭》(*Epitaph for Francois*)与狄兰·托马斯的《穿过绿色茎管催动花朵的力》、《二十四年》遥相呼应(世界的两扇门/一直敞开着······我听到它们碰呀撞呀/带着······绿色进入你的总是),这有点不可思议,尽管这样的例子还有很多。[1] 对此,埃米·科林(Amy Colin)指出,这绝非偶然,保

---

[1] Paul Celan. *Selected Poems*, trans. Michael Hamburger. London:Penguin, 1990, p.79.

罗·策兰读过"狄兰·托马斯关于诗歌意象蕴含自我毁灭种子的看法"并受到了影响,同时也必然读过他的诗歌。[1] 克里指出:"狄兰·托马斯的'种子变换'(seedy shifting)和'黄金家园'(gold tithings)与策兰源自炼金术的隐喻链(黄金-种子和精液-谷粒等)存在紧密联系……策兰同样通过亵渎上帝的意象群("欣喜若狂的诗人的性器官上有上帝的印记")致力于启示派典型的死亡(或永生)主题。"克里还引用保罗·策兰的"痉挛"(spasms)一诗补充说明:"最后一行诗(《我歌颂大量满是伤痕的骨棒》)像是被《我梦见自身的起源》剔除的诗行!"[2]

当然,如此明显的相似性颇具讽刺意味,因为事实上策兰是英国评论界一致认定的战后最伟大的欧洲诗人,通常持这种观点的评论家正是自乔治·斯坦纳(George Steiner)之后忽视、诋毁或高人一等地对待狄兰·托马斯的评论家。

六

通过对比评论界对保罗·策兰和狄兰·托马斯——"从词语开始运作"的诗歌只要不是用英语创作就没有问题——的评介显露出了不良居心,与此遥相呼应,显而易见的是,英国诗人和评论家对狄

---

[1] Amy Colin. *Paul Celan: Holograms of Darkness*. Indiana:Indiana University Press,1991, p.99.
[2] James Kerry. "The Burning Baby and the Bathwater". *P. N. Review*, 31:6 (July-August 2005), p.59.

兰·托马斯依然小心翼翼,仿佛意识到其作品的远大抱负——含蓄地主张诗歌是一门艺术——使他们自我否定的规则变得更加引人注目,有损他们的形象。这就是狄兰·托马斯,在当代英国诗歌中有所缺位,在国外备受推崇,依然相当受欢迎,因为他的诗歌不惧怕"富有诗意",但却不受专业人士待见:他就是法国评论家皮埃尔·马歇雷(Pierre Macherey)所谓的"沉默发声"。有几位诗人——约翰·哈特利·威廉斯(John Hartley Willams)和德雷克·马洪(Derek Mahon)等——呼吁重新评估,但除了声称他是"真实的存在"外,他们并没有阐明应该如何重新评估。与迈克尔·多纳亨(Michael Donaghy)20世纪90年代所持的观点一样,更多的诗人一致承认他们因狄兰·托马斯是青少年而"陶醉其中",但最终认为他"没有发展",因而对于希望进步的诗人而言,把他当作榜样不合适。[1](当然,这需要区分只有贬义的"不成熟诗人"和包括兰波和济慈在内的"青少年诗人",还要关注为何狄兰·托马斯写于1938年至1953年间关于婚姻、战争和为人父的许多诗篇会被忽视。)

  主要问题依然在于抵制狄兰·托马斯语言运用的影响。谢默斯·希尼最清晰明了地阐述了这些影响,同时希尼可能是自拉金之后该领域最著名的诗人。运动派诗歌不断改进,狄兰·托马斯大煞风景,希尼从其最早的导师菲利普·霍布森博姆(Philip Hobsbaum)那儿继承了运动派的诗歌,这从其富有特色的诗歌和评论策略中可见一

---

[1] Donaghy, John Stammers. "The Unconscious Power of Form". *Magma*, 8 (Winter 1996), pp.39–44.

斑。通过这种策略承认诗歌"无法失去……享受语言过程和表现世间万物的乐趣",但后来这种"进程"的程度受到了控制,远远低于狄兰·托马斯可以识别的水平。[1] 20世纪60年代初,狄兰·托马斯是贝尔法斯特学派最钟爱的诗人,而希尼对他的价值持矛盾态度;对于狄兰·托马斯作为典范的挣扎或许蕴含在《一个自然主义者的死亡》中,该诗集可以解读成是对《羊齿山》(真正的农场就是这样的!)的持续回应,也可以解读成是对狄兰·托马斯后期诗歌的模仿力量和田园想象的勉强称赞。在希尼1989年发表的论文《永恒的狄兰》(*Dylan the Durable*)中,值得注意的是,与许多其他英国诗人评论家一样,他只评论了几首诗(《在我敲敲门》和《不要温顺地走进那个良宵》)。它们选自狄兰·托马斯写作生涯的首尾两端,从而给人带来覆盖了整个写作生涯的错觉,但并没有提及写于1933年至1949年间的主要诗歌,《一个冬天的故事》除外。《忧伤袭来前》、《那话语的音色》或者《真理的这一面》等诗会粉碎希尼意欲树立的富有诗意的彼得·潘形象;它们清楚地表明了狄兰·托马斯成熟诗歌复杂多变、深受乔伊斯和布莱克启发的本质。狄兰·托马斯不得不归入"不成熟诗人"之列,要不然会有归入希尼其他更加不屑一顾的类别(即"旅游委员会的陈词滥调")的危险,因为其他类别会引发20世纪中期诗歌发生了什么的难题。希尼把"旅游委员会的陈词滥调"应用到《一个冬天的故事》上。事实上,"旅游委员会的陈词滥调"与其说是用来评

---

[1] Jeffrey Side. "The Influence of Wordsworth's Empiricist Aesthetic on Seamus Heaney's Criticism and Poetry". *English*, 59:225(Summer 2010), p.157.

论这首诗还不如说是狄兰·托马斯如何奇妙地揭开其攻击者盲点的例子——即当狄兰·托马斯被抨击与遗产业串通一气时,明显可以感受到希尼借助《羊毛交易》(The Wool Trade)、《撒切尔》(Thatcher)和《铁匠铺》(The Forge)等深褐色的作品向玻璃屋扔石头[1]。尽管这挺有趣的,但它显露出了重新评估的巨大障碍。

我所指的"障碍"首先是指恰当地重新评估狄兰·托马斯的影响和意义,必须明白20世纪30年代并非由奥登和社会现实主义风格一统天下,在30年代的后五年,奥登和狄兰·托马斯平分秋色。然而,"奥登的十年"这个概念涉及很多既得利益群体,他们在英语文学评论界中的地位依然不可撼动。此外,同意这些观点意味着狄兰·托马斯不再是"一位40年代的诗人"(无论如何,他在1939年前出版了自己三分之二的诗歌)。重新审视40年代必不可少,这也是第二大障碍;在这一时期不仅有《四个四重奏》和《死亡与入场》问世,还有戴维·琼斯(David Jones)的《咒逐》(The Anathemata)、利奈特·罗伯兹的《拥有纯洁之耳的众神》(Gods with Stainless Ears)、W.S.格雷厄姆的《夜钓》以及 H.D.西特韦尔(H.D Sitwell)和埃迪特·西特韦尔(Edith Sitwell)的代表作面世,因而这是糟糕十年的标准论断根本站

---

[1]或许这方面最辛辣的例子是2004年,多恩·帕特森(Don Paterson)对于W.S.格雷厄姆《新诗集》的评论,评论中声称20世纪40年代对于新诗人而言是一个糟糕的时期,因为"狄兰·托马斯和华莱士·史蒂文斯(Wallace Stevens)的成熟阵营引发了几乎整整一代人装腔作势地追随他们,采用残缺的句式和歇斯底里的修辞技巧,导致轻而易举就可以发现现代主义的异装艺术家"。在不经意间的自我披露中,帕特森脱口而出了自己邓迪式的大男子主义对女人的娇气和娘娘腔的恐惧。见:Prism Vistor, The Observer Review, 2004。

不住脚。[1] 不过,辩解也是牢不可破的;这些作品都是现代主义作品,而主流观点认为现代主义到1930年已终结,最多推迟至1939年。最后一道,也是最难逾越的障碍是重新评估狄兰·托马斯的影响需要反思当代诗歌。这意味着需要直面前面提到的"错误路线",因为狄兰·托马斯并没有玩弄现代主义之后抛弃它(奥登1932年就是这样做的),而是十年来一直致力于融合传统形式和现代主义的内容和准则。加布里埃尔·皮尔森(Gabriel Pearson)认为狄兰·托马斯和奥登各占一半,共同组成了英国现代主义诗人,《荒原》之后,再无此类英语诗歌。[2] 探讨这种观点是一种直面"错误路线"的方式,但目前

---

[1] 琼斯、罗伯兹和格雷厄姆的作品出版于20世纪50年代,但写于20世纪40年代。20世纪40年代备受嘲弄的原因在于狄兰·托马斯于1933年至1934年推行的存在-表现主义模式在当时占主导地位,肆无忌惮地过度开发语言,得罪了"英语传统"的支持者。1958年,唐纳德·戴维斯(Donald Davies)给"英语传统"下了如下定义:现实主义散漫平实的风格兼具口语化的诗歌模式,从托马斯·哈代到爱德华·托马斯、"英国的奥登"、拉金、火星诗人以及新生代诗人一路传承下来,融合了非英语诗人和见解独到的诗人(比如杰弗里·希尔、休斯、普拉斯和北爱尔兰诗人)的贡献。在20世纪40年代启示时期,最主要的风格特点是所有艺术作品中都呈现出民粹主义的现代主义(比如亨利·摩尔、格雷厄姆·萨瑟兰和迈克尔·蒂皮特的作品)。这十年的诗歌成就可与那个世纪的任何一个其他十年的诗歌成就争锋。

[2] Gabriel Pearson. The Spectator Review of Books. *The Spectator*, 20 November 1970, pp.731 – 732. 皮尔森敏锐地指出:"其中一位都过度开发了另一位忽略的东西;简略地说,思维与感觉互相对立。奥登像工匠或运动员一样从外部处理语言,而狄兰·托马斯挖掘语言本身,借助语言分解的热量传达神谕。"他总结说:"与当前的偏见不同,我认为,两者当中,狄兰·托马斯比奥登少一些自我否定,通过朗诵自己的诗歌和散文,成为了更加丰富、更加以人为本的艺术家。"有人可能对此提出异议,但还是觉得奥登和狄兰·托马斯的重要性需要重新审视。

尚未发生。狄兰·托马斯极端的杂合性极具影响力,因而他还是像鬼魂一样出现在当今所谓的"多元"诗歌文化的盛宴上。需要说明的是,并不是当今的诗人讨厌狄兰·托马斯的作品——他们可能讨厌,但他们往往比评论家更加乐于接受,而是主流的评论及其对诗歌的理解(自狄兰·托马斯的时代以来,变得更加狭隘了)妨碍了当今诗人对他的接受。20 世纪 90 年代出现的"多元主义"并不是真正具有包容性,因为它基于消费者的选择。小众市场包容一切,却不会包容对市场的质疑。正如约翰·马赛厄斯(John Matthias)2000 年时所言,这种包容惠及"种族、宗教、阶级、语言、性别、性取向——事实上,除了源自现代主义的诗学外,包容一切"。[1]

尽管这种观点很准确,但马赛厄斯 2000 年时还无法评价一项重要进展——1997 年的放权——的影响。上文提到,既得利益者阻碍了对狄兰·托马斯的重新评估,而这一进展似乎能为既得利益者寻找走出迷宫的出路提供可能性。总体而言,威尔士议会倡导一项语言文化主义的政策,自上而下推行威尔士语,使威尔士语成为文化政策的(通常不言明的)中心,进而阻止重新思考杂合和中间地带的东西,比如狄兰·托马斯的作品。另一方面,威尔士议会的存在本身就具有牵制效果;为了让威尔士的政治身份更加安全,与过去相比,议会必然合法化以不那么非此即彼的方式思考威尔士的文化空间。这使非同一性的身份观念成为可能,让狄兰·托马斯可以归为"盎格鲁-威尔士

---

[1] John Matthias. "British Poetry at Y2K". http://www.electronicbookreview. com, p.30 (accessed 20th January 2014).

诗人",而这连字符也不再必定暗含自我分裂或者心灵创伤之意。狄兰·托马斯最重要的影响之一就是奥特嘉·伊·加塞特(Ortega y Gasset)所谓的"纵向侵略者":完全借助毅力和创意以自己的方式征服城里人的乡下人(威尔士的劳合·乔治显然是政治领域的这一类人)。早在1944年《教育法》推出前,狄兰·托马斯就为边缘作家进入中心建立了一种模式,让道格拉斯·邓恩(Douglas Dunn)、休斯和希尼等英国各地的"乡下"诗人成为了受益者。狄兰·托马斯在没有他们那样的有利条件下做到了,这是因为他的出众才华能够把那些在不那么才华出众的作家身上会是缺点的东西转化成优点;如此才华横溢的作家寥寥无几。因此,我认为,狄兰·托马斯对英语诗歌以及21世纪更加包容、不以英格兰为中心的英国诗歌产生了持久或潜移默化的文学影响,自1997年以来,这成为了可能;21世纪的英国诗歌不仅能与其不同的地理身份和谐相处,还能与其不同的传统和模式和睦相处。

(于金权 译)

狄兰·托马斯诗歌在中国的译介历程[1]

于金权[2]

一、引　言

狄兰·托马斯(Dylan Thomas,1914-1953)是继艾略特和奥登之后英国诗坛上的一位杰出诗人,在英国威斯敏斯特教堂的"诗人角"也占有一席之地。威尔士研究狄兰·托马斯诗歌的专家约翰·古德拜(John Goodby)教授盛赞他"不仅是20世纪40年代最有影响力的年轻诗人,而且还是对美国和世界诗歌都产生影响的最后一位英国诗人"。[3] 2016年诺贝尔文学奖获得者鲍勃·迪伦(Bob Dylan,原名罗伯特·艾伦·齐默曼)就深受狄兰·托马斯的影响,还因仰慕狄兰·托马斯而更名。诗人狄兰·托马斯20岁就出版第一部诗集,一举成名,被誉为诗歌天才,但英年早逝,辞世时年仅39岁,诚如王佐

---

[1] 基金项目:国家留学基金委2014年"国家建设高水平大学公派研究生项目资助",编号201408330171。
[2] 于金权博士2016年撰写此论文时就读于英国威尔士班戈大学,2019年回国任教于浙江工商大学外国语学院。
[3] John Goodby.*The Poetry of Dylan Thomas: Under the Spelling Wall*.Liverpool:Liverpool University Press,2013,p.ix.

良先生所言,"如彗星一样划过英美文坛"。[1] 尽管如此,他给后世留下了众多不朽的诗篇,这些诗篇不断获得再版和重译,世界各地的读者对它们的热情至今不减,而对于这样一位重要又倍受青睐的诗人的作品,中国读者至今也未能有机会一睹它们的全貌。本文旨在阐述狄兰·托马斯诗歌在中国的译介历程。

二、狄兰·托马斯诗歌在中国的首次亮相

据现有资料考证,中国对于狄兰·托马斯诗歌的译介可追溯至1948年。著名翻译家杨宪益先生是中国翻译狄兰诗歌的第一人。1948年,上海中华书局出版了由杨宪益先生选译的《英国近代诗抄》,其中收录了一首狄兰·托马斯的诗《你脸上的水》,选自他的首部诗集《诗十八首》(1934),但是杨宪益先生并没有对狄兰·托马斯及其诗歌作出相关介绍。在1983年人民文学出版社再版的《英国近代诗抄》序言中,杨宪益先生叙述了这本集子的由来。他提到该集子里所收入的诗都是他"还是个不到三十岁的青年时期"选译的,"所收的诗都是英国在第一次欧战结束和第二次欧战开始之间的著名诗人的作品","反映了本世纪前半这个极重要时代的西方青年的精神面貌"。[2]

杨宪益先生选译狄兰·托马斯的诗歌绝非偶然。1934年,19岁的杨宪益赴英国牛津大学墨顿学院研究英国文学,直到1940年才归

---

[1] 王佐良主编:《英国诗选》,上海译文出版社,1988年,第754–755页。
[2] 杨宪益译:《近代英国诗抄》,人民文学出版社,1983年,第1页。

国。当年他抵达牛津大学之时,正逢狄兰·托马斯出版首部诗集《诗十八首》在英国文学界引起了轰动。在杨宪益留英期间,狄兰又陆续出版了诗集《诗二十五首》和诗文集《爱的地图》,在英国文学评论界声名鹊起。不到30岁,他已被誉为与奥登齐名的杰出诗人。因此,狄兰·托马斯的诗歌完全符合杨宪益先生选译"著名诗人的作品"和"反映西方青年的精神面貌"的作品的标准。与此同时,牛津大学文学评论家云集,狄兰的诗歌备受他们的关注和推崇。杨宪益身处牛津大学,又研究英国文学,对狄兰的诗歌可谓耳濡目染,在这种情况下,他选译狄兰诗歌可谓顺理成章。

由此可见,杨宪益先生选译狄兰·托马斯的诗歌与其在英国的留学经历息息相关。正是他在英国牛津大学留学让他有机会关注到狄兰的诗歌并认识到其诗歌的重要性,从而促使他选译狄兰的诗歌,让中国读者有机会在狄兰·托马斯生前一睹他诗歌的风采。

三、狄兰·托马斯诗歌的早期汉译:停滞与复苏阶段

1949年至1980年,狄兰·托马斯诗歌的汉译一片空白,这与中国当时的社会、文化和政治环境密不可分,翻译无法在真空中进行,总是要受到各种文本外因素的制约。[1] 尤其在1966年至1976年的"文化大革命"期间,主流意识形态操纵着翻译,外国文学尤其是资本主

---

[1] Bassnett, Susan. "The Translation Turn in Cultural Studies". In *Constructing Cultures: Essays on Literary Translation*, edited by Susan Bassnett and André Lefevere. Clevedon:Multilingual Matters, 1998, pp.123 – 140.

义国家的文学作品翻译因此停滞不前。正如谢天振先生所言,在这一非常时期,"英、美、法等资本主义国家的文学作品,尤其是现当代作品,则被认为是宣扬资产阶级思想和生活方式,基本不能翻译"。[1] 狄兰·托马斯来自资本主义国家英国,其作品的汉译也自然受到当时主流意识形态的影响,因而出现这样一段空白期并不令人意外。

随着"文化大革命"的结束和改革开放政策的实施,中国开始经历林克难先生所说的"第五次翻译热潮"。[2] 中国又开始逐渐重视各种外国文学作品,希望通过借鉴和学习来提升自己的文学作品,由此掀起了一股势不可挡的外国文学作品翻译热潮。在此背景下,我国对狄兰·托马斯诗歌的译介进入了复苏阶段。1981 年,袁可嘉、董衡巽和郑克鲁教授选编的《外国现代派作品选》(第二册)由上海文艺出版社出版,书中收录了巫宁坤教授翻译的五首狄兰·托马斯诗歌,分别是《通过绿色的茎管催动花朵的力》、《当我天生的五官都能看见》、《不要温和地走进那个良夜》、《死亡也一定不会战胜》和《那只签署文件的手》,这五首诗均为首次译介。关于翻译这五首狄兰诗歌的来龙去脉,巫宁坤教授有过相关叙述:袁可嘉教授主编《欧美现代十大流派诗选》时邀请他翻译几首狄兰·托马斯的诗,尽管他深知狄兰的诗歌晦涩难懂,很难翻译,但狄兰的诗篇曾陪伴他"走过漫长的灵魂受难的岁月",故而他"勉为其难翻译了五首"。巫宁坤教授翻译的这五

---

[1] 谢天振:《非常时期的非常翻译——关于中国大陆"文革"时期的文学翻译》,《中国比较文学》,2009 年第 2 期,第 23 - 35 页。
[2] Lin, Kenan. "Translation As a Catalyst for Social Change in China". In *Translation and Power*, edited by Maria Tymoczko and Edwin Gentzler. Amherst and Boston: University of Massachusetts Press, 2002, pp.160 - 183.

首诗影响深远,后来出版的许多诗歌选集中都收录了它们,对后世狄兰·托马斯诗歌的汉译也颇具影响。狄兰·托马斯诗歌的汉语译者海岸就坦言,他当初翻译狄兰·托马斯的诗歌深受巫宁坤这五首诗翻译的影响[1]。1985年,胡壮麟教授也关注到了狄兰·托马斯的诗歌,在《外语教学与研究》中发表了《语音模式的全应效果——试析狄兰·托马斯一诗的语音模式》一文并在文中翻译了狄兰·托马斯的名诗《不要温顺地走进那美好的夜晚》。1988年7月,由漓江出版社出版,王庚年、杨武能和吴笛主编的《国际诗坛》(第4辑)收录了十首由鲁萌、傅浩和李定钧[2]合译的狄兰·托马斯诗歌,其中八首为首次译入中国[3]。除了译文外,译者还简要介绍了狄兰·托马斯及其诗歌的特点。同年9月,王佐良先生主编、上海译文出版社出版的《英国诗选》选入了巫宁坤教授翻译的五首狄兰·托马斯诗歌。王佐良先生除了选入狄兰·托马斯的诗歌外,还简要介绍了他的生平和诗集《死亡与入场》,逐一解读了这五首诗并指出其诗歌特色,称"他的诗更以音乐性出名,有一种特殊的诉诸听觉的力量",近乎符咒。1989年12月,国际文化出版公司出版了由王烨和水琴合译的《狄兰·托马斯诗集》,收录在《二十世纪外国大诗人》丛书中[4]。这是国内第一

---

[1] 2016年2月24日,笔者在上海对海岸先生就狄兰·托马斯的翻译问题进行了访谈,这是他在访谈中所提。

[2] 此傅浩是海岸20世纪80年代初在杭州大学外语系就读时的化学系同学,并非中国社会科学院的傅浩;李定钧是80年代后期海岸来沪读研究生时的曾用名,现任职于复旦大学外文学院。

[3] 王庚年、杨武能、吴笛编:《国际诗坛》(第4辑),漓江出版社,1988年。

[4] 王烨、水琴译:《狄兰·托马斯诗集》,国际文化出版公司,1989年。

个较系统地翻译狄兰·托马斯诗歌的译本,根据 J.M. Dent & Sons 出版公司 1952 年出版的《狄兰·托马斯诗集》(Collected Poems, 1934 - 1952)和该公司 1974 年出版的《狄兰·托马斯诗选》(Selected Poems)选译而成。

此后,狄兰·托马斯诗歌的零星翻译不断涌现在各类外国诗歌选集中。1991 年,在袁可嘉教授主编的《欧美现代十大流派诗选》中收录了巫宁坤教授翻译的五首狄兰·托马斯诗歌。同年,由王恩衷和樊心民合译的《当代英美流派诗选》由安徽文艺出版社出版,其中收录了三首狄兰·托马斯的诗歌,分别为《我击碎的这块面包》、《冬天的故事》和《白色巨人的股间》。1992 年,王家新和唐晓渡选编的《外国二十世纪纯抒情诗精华》由作家出版社出版,选入了九首狄兰·托马斯的诗歌,其中六首由诗人柏桦翻译,依次为《我看见夏天的男孩》、《我切开的面包》、《我与睡眠结伴》、《心之气候的进程》、《当微光再不锁住》和《结婚纪念日》;另外三首由孟猛翻译,分别是《拒绝为一个在伦敦被火烧死的孩子哀悼》、《没有太阳,光就降临》和《十月的诗》。1993 年,巫宁坤教授在中国对外翻译出版公司出版、张曼仪主编的《现代英美诗一百首》中翻译了两首狄兰·托马斯的诗,分别是《我们的阉人梦》和《拒绝哀悼一个在伦敦被火烧死的孩子》。1994 年,外语教学与研究出版社出版了张剑编的《绿色的思忖》,其中收录了王烨和水琴合译的狄兰·托马斯的著名诗篇《羊齿草的山》。1994 年,飞白教授主编的《世界诗库(第 2 卷):英国·爱尔兰》中收录了六首狄兰·托马斯的诗歌,其中《通过绿色茎管催动花朵的力》、《死亡也并非所向披靡》、《当我天生的五官都能看见》和《拒绝哀悼死于伦敦大火中的孩子》由汪剑钊翻译,《那只签署文件的手》和《不要温和地走进那个良夜》由巫宁坤教授翻译。1997年,陈立华将巫宁坤教授翻译的《通过绿色的茎管催动花朵的力》和刘象愚翻译的《不要温顺地走进那美妙的夜晚》选入其主编的《经典诗歌欣赏》中,并简要介绍了狄兰·托马斯的生平,解读了这两首诗的内容和特色。

综上所述,狄兰·托马斯诗歌的早期汉译既有单行的译本又有零星的译文入选外国诗歌选集,两者互相补充,相得益彰,较好地展现了狄兰·托马斯诗歌的基本面貌,为其在中国的进一步译介奠定了良好的基础。

四、新世纪狄兰·托马斯诗歌的汉译

(一)悠悠十载,稳中有进

进入21世纪,河北教育出版社于2002年推出了海岸、傅浩和鲁萌合译的《狄兰·托马斯诗选》,将其收录在"20世纪世界诗歌译丛"中。据诗人海岸在译序中所言,该诗选依据狄兰·托马斯生前"钦定"的选本《诗集(1934-1952)》翻译而成,除个别诗篇选译外,基本上保留了原貌。此外,该译本是海岸根据十几年前他们合译的译本经过修订而成,几经波折才问世。海岸对此在序言中有详细论述:

记得当初傅浩兄从浙江衢州寄来狄兰·托马斯的诗集,那还是八十年代的后期,我在完成学业之余译出第一稿,再由傅浩兄译出第二稿,后又由鲁萌兄译出第三稿,部分译诗曾在漓江出版社的《国际诗坛》(第4辑)发表,可联系出版译诗集之时,才知已有译本抢先一步,译稿重又回到我的手里,一搁就是十余年,其间适逢我大病一场;我也就断断续续修订了十余年,我还曾两度面临死亡,也正是从他生死主题的诗篇中吸取了战胜疾病,战胜死亡的无穷力量[1]。

这段论述也表明,狄兰·托马斯的诗歌激励和陪伴诗人海岸渡过了生死难关。同时,也正是他面临死亡的威胁,让他对人生、青春、爱欲、死亡和痛苦等狄兰·托马斯诗歌中的突出主题有了更深刻的理解。正如黄福海先生在评论海岸译的《狄兰·托马斯诗选》时所言,海岸先生是用生命翻译狄兰·托马斯的诗歌[2]。因此,诗人海岸翻译的狄兰·托马斯诗歌更容易引起读者的共鸣,更受读者的青睐。

除了这个单行的译本外,在新世纪的头十年内,还有不少狄兰·托马斯的诗歌散见于诗歌赏析和诗选中,其中狄兰·托马斯的名诗不断得到重译和再现。2003年,刘守兰在其编著、上海外语教学出版社出版的《英美名诗解读》中翻译并评析了三首狄兰·托马斯诗歌,分别为《羊齿山》、《不要文雅地步入那美妙的夜晚》和《拒绝为一位死于大火的伦敦孩子哀悼》。同年,何功杰在其编著、安徽教育出版社出版的《英美诗歌》中翻译并赏析了狄兰·托马斯的《费恩山庄》。王家

---

[1] 海岸、傅浩、鲁萌译:《狄兰·托马斯诗选》,河北教育出版社,2002年,第8页。
[2] 黄福海:《用生命翻译的诗篇——读海岸译〈狄兰·托马斯诗选〉》,《中华读书报》2014年1月22日。

新在其编写的《欧美现代诗歌流派诗选》中收录了十一首狄兰·托马斯的诗歌,其中除了收录王烨译的《通过绿色茎管催动花朵的力》和孟猛译的《没有太阳,光就降临》等现有译文外,还收录了傅浩和傅谨翻译的两首诗《1939年1月》和《葬礼之后》。傅浩先生在其编译的《二十世纪英语诗选》中收录了狄兰·托马斯的《不要轻柔地走进那个美好的夜》。王家新的《欧美现代诗歌流派诗选》和傅浩的《二十世纪英语诗选》也由河北教育出版社在2003年出版。2005年,蔡天新主编的《现代诗100首蓝卷》由生活·读书·新知三联书店出版,收录了汪剑钊译注的狄兰·托马斯名诗《通过绿色茎管催动花朵的力》。同年,罗若冰在其翻译的《现代诗精选》中收录了两首狄兰·托马斯的诗,分别为《这片我咽咬的面包》和《死亡也一定不会受任何支配》。除此之外,2005年,中国文史出版社出版了北岛的随笔《时间的玫瑰》,在该随笔集中,北岛不仅评析了巫宁坤、王烨和水琴、韦白以及海岸、傅浩和鲁萌译的狄兰·托马斯诗歌,还自译了四首狄兰·托马斯的诗歌,分别为《通过绿色导火索催开花朵的力量》、《而死亡也不得称霸》、《特别当十月的风》和《十月的诗》。2006年,成应翠在其编著的《世界上最美的诗歌》中翻译了狄兰·托马斯的《不要温雅地步入那美妙的夜晚》和《羊齿山》。2008年,章燕在《外国语言文学》第一期上发表了《艺术与现实的融合统一》一文,分析并翻译了狄兰·托马斯的一首诗《拒绝哀悼在伦敦大火中被烧死的孩子》。

(二)译本频出,适逢其时

进入21世纪的第二个十年,中国对于狄兰·托马斯诗歌的译介又出现了一个高潮,2010年至今已经出版了四个狄兰·托马斯诗歌译本。2012年,湖南文艺出版社率先出版了诗人韦白译的《狄兰·托马斯诗选》。2014年1月,正值狄兰·托马斯百年诞辰之际,外语教学与研究出版社推出了诗人海岸翻译的《狄兰·托马斯诗选》并将其列入《英诗经典名家名译》系列,确立了狄兰·托马斯和海岸译著的经典地位。该诗选为英汉对照版,由诗人翻译家海岸在2002年出版的《狄兰·托马斯诗选》的基础上,根据2003年美国新方向出版社出版的修订版《狄兰·托马斯诗歌》,同时参考诗人生前出版的五部诗集,经过修订、补译和替换部分诗作精选而成。

2014年12月,南开大学出版社出版了美国犹他大学吴伏生教授选译的《迪伦·托马斯诗歌精译》,将其收入《英语诗歌名家精品精译》系列中。该精选本也是英汉对照版,但仅收录了25首狄兰·托马斯的诗歌。在该精选本中,除了呈现给读者译文外,译者还为每首诗撰写了"译者赘言",简要评析原诗的创作背景、内容、语言特色和艺术手法。这是国内首部翻译狄兰·托马斯诗歌的简析本。关于这个精选本的选编与翻译,吴伏生在接受笔者的书面采访中提到:

我根据自己的兴趣和诗歌的可译性选中了这些诗,同时希望通过这些诗给读者展现迪伦·托马斯各种不同类型的诗歌。我发现他是一位很难懂的诗人。2014年,我应邀到迪伦·托马斯的故乡斯旺西访学,在他的书房中,听着他的声音,望着给他的许多最优秀的诗篇带来灵感的景色和万物,对他的诗歌和生活有了更深刻、更切身的理解和体会。在此期间,我还认识了迪伦·托马斯研究专家约翰·古德拜,与他一起探讨翻译过程中遇到的一些难点。在翻译的过程中,我倾向于采用"异化"的翻译策略,力求保留迪伦·托马斯的风格及其诗歌的创新性。我觉得,这是给中国读者展现他诗歌的最佳方式,也是让中国读者体会到他诗歌独特性的最有效方式。为了更好地让中国读者理解他的诗歌,我添加了一些注解和评析,希望这个选本能够在中国成为介绍迪伦·托马斯诗歌的入门书[1]。

根据这番译者的自述,不难发现,吴伏生教授主要根据个人偏好和翻译的可操作性选译这个"精选本",同时兼顾了狄兰·托马斯诗歌的典型性。在翻译策略上,他主要采用"异化"策略,重点考虑的是给读者展现狄兰·托马斯诗歌的独特性,而不是读者的可接受性;同时他在译文中加注,又在译文后评析,整个结构安排具有一定的学术性。由此可见,他的译文主要针对的并不是普通读者,而应该是从事诗歌研究以及诗歌翻译研究的学者和学生。他"希望这个选本能够在中国成为介绍迪伦·托马斯诗歌的入门书"的想法印证了这一点。

2014年11月底,科幻大片《星际穿越》在国内公映,片中布兰德教授反复吟诵狄兰·托马斯《不要温顺地走进那个良宵》中的诗句,震撼人心。这在国内引发了一阵"狄兰·托马斯诗歌热",促进了狄兰·托马斯诗歌在中国的传播。在此背景下,为了满足市场和读者的需求,北京人民文学出版社委托诗人海岸修订《狄兰·托马

---

[1] 2016年4月29日,吴伏生教授接受了笔者的书面访谈,这段文字为笔者根据书面访谈整理而成。

斯诗选》并于2015年12月出版了《不要温顺地走进那个良宵——狄兰·托马斯诗选》,将其收录在"蓝色花诗丛"中。该译本实为2002年河北教育出版社出版的《狄兰·托马斯诗选》的修订本,修订了不少与基督教相关的诗句和译注,同时增补了一首新译《生日献诗》。

此外,据诗人海岸透露,华东师范大学出版社将于2020年推出一部由他撰写的狄兰·托马斯诗歌的评析本,收录19首精读与40首注读的狄兰·托马斯的诗歌。尤其值得一提的是,除了为每一首诗提供精心打磨的译诗和详尽的注释外,海岸还将对其中精挑细选的19首狄兰·托马斯名诗进行评析,深入浅出、引经据典地解读狄兰·托马斯诗歌的创作背景、语言特色、相关典故和艺术手法。该评析本的面世有望揭开更多有关狄兰·托马斯诗歌的神秘面纱,让读者更深刻地理解狄兰·托马斯的诗歌,同时能为狄兰·托马斯诗歌的研究者提供丰富的资源。

从河北教育出版社推出海岸的译本《狄兰·托马斯诗选》(2002)到韦白译本《狄兰·托马斯诗选》(2012),从外语教学与研究出版社推出海岸选定的双语版《狄兰·托马斯诗选》(2014)到吴伏生选译的《迪伦·托马斯诗歌精译》(2014)简析本,再到人民文学出版社推出海岸的修订本《不要温顺地走进那个良宵——狄兰·托马斯诗选》(2015)和由华东师范大学出版社推出的海岸撰写的《时光,像一座奔跑的坟墓——狄兰·托马斯诗歌批评本》,21世纪的中国对狄兰·托马斯诗歌的译介日趋成熟,呈现出一片繁荣的景象,满足了中国不同读者的需求。

五、结　语

　　从零星翻译到诗歌选集的涌现,中国对狄兰·托马斯诗歌的译介走过了近七十个春秋,日趋成熟和完善。纵观狄兰·托马斯诗歌在中国的译介历程,不难发现狄兰·托马斯诗歌在中国的译介与政治因素、经济因素和文化因素息息相关。令人遗憾的是,虽然现在国内已有多个狄兰·托马斯诗歌选集,但至今尚缺狄兰·托马斯诗歌的全集。不过,可喜的是,国内已有出版社委托诗人海岸翻译《狄兰·托马斯诗歌全集》,有望在不久的将来面世。这将弥补这一遗憾,让中国读者一睹狄兰·托马斯诗歌的全貌,从而进一步推动中国对狄兰·托马斯诗歌的研究。

参考文献

Ackerman, John. *Dylan Thomas: His Life and Work*. London: Oxford University Press, 1964.

Ackerman, John. *Welsh Dylan: Dylan Thomas' Life, Writing and His Work*. London: John Jones, 1979.

Ackerman, John. *A Dylan Thomas Companion: Life, Poetry and Prose*. London: Macmillan, 1991.

Balakiev, James J. The Ambiguous Reversal of Dylan Thomas's In Country Sleep, Papers on Language and Literature, 32: 1 (1996), pp.21 – 44.

Barfoot, Rhian. *Liberating Dylan Thomas: Rescuing a Poet from Psycho-sexual Servitude*. Cardiff: University of Wales Press, 2014.

Bates, H. E. *The Modern Short Story*. London: Thomas Nelson, 1941.

Bayley, John. *The Romantic Survival*. London: Constable, 1957.

Bigliazzi, Sylvia. Fable versus Pact: Hamlet's Ghost in Dylan Thomas's Early Poetry, *Textus* (Genoa) 5 (1992), pp.51 – 64.

Bold, Alan (ed.). *Dylan Thomas: Craft or Sullen Art*. London and New York: Vision, and St. Martin's Press, 1990.

Brinnin, John Malcolm. *Dylan Thomas in America*. London: Dent, 1956.

Brinnin, John Malcolm. (ed.). *A Casebook on Dylan Thomas*. New York: Crowell, 1960.

Brooke-Rose, Christine. *A Grammar of Metaphor*. London: Seeker & Warburg, 1958.

Bums, Richard. *Ceri Richards and Dylan Thomas: Keys to Transformation.* London: Enitharmon Press, 1981.

Cleverdon, Douglas. *The Growth of Under Milk Wood.* London: Dent, 1969.

Conran, Anthony. *The Cost of Strangeness.* Llandysul: Gomer Press, 1982.

Conran, Tony. "After the Funeral": The Praise-Poetry of Dylan Thomas, *The Cost of Strangeness: Essays on the English Poets of Wales,* ed. Tony Conran. Llandysul: Gomer Press, 1982.

Conran, Tony. "I Saw Time Murder me": Dylan Thomas and the Tragic Soliloquy, *Frontiers in Anglo-Welsh Poetry,* ed. Tony Conran. Cardiff: University of Wales Press, 1997.

Cox, C. B. (ed.). *Dylan Thomas: A Collection of Critical Essays. Twentieth Century Views.* Englewood Cliffs, NJ: Prentice-Hall, 1966.

Cox, C. B. Welsh Bards in Hard Times: Dylan Thomas and R. S. Thomas, In *The New Pelican Guide to English Literature.* Vol. 8, The Present, ed. Boris Ford. Harmondsworth: Penguin, 1983, pp.209 – 223.

Daiches, David. *Literary Essays.* Edinburgh: Oliver & Boyd, 1956.

Daiches, David. *The Present Age in British Literature.* Bloomington: Indiana University Press, 1958.

Davie, Donald. *Articulate Energy.* London: Routledge & Kegan Paul, 1955.

Davies, Aneurin Talfan. *Dylan: Druid of the Broken Body.* London: Dent, 1964; repr. Swansea: Christopher Davies, 1977.

Davies, James A. *A Companion to Dylan Thomas.* Greensborough: University of Kentucky Press, 1997.

Davies, James A. A Mental Militarist: Dylan Thomas and the Great War, *Welsh Writing in English: A Yearbook of Critical Essays* 2 (1996), pp.62 – 81.

Davies, James A. A Picnic in the Orchard: Dylan Thomas's Wales, In *Wales: The Imagined Nation,* ed. Tony Curtis. Bridgend: Poetry Wales Press, 1986, pp.45 – 65.

Davies, James A. Crying in My Wordy Wilderness. *Anglo-Welsh Review* 83

(1986), pp.96 – 105.
Davies, James A. Dylan Thomas: One Warm Saturday and Tennyson's Maud. *Studies in Short Fiction* 14 (1977), pp.284 – 286.
Davies, James A. *Dylan Thomas's Places: A Biographical and Literary Guide*. Swansea: Christopher Davies, 1987.
Davies, James A. Hamlet on his father's coral: Dylan Thomas and Paternal Influence, *Welsh Writing in English: A Yearbook of Critical Essays* 1 (1995), pp.52 – 61.
Davies, James A. Questions of Identity: Dylan Thomas, the Movement, and After. In *Appro-priations and Impositions: National, Regional and Sexual Identity in Literature*, ed. Igor Navratil and Robert B. Pynsent. Bratislava: Narodne literamecentrum, 1997, pp.118 – 129.
Davies, James A. Dylan Thomas in Oxford: An Unpublished Poem. *Notes and Queries* n.s. 44 (1997), pp.360 – 361.
Davies, James A. *Dylan Thomas's Swansea, Gower and Laugharne*. Cardiff: University of Wales Press, 2000.
Davies, Richard A. Dylan Thomas's Image of the Young Dog in the Portrait. *Anglo-Welsh Review* 26 (1977), pp.68 – 72.
Davies, Walford. *Dylan Thomas*. Writers of Wales. 1972. Revised ed. Cardiff: University of Wales Press, 1990.
Davies, Walford. (ed.). *Dylan Thomas: New Critical Essays*. London: Dent, 1972.
Davies, Walford. *Dylan Thomas*. Milton Keynes: Open University Press, 1986.
Davies, Walford. Imitation and Invention: The Use of Borrowed Material in Dylan Thomas's Prose.*Essays in Criticism* 18(1968), pp.275 – 295.
Davies, Walford. Bright Fields, Loud Hills, and the Glimpsed Good Place: R. S. Thomas and Dylan Thomas. In *The Page's Drift*, ed. M. Wynn Thomas. Bridgend: Seren, 1993, pp.171 – 210.
Deutsch, Babette. *Poetry in Our Time*. New York: Holt, 1952.

Emery, Clark. *The World of Dylan Thomas*. Coral Gables, FL: University of Miami Press, 1962.

Empson, William. *Argufying*. ed. John Haffenden. London: Hogarth Press, 1988.

Farringdon, Jillian M., and Farringdon, Michael G. *A Concordance and Word-Lists to the Poems of Dylan Thomas*. Oxford: Oxford Microform Publications, 1980.

Ferris, Paul. *Dylan Thomas*. Harmondsworth: Penguin Books, 1978.

Ferris, Paul. *Caitlin: The Life of Caitlin Thomas*. London: Hutchinson, 1993.

Fitzgibbon, Constantine. *The Life of Dylan Thomas*. London: Dent, 1965.

Fraser, G. S. *Dylan Thomas*. London: Longmans, 1957.

Fraser, G. S. *Essays on Twentieth-Century Poets*. Leicester: Leicester University Press, 1978.

Gaston, George M. A. *Dylan Thomas: A Reference Guide*. Boston, MA: G. K. Hall & Co., 1987.

Gaston, George M. A. (ed.). *Critical Essays on Dylan Thomas*. Boston: G. K. Hall, 1989.

Golightly, Victor. *"Two on a Tower": The influence of W. B. Yeats on Vernon Watkins and Dylan Thomas*. University of Wales Swansea, 2003.

Goodby, John. *Discovering Dylan Thomas: A Companion to the Centenary Collected Poems*. The University of Wales Press, 2016.

Goodby, John. *The Poetry of Dylan Thomas: Under the Spelling Wall*. The University of Wales Press, 2013; Liverpool University Press, 2014.

Goodby, John and Chris Wigginton, eds. *Dylan Thomas: New Casebook*. Basingstoke, Palgrave, 2001.

Greenway, William. *The Poetry of Personality: The Poetic Diction of Dylan Thomas*. Lanham: Lexington Books, 2015.

Grindea, Miron (ed.). *Adam International Review*. Dylan Thomas Memorial Number 238 (1953).

Hardy, Barbara. *Dylan Thomas: An Original Language*. Athens and London: University of Georgia Press, 2000.

Hardy, Barbara. *Dylan Thomas's Poetic Language: The Stream That Is Flowing Both Ways*. Cardiff: University College, 1987.

Hardy, Barbara. Region and Nation: R. S. Thomas and Dylan Thomas. In *The Literature of Region and Nation*, ed. R. P. Draper. Basingstoke: Macmillan, 1989.

Hardy, Barbara. *The Advantage of Lyric: Essays on Feeling in Poetry*. London: Athlone Press, 1977.

Hawkins, Desmond. *When I Was: A Memoir of the Years between the Wars*. London: Macmillan, 1989.

Heaney, Seamus. *Dylan the Durable? On Dylan Thomas*. Bennington, VT: Bennington College, 1992.

Heaney. *The Redress of Poetry*. London: Faber, 1995, pp.124–145.

Holbrook, David. *Dylan Thomas: The Code of Night*. London: Athlone Press, 1972.

Holbrook, David. *Llareggub Revisited: Dylan Thomas and the State of Modem Poetry*. London: Bowes & Bowes, 1962; repr. as *Dylan Thomas and Poetic Dissociation*, Carbondale, IL: Southern Illinois University Press, 1964.

Holbrook, David. Two Welsh Writers: T. F. Powys and Dylan Thomas. *Pelican Guide to English Literature: The Modem Age*, ed. Boris Ford. Harmondsworth: Penguin Books, 1961, pp.415–428.

Holt, Heather. *Dylan Thomas: The Actor*. Llandebie: Dinefwr Press, 2003.

Hornick, Lita. "The intricate image": a study of Dylan Thomas. Columbia University, 1958.

Janes, Hilly. *The Three Lives of Dylan Thomas*. London: Robson Press, 2014.

Johnson, Pamela Hansford. *Important to Me: Personalia*. London: Macmillan, 1974.

Jones, Daniel. *My Friend Dylan Thomas*. London: Dent, 1977.

Jones, Glyn. *The Dragon Has Two Tongues*. London: Dent, 1968.

Jones, T. H. *Dylan Thomas*. Edinburgh and London: Oliver & Boyd, 1963.

Kershner, R. B. Jr. *Dylan Thomas: The Poet and His Critics*. Chicago: American Library Association, 1976.

Kidder, Rushworth Moulton. *Dylan Thomas: The Country of the Spirit*. Princeton, NJ: Princeton University Press, 1973.

Kleinman, H. H. *The Religious Sonnets of Dylan Thomas*. Berkeley: University of California Press, 1963.

Korg, Jacob. *Dylan Thomas*. New York: Twayne, 1965; repr. Hippocrene Books, 1972.

Lahey, Philip A. Dylan Thomas: A Reappraisal. *Critical Survey* 5 (1993), pp.53-65.

Lewis, Peter Elfed. Return Journey to Milk Wood. *Poetry Wales* 9 (1973), pp.27-38.

Lewis, Peter Elfed. Under Milk Wood as Radio Poem. *Anglo-Welsh Review* 64 (1979), pp.74-90.

Lewis, Peter Elfed. The Radio Road to Llareggub. In *British Radio Drama*, ed. John Drakakis. Cambridge: CambridgeUniversity Press, 1981, pp. 72-110.

Loesche, Katherine T. Welsh Poetic Syntax and the Poetry of Dylan Thomas. *Transactions of the Honourable Society of Cymmrodorion*, 1979, pp. 159-202.

Loesche, Katherine T. Welsh Poetic Stanza Form and Dylan Thomas's I Dreamed my genesis. *Transactions of the Honourable Society of Cymmrodorion*, 1982, pp.29-52.

Loesche, Katherine T. An Early Work on Irish Folklore and Dylan Thomas's A grief ago. In *Celtic Language*, *Celtic Culture*3ed. A. T. E. Matonis and Daniel F. Melia. Van Nuys, CA: Ford & Bailie, 1990, pp.308-321.

Lycett, Andrew. *Dylan Thomas: A New Life*. London: Weidenfeld and

Nicholson, 2003.
Mathias, Roland. *A Ride through the Wood*. Bridgend: Poetry Wales Press, 1985.
Maud, Ralph. *Entrances to Dylan Thomas' Poetry*. Pittsburgh: University of Pittsburgh Press, 1963.
Maud, Ralph. (ed). *Wales in His Arms: Dylan Thomas's Choice of Welsh Poetry*. Cardiff: University of Wales Press, 1994.
Maud, Ralph. *Where Have the Old Words Got Me? Explications of Dylan Thomas's Collected Poems*. Cardiff: University of Wales Press, 2004.
Maud, Ralph, and Davies, Aneirin Talfan (eds.). *The Colour of Saying: An Anthology of Verse Spoken by Dylan Thomas*.London: Dent, 1963.
McKay, Don. Dot, Line, and Circle: A Structural Approach to Dylan Thomas's Imagery. *Anglo-Welsh Review* 18 (1969), pp.69–80.
McKay, Don. Crafty Dylan and the Alterwise Sonnets. *University of Toronto Quarterly* 55 (1986), pp.375–394.
McNees, Eleanor J. *Eucharistic Poetry*. London and Toronto: Associated University Press, 1992.
Miller, J. Hillis. *Poets of Reality: Six Twentieth-Century Writers*. Cambridge, MA: Harvard University Press, 1966.
Morrison, Blake. *The Movement: English Poetry and Fiction of the 1950s*. London and New York: Methuen, 1986.
Moynihan, William T. *The Craft and Art of Dylan Thomas*. Ithaca, NY: Comell University Press, 1966.
Murdy, Louise B. *Sound and Sense in Dylan Thomas's Poetry*. The Hague: Mouton, 1966.
Nowottny, Winifred.*The Language Poets Use*. London: Athlone Press, 1972.
Olson, Elder. *The Poetry of Dylan Thomas*. Chicago: University of Chicago Press, 1954.
Parkinson, Siobhán. Obscurity in the *Collected Poems* of Dylan Thomas.

University College Dublin, 1981.

Peach, Linden. *The Prose Writing of Dylan Thomas*. Basingstoke: Macmillan, 1988.

Perry, Seamus. "Everything is Good News", review of centenary edition of the *Collected Poems*, *A Dylan Thomas Treasury* and reissues of *Under Milk Wood* and *Collected Stories*, *Times Literary Supplement*, 36/22 (20 November, 2014), pp.5-8.

Pratt, Annis. *Dylan Thomas' Early Prose: A Study in Creative Mythology*. Pittsburgh: University of Pittsburgh Press, 1970.

Pratt, Terrence M. Adventures in the Poetry Trade: Dylan Thomas and Arthur Rimbaud. *English Language Notes* 24, no.4 (1987), pp.65-73.

Rawson, Claude. Dylan Thomas. In *Talks to Teachers of English* 2. Newcastle upon Tyne: Department of Education, King's College, Newcastle, 1962, pp.30-56.

Ray, Paul C. *The Surrealist Movement in England*. Ithaca, NY: Cornell University Press, 1971.

Read, Bill. *The Days of Dylan Thomas*. London: Weidenfeld & Nicolson, 1964.

Rosenthal, M. L. *The Modem Poets: A Critical Introduction*. New York: Oxford University Press, 1960.

Rosenthal, M. L. and Gall, Sally M. *The Modem Poetic Sequence*. New York: Oxford University Press, 1983.

Scarfe, Francis. *Auden and After*. London: Routledge & Sons, 1942.

Seib, Kenneth. Portrait of the Artist as a Young Dog: Dylan's Dubliners. *Modem Fiction Studies* 24 (1978), pp.239-246.

Simpson, Louis. *A Revolution in Taste*. New York: Macmillan, 1978.

Sisson, C. H. *English Poetry, 1900 - 1950: An Assessment*. New York: St. Martin's Press, 1971.

Smith, A. J. Ambiguity as Poetic Shift.*Critical Quarterly* 4 (1962), pp.68-74.

Spender, Stephen. *Poetry since 1939*. London: Longmans, 1950.

Spender, Stephen. *The Making of a Poem*. London: Hamish Hamilton, 1955.

Stanford, Derek. *Dylan Thomas: A Literary Study*. London: Neville Spearman, 1954; revised and extended ed., New York: Citadel Press, 1964.

Tedlock, E. W. (ed.). *Dylan Thomas: The Legend and the Poet*. London: William Heinemann / Mercury Books, 1964.

Thomas, Aeronwy. *My Father's Places: A portrait of childhood by Dylan Thomas's daughter*. London: Constable, 2009.

Thomas, Caitlin. *Double Drink Story: My Life With Dylan Thomas*. London: Virago, 1998.

Thomas, Caitlin. *Leftover Life to Kill*. London: Putnam, 1957.

Thomas, Caitlin. *Not Quite Posthumous Letter to My Daughter*. London: Putnam, 1963.

Thomas, Caitlin, with Tremlett, George. *Caitlin: A Warring Absence*. London: Seeker & Warburg, 1986.

Thomas, David N. *Dylan Thomas: A Farm, Two Mansions and a Bungalow*. Bridgend: Seren Books, 2000.

Thomas, David N. (ed.). *Dylan Remembered: Interviews by Colin Edwards*, Vol. 1 1914–1934. Bridgend: Seren Books, 2003.

Thomas, David N. ed., *Dylan Remembered: Interviews by Colin Edwards*, Vol. 2 1935–1953. Bridgend: Seren Books, 2004.

Thomas, Dylan. *Collected Poems 1934–1952*. London: Dent, 1952.

Thomas, Dylan. *Collected Poems 1934–1952*, London: J.M. Dent & Sons Ltd., 1953.

Thomas, Dylan. *Quite Early One Morning* (prose), ed. Aneurin Talfan Davis, London: Dent, 1954.

Thomas, Dylan. *Early Prose Writing*, ed. Walford Davis, London: Dent, 1971.

Thomas, Dylan. *Portrait of the Artist as a Young Dog* (novel). London: Dent, 1940.

Thomas, Dylan. *The Notebook Poems 1930 - 1934*, ed. and intro. Ralph Maud, London: Dent, 1971.

Thomas, Dylan. *The Poems of Dylan Thomas*, ed. Daniel Jones, New York: New Directions, 2003.

Thomas, Dylan. *The Collected Letters of Dylan Thomas*, ed. Paul Ferris, London: J.M.Dent, 2000.

Thomas, Dylan. *The Collected Poems of Dylan Thomas.* ed. John Goodby, The New Centenary Edition, London: Weidenfeld & Nicolson, 2014.

Thomas Dylan. *The Complete Screen Plays*, ed. John Ackerman, New York: applause books, 1995.

Thomas, R. George. Dylan Thomas and Some Early Readers. *Poetry Wales* 9 (1973), pp.3 - 19.

Tindall, William York. *A Reader's Guide to Dylan Thomas.* New York: Octagon Books, 1981; Syracuse University Press, 1996.

Treece, Henry. *Dylan Thomas: Dog Among the Fairies.* London: Lindsay Drummond, 1949.

Tremlett, George. *Dylan Thomas: In the Mercy of His Means.* London: Constable, 1991.

Trick, Bert. The Young Dylan Thomas. *Texas Quarterly* 9 (Summer 1966), pp.36 - 49.

Volsik, Paul. Neo-Romanticism and the Poetry of Dylan Thomas. *Etudes Anglaises* 42 (1989), pp.39 - 54.

Wardi, Eynel. *Once Below a Time: Dylan Thomas, Julia Kristeva, and Other Speaking Subjects.* New York: SUNY Press, 2000.

Watkins, Gwen. *Dylan Thomas: Portrait of a Friend.* Llandysul: Gomer Press, 1983;Talybont, Y Lolfa, 2005.

Wigginton, Chris. *Modernism from the Margins: The 1930s Poetry of Louis MacNeice and Dylan Thomas.* Cardiff: University of Wales Press, 2007.

Williams, Raymond. Dylan Thomas's Play for Voices. *Critical Quarterly* 1

(1959), pp.18-26.

Williams, Robert Coleman (ed.). *A Concordance to the Collected Poems of Dylan Thomas*. Lincoln: University of Nebraska Press, 1967.

Young, Alan. Image as Structure: Dylan Thomas and Poetic Meaning. *Critical Quarterly* 17 (1975), pp.34-36.

海岸、傅浩、鲁萌译:《狄兰·托马斯诗选》,河北教育出版社,2002年。

海岸译:《狄兰·托马斯诗选》(英汉对照),外语教学与研究出版社,2014年。

海岸译:《不要温顺地走进那个良宵——狄兰·托马斯诗选》,人民文学出版社,2015年。

海岸选编:《中西诗歌翻译百年论集》,上海外语教育出版社,2007年。

王烨、水琴译:《狄兰·托马斯诗集》,国际文化出版公司,1989年。

韦白译:《狄兰·托马斯诗选》,湖南文艺出版社,2012年。

吴伏生选译:《迪伦·托马斯诗歌精译》,南开大学出版社,2014年。

冯象译注:《摩西五经》(修订版),生活·读书·新知三联书店,2013年。

冯象译注:《新约》,牛津大学出版社(香港),2010年。

黄朱伦著:《雅歌注释》,上海三联书店,2012年。

【手稿集】

The main collections are in the following repositories:

Austin, TX: Harry Ransom Humanities Research Center, University of Texas.

Buffalo, NY: Lockwood Memorial Library, State University of New York.

Swansea, Swansea University Library, Swansea University.

Cambridge, MA: Houghton Library, Harvard University.

Smaller collections are in the following:

Aberystwyth, Wales: National Library of Wales.

Bloomington, IN: Lilly Library, Indiana University.

London: British Library.

Newark, DE: University of Delaware Library.

New York: Berg Collection, New York Public Library.

【网上资源】

Hannah Ellis: Dylan Thomas site: *http: //www.discoverdylanthomas.com*

Ruthven Todd's letter to Louis MacNeice concerning Thomas's death: *http: // www.dylanthomas.com/index.cfm?articleid=45898*

Home page for the Boathouse, Laugharne, Dylan Thomas's last residence: *http: //www.dylanthomasboathouse.com/*

Home page of the Dylan Thomas Society of Great Britain: *http: //www. thedylanthomassocietyofgb.co.uk/*

Dylan Thomas blog run by Andrew Dally: *www. dylanthomasnews. com* and twitter feed @ dylanthomasnews

Essays by Victor Golightly, Richard Chamberlain, Nathalie Wourm, Harri Roberts, John Goodby and Chris Wigginton: *http: //www. dylanthomas boathouse.com/education/essays-academic- papers/*

John Goodby, "Dylan Thomas", Oxford Bibliographies Online: *http: // www.oxfordbibliographies.com/view/document/obo - 9780199846719/obo - 9780199846719 - 0057.xml?rskey=o0p49f&result=41&q=*

George Morgan, essay on "In the Direction of the Beginning": *http: //revel. unice.fr/cycnos/index.html?id=84*